PRIS DE COURT

MILLIARDAIRES MALGRÉ EUX

J.S. SCOTT

Pris de court
(Milliardaires malgré eux, tome 3)

ISBN: 979-8-360500-59-9 (Print)
ISBN: 978-1-951102-92-0 (E-Book)

DÉDICACE

Alors que je termine ce livre, le jour du deuxième anniversaire de la mort de ma sœur approche. C'est encore très récent pour moi et elle me manque tellement ! Donc, je dédie ce livre à Beth, ma sœur. Tu me manques, petite sœur. J'espère que, de là où tu te trouves, tu assistes à la sortie de ce livre.

Avec tout mon amour,
Jan.

SOMMAIRE

CHAPITRE 1
Seth

— Fais classer cette fichue propriété en réserve naturelle, Seth ! me lança Jade, ma sœur, en venant se planter en face de mon bureau.

Il était difficile de ne pas remarquer le mécontentement sur son visage tandis qu'elle poursuivait :

— Les oiseaux de ton terrain sont en voie de disparition. Il ne manquerait plus qu'ils perdent leur nouveau site de nidification !

— Bonjour, petite sœur, moi aussi, je suis contente de te voir, dis-je sèchement.

Mince alors ! Je ne méritais pas la moindre forme de salutation avant de me faire houspiller ? Elle s'était contentée de débarquer en trombe dans mon bureau pour immédiatement se mettre à me parler d'un sujet que je n'avais absolument pas envie d'aborder. Je ne voulais pas discuter de l'acquisition de ma propriété en bord de mer. Pour tout dire, j'avais espéré qu'elle n'entendrait jamais parler du terrain que j'avais acheté et qu'elle ne découvrirait pas que des oiseaux en voie d'extinction y avaient établi leur résidence juste après la signature de l'acte de vente.

Visiblement... elle en a entendu parler.

Jade se contentait de me fusiller du regard, ce qui signifiait qu'elle ne comptait pas démordre de sa présumée mission.

Je connaissais cet air-là. J'avais en partie élevé ma petite sœur, alors j'étais bien placé pour savoir combien elle pouvait être obstinée dès qu'il s'agissait de préserver la faune.

Cette fois, il n'y a aucune chance que je lui dise oui !

Malgré toute l'indignation de Jade, plutôt mourir que de perdre des millions de dollars parce que des piafs avaient choisi le terrain côtier que j'avais acheté comme nouveau site de nidification !

Jade n'était pas la première personne à s'opposer à mon projet de construction d'un hôtel sur ce terrain du front de mer. Une avocate écolo essayait aussi de me rendre la vie impossible sous prétexte qu'une colonie de créatures à plumes menacées avait choisi les terres où je voulais faire construire comme site de nidification. J'avais passé *tout l'été* en procédures avec Riley Montgomery et je comptais bien remporter cette bataille !

Après des mois de conneries juridiques, je n'étais vraiment pas d'humeur à me prendre la tête avec ma petite sœur sur le même sujet.

Je me renversai dans mon fauteuil, bien déterminé à ne pas laisser Jade me convaincre de renoncer à la propriété qui m'avait coûté une petite fortune.

— Les oiseaux sont partis, lui dis-je, de mauvaise humeur.

D'accord, il se *pouvait* qu'ils reviennent à la *prochaine* saison de reproduction, mais je ne voyais pas en quoi c'était *mon* problème. J'avais attendu que ces fichus oiseaux aient pondu leurs œufs, nourri leurs petits pour enfin quitter le site tout juste un mois plus tôt. Maintenant que l'été touchait à sa fin et que les amis à plumes de ma sœur s'étaient envolés vers des climats plus chauds en vue de l'hiver, je voulais que mon projet de construction d'un hôtel sur la plage avance.

Les travaux avaient déjà été suffisamment reportés. En fait, je méritais même une médaille pour récompenser ma patience ! Ma société, *Sinclair Immobilier,* était assez jeune et cette affaire représentait un bon moyen de lui mettre le pied à l'étrier pour assurer sa future croissance.

Jade croisa les bras sur sa poitrine.

— La majorité d'entre eux reviendront l'année prochaine, riposta-t-elle.

Bon, je n'étais pas *totalement* sans cœur. Enfin, *pas vraiment*. Mais c'était la *première année* où cette espèce en voie de disparition s'était installée sur cette plage. Alors, ces oiseaux pourraient très facilement trouver un autre lieu l'année prochaine, non ?

— Sauf si je m'en mêle, dis-je en marmonnant.

J'espérais obtenir enfin le permis de construire qui était en attente depuis des mois. Une fois que mon projet aurait commencé à se concrétiser, je me doutais bien qu'à l'avenir, les oiseaux éviteraient les lieux.

Riley Montgomery, la casse-couilles d'avocate qui semblait se faire un devoir de sauver des oiseaux menacés d'extinction, avait apparemment fait de ma protectrice de la nature de sœur son alliée.

Qui d'autre qu'elle aurait pu l'informer de la situation ? Je m'étais évidemment bien gardé d'en toucher le moindre mot à Eli, son mari ; et mon frère Aiden était tenu au secret à propos de toute cette histoire d'oiseaux.

Cette nouvelle *amitié* (ou quelle que soit cette fichue relation) entre Jade et Riley était visiblement récente, parce que ma sœur n'avait jamais abordé le sujet des oiseaux… avant de faire irruption dans mon bureau aujourd'hui.

— Donc, Riley est venue te trouver ? devinai-je à voix haute.

— C'est elle qui m'en a parlé, oui. J'aurais préféré que ce soit *toi*.

— Impossible, lui dis-je calmement. Je savais qu'on aurait fini par se disputer comme on le fait.

— Mais qu'est-ce qui ne tourne pas rond dans ta tête, Seth ? Tu n'as pas toujours été aussi insensible. En fait, tu étais même un mec très gentil *avant*.

Jade souffla de frustration.

Oui, bon, je n'étais pas non plus l'un des hommes les plus riches au monde, *avant*. À l'époque où j'étais pauvre, on se fichait bien de ma sensibilité !

Maintenant, j'étais un homme d'affaires avec une société en plein essor ; je me devais d'être impitoyable. C'était *nécessaire*, dans ce monde-là.

Je m'étais récemment découvert des talents de connard quand il s'agissait d'affaires.

J'étais promoteur immobilier et *Sinclair Immobilier* se développait à vue d'œil, devenant une force avec laquelle il fallait dorénavant compter dans le secteur de l'immobilier commercial. Je ne pouvais pas me permettre d'être sentimental.

Ignorant la question de ma sœur, je répondis laconiquement :

— Je ne renoncerai pas à cette propriété, Jade. C'est un terrain à bâtir de premier choix, sur la plage même ! Il n'y en a plus beaucoup des comme ça.

La petite ville de Citrus Beach connaissait un essor rapide. Vu sa proximité avec San Diego, c'était prévisible, tôt ou tard. Les lieux étaient de plus en plus prisés pour les gens qui souhaitaient profiter de la plage.

— Donc, ton hôtel débile mérite d'exterminer toute une espèce ?

Je lui lançai un regard écœuré, chose que je faisais rarement avec ma petite sœur. Mais Jade était d'habitude d'une humeur bien plus douce. Elle ne se montrait aussi acharnée que lorsqu'il s'agissait de protéger des espèces menacées.

— Ils pourront aller nidifier ailleurs l'année prochaine.

— S'ils étaient venus *ici*, c'était probablement après avoir perdu leur dernier emplacement à cause d'un crétin qui se fichait éperdument de savoir qu'ils étaient en voie d'extinction !

D'accord, c'était un peu blessant. J'avais l'habitude que mes cadets me voient comme une sorte de figure paternelle. On avait été, avec mes frères Aiden et Noah, les seules références parentales qu'ils aient jamais vraiment eues. Jade ne m'avait encore jamais traité de *crétin*, loin de là. Elle m'idolâtrait plutôt.

À croire que ces jours-là étaient révolus.

Évidemment, Jade n'était plus une enfant, et ce depuis longtemps. En fait, on n'avait pas une très grande différence d'âge. Jade avait un haut niveau d'études avec un doctorat en écologie et elle était à présent mariée à Eli Stone, un milliardaire très puissant qui se trouvait être, par la même occasion, mon mentor et mon bailleur de fonds.

Au moins, elle n'avait pas parlé de tout ça à…

— Je vais en parler à Eli, menaça-t-elle, contredisant immédiatement mes précédentes pensées.

Adieu l'espoir qu'elle n'utilise *pas* son mari comme une arme contre moi ! Au moment même où je me disais qu'elle ne brandirait pas cette carte, elle… l'avait fait.

Pour tout dire, j'avais besoin des conseils d'Eli. Souvent. Voilà ce qui arrive quand un type passe en un clin d'œil d'ouvrier du bâtiment à milliardaire.

Jusqu'ici, Eli et moi avions bien travaillé ensemble. Bien que mon beau-frère ait sa propre affaire à faire tourner à San Diego, il prenait toujours le temps de m'aider.

Je n'étais pas encore suffisamment expérimenté pour me débrouiller tout seul. Le problème, c'était qu'Eli adorait Jade ; il vénérait le sol que ma petite sœur foulait ! Il suffisait qu'elle laisse entendre qu'elle voulait quelque chose pour qu'il trouve un moyen de le lui obtenir.

Ma propriété n'a pas l'ombre d'une chance, si Eli s'en mêle.

Je haussai les épaules.

— Fais ce que tu as à faire. J'en ai déjà discuté un million de fois avec l'autre écolo…

— Riley n'est pas une *écolo*, rétorqua Jade pour prendre sa défense. Elle est une avocate hautement respectée qui soutient la préservation des espèces animales.

Je haussai un sourcil.

— Ce qui fait d'elle une écolo…

— Alors, j'en suis une aussi, dit-elle d'un ton indigné. Et je n'ai pas honte d'essayer de protéger toute espèce menacée. Je ne vais pas m'excuser de me soucier de l'environnement !

D'une main, j'aplanis mes cheveux de frustration.

— Il n'y a aucun mal à ça, Jade. Mais renoncer à une affaire aussi lucrative serait de la folie.

— Ça ne serait pas de la folie, dit-elle d'une voix plus douce. Ce serait la bonne chose à faire. Et je n'ai vraiment pas envie d'être obligée de mettre mon propre frère en porte à faux avec mon mari. Je sais que vous êtes proches. Honnêtement, si tu abandonnes ce projet et fais de ce terrain une réserve naturelle, l'argent auquel tu renonceras ne te manquera même pas. Si tu veux, je te rachète les terres !

— Aucune chance ! dis-je brusquement.

Non pas que ma milliardaire de sœur et mon milliardaire de beau-frère n'aient pas les moyens de s'offrir une terre qui, pour eux, ne représentait qu'une minuscule somme d'argent, mais justement… j'étais incapable de prendre un centime à Jade ; c'était bien ça, le problème, et elle le savait sûrement.

— Alors, je suppose que je n'ai plus qu'à encourager Riley à continuer ses poursuites judiciaires, dit Jade d'une voix tranchante que je n'avais encore jamais entendue dans sa bouche.

Je demandai, mécontent :

— Depuis quand êtes-vous tellement potes, bordel ?

Jade fronça les sourcils.

— Elle n'est pas venue me chercher, si c'est ce que tu crois. En fait, c'est moi qui suis allée la trouver après avoir lu une interview d'elle dans le *Citrus Beach News*. J'avais beaucoup de mal à croire que le frère *que je connaissais* comptait faire passer l'intérêt qu'il portait à un stupide bout de terrain devant une espèce en voie d'extinction. J'avais l'intention de la convaincre de ne pas te faire passer pour un malfaiteur, initialement.

J'eus un sourire narquois. J'avais lu ce foutu article dans la presse locale, la semaine précédente. Riley Montgomery ne m'y avait pas vraiment dépeint comme un chef d'entreprise bienveillant.

— Et après ?

— Et après, j'ai vu les documents officiels et j'ai compris que tu te comportais réellement comme un crétin !

— Donc, tu as décidé de venir ici pour me convaincre d'abandonner tout le projet ?

Elle mordilla sa lèvre inférieure, mimique qu'elle faisait depuis l'enfance.

— J'ai eu l'espoir d'y arriver. L'argent n'a jamais eu autant d'importance à tes yeux, en réalité.

Ma sœur avait *tort*. Je n'avais peut-être jamais rêvé de devenir aussi riche que je l'étais aujourd'hui, mais à l'époque où mes frères et moi nous cassions le cul pour subvenir aux besoins de nos cadets, j'avais bel et bien nourri l'espoir d'avoir plus d'argent. On gagnait à peine de quoi remplir leurs assiettes !

— Ce n'est pas qu'une question d'argent, dis-je d'une voix irritée. *Sinclair Immobilier* est toujours en plein développement, l'entreprise ne peut pas encaisser un coup pareil.

Elle fronça les sourcils.

— Mais *toi*, oui. L'argent perdu ne te manquerait même pas !

— Là n'est pas la question.

Elle avait raison. Mon compte en banque personnel grossissait chaque jour, parce que j'avais judicieusement investi mes milliards de dollars.

— Tu t'appliques à être têtu comme une mule ! m'accusa Jade.

— Je plaide coupable, dis-je en essayant de paraître nonchalant.

Ma secrétaire frappa à la porte restée ouverte.

— Monsieur Sinclair ? Votre rendez-vous de quatorze heures est en ligne.

— Je dois prendre cet appel, dis-je à ma sœur de façon abrupte.

Bon Dieu, il fallait que je fasse sortir ma petite sœur de mon bureau avant de flancher et de lui céder la fichue propriété !

J'avais toujours eu un faible pour mes deux petites sœurs. Elles demandaient rarement quoi que ce soit, mais quand elles le faisaient, j'étais foutu. J'avais du mal à me montrer impitoyable en voyant l'importance que ce terrain avait aux yeux de Jade. Surtout quand j'aurais facilement pu y renoncer.

En analysant la situation, j'avais du mal à déterminer pourquoi je n'avais pas déjà capitulé depuis longtemps, pourquoi je m'obstinais à lui tenir tête.

Faire don du terrain n'aurait représenté qu'une bagatelle pour moi, personnellement.

Jade soupira.

— Dis-moi au moins que tu vas y réfléchir.

Je hochais la tête brièvement.

— Je vais y réfléchir.

Ma sœur tourna les talons et sortit de mon bureau sans même dire au revoir.

J'exhalai un long soupir de soulagement, tout en me sentant coupable de ne pas avoir permis à Jade d'obtenir ce qu'elle voulait.

Mon esprit rechignait à l'idée de tout simplement laisser tomber le chantier de construction, peut-être en sachant le profit que *Sinclair Immobilier* pouvait tirer du site.

Tu parles ! Sois honnête ! Ce n'est même pas une question de business. Je sais parfaitement pourquoi je m'entête à faire le connard.

D'accord, j'avais vraiment envie de faire de *Sinclair Immobilier* une société d'un milliard de dollars et j'étais en bonne voie d'y parvenir.

Malgré tout, la raison de mon obstination n'avait presque rien à voir avec *l'argent*... mais bel et bien avec la diablesse obstinée d'avocate aux cheveux roux qui faisait tout son possible pour m'empêcher de construire mon hôtel en bord de mer.

Les mois passant, j'avais fini par apprécier les e-mails qu'on échangeait plusieurs fois par semaine.

Petit à petit, c'était devenu un tantinet plus… personnel. Du moins pour moi. Non pas que Riley soit devenue plus *aimable* ; elle représentait un adversaire de taille. Mais n'était-ce pas justement pour cette raison que j'appréciais tant nos échanges ? Il fallait bien que je me pose la question.

Elle était d'une intelligence supérieure.

Tout en étant une tête de mule.

Obstinée.

Et d'une telle beauté que le simple fait de penser à elle me faisait bander.

Je ne l'avais rencontrée en personne qu'une fois. *Une seule fois*. Et elle m'avait fait une sacrée impression !

Sans que je sache pourquoi, elle avait posé ses magnifiques fesses en face de moi dans un café local, évinçant toutes les filles qui me couraient après seulement parce que j'étais à présent milliardaire.

Quand j'étais ouvrier du bâtiment, pas une seule fille n'avait envie d'une *relation* avec moi. Bon, elles n'étaient pas contre un coup d'un soir, si c'était ce que je voulais. Mais elles décampaient le lendemain, certaines de trouver de l'herbe plus verte ailleurs… et quand je dis plus verte, je parle de la couleur des dollars. Elles en voulaient toutes bien plus que ce dont je disposais à l'époque.

Maintenant, je ne pouvais plus me débarrasser du sexe féminin ! On aurait dit qu'absolument toutes les femmes qui m'approchaient avaient tout à coup très envie d'une relation à long terme – avec un milliardaire.

Riley Montgomery s'était montrée complètement… différente.

Elle ne voulait rien du tout.

En fait, elle m'avait aidé.

Ses actes avaient été purement désintéressés.

Jusqu'à ce qu'on découvre nos identités réciproques.

Après ça, je n'avais plus eu qu'à aller au diable !

Je cliquai sur la barre d'espace de mon ordinateur pour ramener le dernier e-mail de Riley au premier plan.

J'étais sur le point d'y répondre au moment où Jade avait fait irruption dans mon bureau.

D'accord, je me conduisais peut-être comme un con, mais si je renonçais à ces terres sans me battre, Riley Montgomery n'aurait plus aucune raison de rester en contact avec moi.

Et *ça*, ce serait vraiment regrettable !

Je souris en sachant que je répondrais à son message dès que mon rendez-vous de quatorze heures serait terminé.

Quand je décrochai le combiné pour commencer la réunion téléphonique, je me demandais toujours ce que j'allais écrire à Riley.

CHAPITRE 2

Riley

Chère mademoiselle Montgomery,

Premièrement, même si j'aimerais beaucoup embrasser votre cul[1] comme vous me l'avez suggéré, j'imagine de nombreux autres endroits où j'adorerais poser ma bouche d'abord, si je pouvais vous amener à vous dénuder.

Deuxièmement, ma sœur Jade m'a rendu visite aujourd'hui à mon bureau. Elle est apparemment devenue l'une de vos alliées. Si vous pensez qu'elle peut aider votre cause, croyez-moi, vous vous trompez.

Troisièmement, les oiseaux pour lesquels vous vous inquiétez tant sont partis, à présent ; je vais donc pouvoir, dorénavant, poursuivre mes actions et obtenir mon permis de construire.

Comme je l'ai déjà mentionné, je me ferais un plaisir de discuter de cette situation avec vous en personne. Quand votre agenda nous laissera l'opportunité d'un rendez-vous en face à face, faites-moi signe !

---

[1]   En anglais « *kiss my ass* », littéralement « embrasse mon cul », signifie « va te faire foutre ! »

Par ailleurs, pour répondre à votre question visant à savoir si oui ou non je sais lire… oui, mais le fais rarement. Ayant passé mon adolescence et la plus grande partie de ma vie d'adulte à élever mes cadets, j'ai eu très peu de temps à consacrer aux livres.
Sincères salutations,
Seth Sinclair
PDG
Sinclair Immobilier, *S.A.R.L.*

— A bruti ! grommelai-je tout haut en abattant mon poing sur mon bureau, geste que je faisais quasiment chaque fois que je lisais un nouvel e-mail de Sinclair.

Refusant de réfléchir à la teneur inappropriée du message que je venais de recevoir du plus pénible, du plus agaçant individu à sang-froid que j'aie eu le malheur de rencontrer, je me levai du fauteuil que j'utilisais chez moi pour travailler à mon bureau.

— Du thé. Il me faut une tasse de thé, marmonnai-je en me dirigeant vers la cuisine.

Pour être franche, je bouillonnais toujours après la lecture de son e-mail. Mais ce qui m'énervait le plus, c'était de rougir encore à la suite de ses commentaires suggestifs.

Je ne peux pas le laisser me taper sur les nerfs !

J'étais une professionnelle. Je n'aurais pas dû rougir comme une stupide adolescente uniquement parce qu'un imbécile me balançait des remarques suggestives par e-mail.

Comment se débrouille-t-il pour détourner chaque insulte en quelque chose de sexuel ?

Je plaçai une tasse sous ma machine à café pour obtenir de l'eau chaude pour mon thé.

D'accord, *tous* les commentaires haineux envoyés par mes soins n'avaient peut-être pas été transformés en allusions sexuelles. Depuis peu, il mettait un point d'honneur à écrire quelque chose de personnel à la fin de chaque message, faisant délibérément la sourde oreille quant au vrai sens de mes mots.

Auriez-vous des problèmes avec la lecture, monsieur Sinclair ?

Telle avait été ma pique, au départ.

Il en avait tiré une réponse qui n'avait *rien à voir* avec mon insulte.

J'ajoutai mon sachet de thé dans ma tasse en fronçant les sourcils.

Seth Sinclair était présomptueux. Je n'avais pas *envie* d'apprendre à le connaître.

Alors, pourquoi le fait qu'il a tout abandonné pour s'occuper de ses cadets me donne-t-il vraiment envie de lui poser d'autres questions ?

Occasionnellement, quand il s'était montré gentil avec moi, il m'était arrivé de lâcher aussi une information personnelle ou deux. Entre deux remarques méprisantes, évidemment.

J'ajoutai à mon thé un petit peu de lait et une tonne de sucre, comme j'aimais le faire. Je calai ma hanche contre le comptoir de la cuisine et bus une gorgée.

Ah... miam ! Pas aussi bon que le *chaï mocha latte* du *Coffee Shack* dont j'abusais ; mais n'importe quel thé corsé, chaud et sucré aurait fait l'affaire. Ça allait m'aider à réfréner l'envie de mettre mon poing dans la tête de Sinclair pour son dernier message.

Pendant des mois, j'avais fait preuve de professionnalisme envers Seth Sinclair. Je ne pouvais même pas vraiment dire comment mes e-mails étaient devenus injurieux à son égard – ni pourquoi j'avais, sur la fin, commencé à y faufiler de minuscules détails personnels.

Peut-être parce qu'*il* avait commencé.

Bon, pas en ce qui concernait les insultes, parce qu'il n'avait jamais paru s'énerver et n'avait jamais écrit quelque chose de personnellement insultant, mais à propos des quelques informations personnelles qu'il avait lâchées dans chaque e-mail.

Donc, il ne lisait pas beaucoup.

C'était bien compréhensible, à mon avis, s'il avait consacré chaque instant de ses journées à travailler, dormir ou prendre soin de sa famille.

Je continuai à siroter ma tasse de thé, me disant que je me fichais complètement de son histoire.

Tout ce qui m'intéressait de sa part, c'était qu'il renonce à construire sur des terres qui verraient probablement, l'année suivante, le retour des petites sternes.

Leur situation était *critique*.

En tant qu'avocate consciencieuse, spécialisée dans la protection de l'environnement et de la vie sauvage, atteindre mon but en protégeant leur habitat était ma mission principale.

Cependant, j'avais perdu mon sang-froid plus d'une fois en défendant les oiseaux et je trouvais cela décevant.

Jamais je n'avais eu recours à des insultes personnelles en pleine bataille juridique avant de rencontrer Seth Sinclair. Les coups bas que je lui avais destinés ne ressemblaient pas du tout à ma façon de travailler.

Ce n'était pas professionnel, alors que j'avais l'habitude au boulot d'être une foudre de guerre. Je mettais même un point d'honneur à toujours me montrer distante face à l'opposition.

Mais, cette fois-ci seulement... j'échouais bel et bien à rester pro.

Mince, alors !

Peut-être que j'aurais dû rencontrer Seth Sinclair en personne ; mais jusqu'ici, j'avais évité de le faire.

Quelques mois plus tôt, on s'était croisés par hasard dans un café. Une seule rencontre avec lui s'était avérée *plus que suffisante*. J'avais éprouvé une légère attirance pour lui, chose qui ne m'était non plus jamais arrivée dans mon travail ; et qui n'aurait pas dû.

Je venais d'acheter la petite maison que Jade avait sur la plage ; je me mis à imaginer sa réaction quand il le découvrirait.

Ça avait été un achat sans arrière-pensée. Quand j'avais rencontré la sœur de Seth, j'étais tombée amoureuse de ce petit nid sur le sable et quand j'avais appris sa mise en vente, j'avais sauté sur l'occasion de l'acquérir.

Une sonnerie d'un rock vintage retentit soudain de mon téléphone. J'attrapai mon portable sur le plan de travail.

— Bonjour, mère, dis-je sans le moindre enthousiasme.

— Margaret, dit-elle de son habituel ton froid ; ça fait des jours que j'essaye de te joindre !

Je levai les yeux au ciel.

Margaret Riley Montgomery était mon nom officiel, mais depuis toute petite, je préférais qu'on m'appelle Riley. Pourtant, j'avais eu beau demander à ma mère un milliard de fois de m'appeler par mon deuxième prénom, elle faisait la sourde oreille.

J'avais quasiment renoncé.

— J'étais très occupée, répondis-je.

— Trop occupée pour parler à ta mère ? rétorqua-t-elle d'un ton accusateur. Je t'appelais à propos d'un événement important. Eli Stone organise une levée de fonds. Je pense que tu devrais venir.

C'était bien le problème. Mon seul parent me sollicitait toujours pour assister à quelque fête mondaine que je fuyais la plupart du temps. J'avais toujours déçu ma mère, mais les choses avaient empiré depuis que j'avais mis le fruit de mes études au service de la préservation des espèces menacées, ce qu'elle ne manquait pas de me rappeler.

Je lui demandai sèchement :

— Laisse-moi deviner... il y aura un homme incroyablement riche que tu voudrais me présenter ?

Elle pensait encore qu'il serait plus avantageux pour moi socialement de me lier à un homme à fort succès ?

Je soupirai doucement. Elle désapprouvait que je ne me sois pas servie de mes études de droit à Harvard pour effectuer une ascension sociale dans le monde de l'entreprise, je le savais bien. En définitive, j'étais habituée à ce qu'elle pointe du doigt chacune de mes erreurs.

Parmi lesquelles ma situation de femme *encore* célibataire à presque trente ans ne cherchant pas de partenaire capable de me donner du crédit.

— J'ai déjà prévu de m'y rendre, dis-je finalement. Je connais Jade Stone.

La levée de fonds était organisée par Eli Stone, le mari philanthrope de Jade, et devait profiter au laboratoire de recherche qu'elle dirigeait à San Diego. Pour cette unique raison, j'avais décidé d'y assister.

— Tu y vas ? demanda ma mère. Bon, évidemment, Jade et toi êtes toutes deux passionnées d'animaux rares. Mais étant mariée à un homme comme Eli Stone, Jade peut se permettre de s'adonner à tous les *passe-temps* qu'elle veut.

— Ce n'est pas son passe-temps, maman. Elle dirige son propre laboratoire de recherche à San Diego, maintenant. Elle a un doctorat et le travail qu'elle fait pour préserver l'ADN des espèces en voie d'extinction est d'une importance révolutionnaire.

— Personnellement, je trouve son choix de carrière regrettable, répondit ma mère avec mépris. Visiblement, c'est une femme intelligente. Elle aurait pu choisir bien d'autres voies.

Tout comme moi.

— Elle aime peut-être ce qu'elle fait, protestai-je tout en sachant très bien que c'était stérile.

Ma mère ne comprendrait jamais que certaines personnes suivent leur cœur et leurs rêves. Pour elle, seule comptait l'ascension sociale, une chose que je n'avais jamais visée. *Au grand jamais.*

— Comme ton père le disait toujours, on peut se permettre des divertissements *après* avoir rencontré le succès, répondit-elle d'un ton snob que j'avais toujours détesté. Regarde tes frères. Ils ont tous profité de leurs relations pour atteindre une plus grande réussite, cette année. On ne compte plus les hôtesses qui meurent d'envie de les voir honorer par leur présence l'un des événements qu'elles organisent. D'accord, ils n'ont pas pris les bonnes décisions dès le départ ; mais à présent, ils s'impliquent à fond dans leurs affaires.

Je frémis. Mon Dieu, ce que je pouvais détester l'entendre citer mon père défunt !

D'accord, chacun de mes trois frères aînés était milliardaire ; mais ça n'avait rien à voir avec leurs relations sociales. Ils détestaient les activités mondaines autant que moi ; peut-être même plus ; et leur réussite leur avait coûté cher émotionnellement.

— Je viendrai, réaffirmai-je, souhaitant par-dessus tout en finir avec cette conversation téléphonique.

J'avais appris à tolérer ses critiques, mais je me sentais toujours rabaissée par tous ses petits commentaires blessants.

— Quelle robe vas-tu porter ? me demanda-t-elle. Tu ne comptes sûrement pas venir dans ton… habituel accoutrement.

Vu que mes vêtements de tous les jours étaient surtout de bons jeans en dehors de quelques tenues adaptées à mes apparitions au tribunal ou à des réunions, elle savait pertinemment que je ne m'habillais pas comme ça pour des sorties mondaines.

— Je te le dirai quand j'aurai choisi, marmonnai-je en sachant qu'il me faudrait acheter quelque chose de nouveau, étant donné que je ne m'étais pas mêlée à l'élite de San Diego depuis fort longtemps.

Fut un temps où j'avais essayé d'être exactement la fille dont ma mère rêvait, mais j'y avais renoncé en brisant mes fiançailles avec un homme qu'elle trouvait hautement recommandable.

— Si tu veux quelque chose de nouveau, tu ne vas pas le trouver *là-bas*, dit-elle avec dédain.

Un autre de mes échecs à ses yeux.

J'avais quitté San Diego une bonne fois pour toutes après avoir rompu mes fiançailles. Ensuite, j'avais emménagé à Citrus Beach. J'avais trouvé ici plus de paix et de satisfaction que nulle part ailleurs. D'accord, je n'avais peut-être pas de maison à Carmel Valley, Del Mar ou Coronado Island, mais je n'avais jamais eu besoin de ça pour faire mon bonheur. En fait, je savais que ces situations ne m'auraient jamais rendue heureuse.

— J'ai une voiture, maman, répondis-je. Je peux me rendre où bon me semble.

— Je t'en prie, Margaret, ne m'appelle pas par ce surnom ridicule ! dit-elle d'un ton glacial.

— J'ai oublié, murmurai-je.

Le seul titre de matriarche que Carol Montgomery tolérait était « mère ».

— Porte quelque chose de joli à cette soirée, Margaret, suggéra sévèrement ma mère. Il y aura de très bons partis. Puisque tu en as stupidement évincé un excellent, il serait de bon ton que tu en attires un autre. Tu ne rajeunis pas, tu sais.

Je n'avais pas la moindre intention d'essayer d'attirer un homme.

— J'essayerai de trouver quelque chose d'approprié, répondis-je d'un ton sec.

Je m'empressai de mettre un terme à la conversation, comme d'habitude. J'avais beau être partie pour être indépendante, ma mère arrivait encore à me donner l'impression d'être une enfant désobéissante. Jusqu'à présent, je n'avais pas encore été capable de me débarrasser des émotions désagréables que je ressentais quand je lui parlais.

Une fois ma tasse de thé vidée, je retournai au travail en prenant soin de me rappeler que j'étais un membre de la société plus utile que ne l'étaient la plupart des femmes que fréquentait ma mère. Même si je n'en avais pas toujours *l'impression*.

CHAPITRE 3
Seth

Cher monsieur Sinclair,

Premièrement, je passerai sous silence votre commentaire vulgaire à propos de mon derrière. J'admettrai à ce propos avoir moi-même commencé en vous envoyant une suggestion désobligeante tout à fait inutile.

Deuxièmement, je n'ai jamais eu l'intention d'impliquer votre sœur dans cette bataille. Loin de moi la volonté de créer un conflit dans votre famille. Mais pensiez-vous réellement qu'elle n'en entendrait pas parler ? Elle, une grande militante de tout ce qui touche à la préservation de la faune ?

Troisièmement, les petites sternes reviendront faire leurs nids sur cette propriété au printemps prochain ; et je ferai tout ce que je pourrai pour m'assurer qu'elles auront un lieu où revenir afin qu'elles puissent se reproduire.

Par ailleurs, je ne pense vraiment pas qu'il soit nécessaire que l'on se rencontre en personne. Nous pouvons très bien communiquer par e-mails ou par le biais de documents juridiques.

*Il est vraiment dommage que vous n'ayez pas le temps
de lire. Quand j'étais petite, c'était ma seule échappatoire.
Sincères salutations, Riley Montgomery
Cabinet d'avocats de Riley Montgomery*

J e bus une autre gorgée de café en souriant devant la réponse que j'avais reçue de Riley Montgomery.

Se montrait-elle un tout petit peu plus… douce ?

Oui ! C'était le cas, sans aucun doute !

Elle ne m'avait pas une seule fois traité de connard ni dit suggéré d'aller me faire foutre. Donc, c'était un vrai progrès.

En définitive, le message entier ne contenait pas la moindre insulte.

Pour être honnête, sa correspondance initiale avait été d'un ton très *courtois*. C'était uniquement récemment, après que je m'étais vraiment comporté comme un con à propos de ses oiseaux, qu'elle s'était mise à me balancer des obscénités.

À présent, elle était apparemment redevenue professionnelle.

Excepté dans son commentaire à la fin du message. Il éveillait ma curiosité. Pourquoi avait-elle eu *besoin* d'utiliser la lecture comme échappatoire ?

Le café était presque vide, unique raison qui m'avait amené à m'asseoir à une table et à ouvrir mon ordinateur portable. Je relevai la tête et portai ma tasse à mes lèvres.

Aussi loin que remontait ma mémoire, le *Coffee Shack* avait toujours fait partie du décor de Citrus Beach. Certes, l'offre s'y était élargie ; mais à part ça, ce petit café n'avait pas beaucoup changé.

Je me renversai dans ma chaise, observant la petite ville à travers la grande baie vitrée à côté de moi. La foule des estivants avait diminué, c'était plus calme. Mais, contrairement à certains bords de mer, vivaient ici des tas de résidents permanents et l'on voyait beaucoup de gens foulant les trottoirs, se dépêchant de faire ce qu'ils avaient à faire avant de pouvoir rentrer chez eux.

Bizarrement, j'avais choisi la même table exactement que celle où j'avais, pour la première et unique fois, rencontré Riley Montgomery

Elle ne veut pas me rencontrer à nouveau en personne.

Dans son dernier e-mail, elle avait veillé à ce que ce soit particulièrement clair.

Ce que je voulais vraiment savoir, c'était… pourquoi ?

Peut-être parce que j'avais été un vrai con au sujet de ses oiseaux ?

L'idée qu'elle ne m'aimait pas trop me fit froncer les sourcils ; pourtant, ce n'était pas comme si je ne le savais pas déjà ! Seulement… le fait qu'elle me considère comme son *ennemi* me mettait dans tous mes états.

J'observai quelques ouvriers du bâtiment entrer dans le café. Suivis par plusieurs autres clients.

Mince, je devrais retourner au bureau ! La vague de la clientèle de fin d'après-midi commence à déferler.

J'aimais bien nager avec les requins du monde de l'entreprise, mais je n'étais pas habitué à une vie de sédentaire où il fallait rester cloîtré toute la journée dans un bureau.

Je lançai un coup d'œil aux hommes crasseux en veste orange qui commandaient leurs cafés. J'avais plus de choses en commun avec *eux* qu'avec tous les types en costume-cravate que je côtoyais tous les jours.

Mais je n'étais plus l'un d'entre eux, l'un de ces mecs qui se cassaient le cul physiquement jour après jour pour gagner leur vie.

D'un certain côté, la camaraderie que j'avais connue dans le BTP avec tous mes potes de chantier me manquait vraiment. Je faisais alors partie d'une équipe. Sûr, le boulot était dur, parfois éreintant, mais j'avais aimé me salir les mains et, par-dessus tout, être dehors autant que possible.

C'était l'impatience éprouvée dans mon bureau qui m'avait poussé à sortir. Marcher jusqu'au *Coffee Shack* m'avait un peu aidé, comme souvent, ce qui expliquait pourquoi je me retrouvais si régulièrement ici, à travailler dans un café.

Je m'habituerai à la vie de bureau.

Un jour.

D'ici, je pouvais voir le haut de l'immeuble où était mon bureau. Mes yeux glissèrent de mon gratte-ciel aux maçons qui s'étaient attablés.

Où me situais-je ? *Qui* étais-je ? Quelque part entre ces deux mondes, à présent ?

Pas un travailleur manuel, mais pas vraiment à l'aise pour autant dans un bureau de luxe, tout le temps habillé en costard-cravate. Je ne faisais plus partie d'une équipe d'ouvriers du bâtiment, mais je ne m'étais pas non plus intégré à la sphère sociale des fortunés.

Je secouai légèrement la tête. Bon sang, je ne savais pas où j'étais *censé* me situer ! Passer tout à coup d'une vie à se casser le cul pour gagner sa croûte à celle d'un milliardaire aux ressources illimitées, c'était sacrément impressionnant. Je ne m'en plaignais pas ; j'aimais être pété de thunes. Qui n'aimerait pas ça ? Mais je n'étais pas le genre de mec à tirer mon bonheur d'un important fonds fiduciaire, quand bien même j'aurais pu sans problème ne plus jamais travailler de ma vie sans avoir besoin de puiser dans mon héritage.

Je n'étais pas comme ça.

Je ne l'avais jamais été.

Et ne le serais jamais.

J'avais *besoin* de travailler ; et j'étais plus que déterminé à rencontrer le succès maintenant qu'on m'offrait l'opportunité d'une vie : celle de faire tout ce que je voulais.

— Monsieur Sinclair ! appela une jeune voix pleine d'excitation depuis la caisse.

Une fille me fit un signe de la main comme si elle me connaissait.

Je ne répondis pas à la jolie blonde. Je ne savais même pas qui c'était.

Merde ! J'aurais dû partir avant que la salle se remplisse.

La jeune fille était avec quelques amies et toutes me regardaient comme une cible potentielle qu'elles comptaient bien viser.

Je n'étais même pas sûr que ces filles soient en âge de boire de l'alcool[2] ! Mais ces derniers temps, j'avais l'impression de faire l'objet d'un avis de recherche lancé par toutes les femmes célibataires de plus de dix-huit ans.

Ma gorge se noua quand je les vis se donner des coups de coude, sachant qu'elles n'allaient pas tarder à débarquer à ma table.

Putain !

J'avais presque trente-cinq ans. Croyaient-elles vraiment que j'avais envie de faire une partie de jambes en l'air avec une fille à peine adulte ?

Écœuré, j'entrepris de ranger mon ordinateur tandis que les jeunes filles se dirigeaient droit vers ma table.

J'en étais à me demander si, oui ou non, je ferais mieux de me lever et de prendre la fuite, quand une silhouette au visage familier s'assit à ma table.

— Elles sont de plus en plus jeunes, observa ma nouvelle interlocutrice de sa voix familière.

Je me détendis et restai planté sur ma chaise. Je n'allais pas laisser passer ma chance d'avoir une discussion face à face avec Riley Montgomery.

En fait, la situation actuelle n'était pas sans en rappeler une précédente.

La magnifique rousse à ma table m'avait déjà secouru une fois, exactement de la même manière ; la seule différence étant que la dernière fois, la femme qui avait tenté de capter mon attention avait quelques années de plus.

Même endroit.

Mêmes circonstances.

Même femme venant s'asseoir comme si on était intimes pour faire fuir celle qui m'avait mis le grappin dessus.

J'arborai un grand sourire.

---

[2] L'âge légal pour boire de l'alcool aux États-Unis est 21 ans.

— Il faut vraiment qu'on cesse de se rencontrer comme ça !

Riley Montgomery leva les yeux au ciel.

— Si vous arrêtiez de venir vous asseoir dans mon café préféré et d'attirer des femmes superficielles, peut-être qu'on pourrait !

Je me renfrognai en voyant le groupe de filles arriver à notre table. Riley leva une main.

— Bas les pattes, mesdemoiselles ! Monsieur Sinclair ne touche pas aux mineures.

La jolie blonde fusilla Riley du regard.

— J'ai vingt ans !

J'observai Riley qui tenait bon, dardant sur la jeune fille un regard qui était, il fallait l'avouer, plutôt intimidant.

— Il est pris. Dégage !

La presque adolescente finit par souffler de façon indignée et s'éloigna, ses copines dans son sillage.

Impossible de nier que voir Riley revendiquer ses droits m'avait fait bander comme ça ne m'était plus arrivé depuis longtemps.

Elle était hyper sexy quand elle défendait son territoire, même si elle faisait semblant. Ma verge ne semblait pas faire la différence.

Elle ne portait pas une tenue pour le travail, aujourd'hui. Riley Montgomery semblait largement plus abordable que la dernière fois où l'on s'était rencontrés. Sa tenue décontractée lui allait bien. Je n'avais pas bien vu son jean, mais le sweat léger qu'elle portait et qui lui dénudait une épaule amena mon regard à glisser vers ses seins ; j'essayai de déterminer si elle portait un soutien-gorge. Aujourd'hui, ses cheveux rougeoyants étaient remontés en un chignon désordonné dont tombaient des mèches qui encadraient la peau crémeuse de son visage.

Mon Dieu, elle était d'une beauté à couper le souffle ! J'avais du mal à ne pas la manger des yeux comme un adolescent.

— Relevez les yeux, gronda-t-elle, l'air extrêmement mécontente.

D'accord. Oui. J'avais effectivement bloqué sur ses seins. Je relevai les yeux comme demandé, mais croiser son regard me fit l'effet d'un coup de poing dans le ventre. Ses yeux étaient de couleur noisette ; pourtant, dans la lumière tamisée du café, ils semblaient presque verts. Les reflets d'or qui dansaient dans ses iris étaient vraiment captivants.

Cependant, c'était l'intelligence aiguisée qui transparaissait à travers son regard inflexible qui m'attirait *vraiment*.

Riley Montgomery avait tout pour elle.

Un physique incroyable.

Elle était sexy… sans chercher à l'être.

Elle était gentille… bon, du moins quand il s'agissait de défendre des animaux menacés.

Et bien trop intelligente pour un type comme moi qui avait tout juste eu son bac.

Quelque chose me disait qu'il y avait une foule d'émotions derrière ces beaux yeux, même si elle continuait à darder sur moi un regard réprobateur qui en aurait fait se recroqueviller plus d'un.

Je n'avais peut-être pas fait de grandes études, mais j'avais la tête dure et n'étais pas le moins du monde intimidé par cette magnifique diablesse aux cheveux roux, aussi féroce ait-elle l'air parfois.

— Désolé, pas désolé, dis-je avec un grand sourire. Il est un peu difficile de ne pas se laisser distraire.

Elle croisa les bras sur sa poitrine. Elle essayait de paraître en colère, ça m'avait l'air assez évident, mais je sentais là aussi une certaine vulnérabilité. Ce qui me donnait quelques remords d'avoir été surpris à regarder ses seins.

Presque. Mais pas totalement.

— Vous feriez vraiment mieux d'éviter de vous asseoir ici, grommela-t-elle. À moins que vous n'aimiez attirer l'attention de toutes les femmes célibataires de la ville…

Je secouai la tête.

— Non, et je pense que vous le savez.

Ses sourcils se resserrèrent et la petite ride qui apparut sur son front tandis qu'elle réfléchissait était vraiment adorable.

— Alors, pourquoi venez-vous traîner ici ?

Je haussai les épaules.

— J'en avais marre d'être assis à mon bureau entre les quatre mêmes murs. Je travaille au dernier étage d'un gratte-ciel, alors j'ai rarement l'occasion de communiquer avec quelqu'un d'autre que ma secrétaire. Ne vous méprenez pas, j'aime beaucoup Edie ; et ça ne me dérange pas de l'écouter me raconter combien ses petits-enfants sont mignons ; mais parfois, j'ai envie de me relier au reste du monde. Parfois, gagner ma vie avec un travail manuel me manque vraiment.

Elle inclina la tête.

— Quel genre de travail manuel ?

— Le bâtiment. Avant que je commence à acheter des terrains et à *prévoir* des constructions dessus, j'étais l'un de ces types qui se cassent le cul pour bâtir les maisons des riches.

Elle hocha lentement la tête.

— J'ai entendu parler de votre ascension des haillons à la richesse. Je suis certaine que le pays tout entier connaît l'histoire.

Je fronçai les sourcils.

— Aucun de nous ne portait de haillons, en fait, dis-je, sur la défensive. Nous, les frères aînés, faisions en sorte que nos jeunes frère et sœurs ne manquent de rien.

Sa bouche s'incurva en un petit sourire et je découvris immédiatement combien j'aimais voir ces lèvres pulpeuses se courber.

— Donc, vous êtes en train de me dire que toutes ces heures passées dans un bureau vous rendent mou ? demanda-t-elle avec curiosité.

J'étais loin d'être *mou*. En fait, je bandais tellement que ça devenait inconfortable. Mais à ce moment précis, je n'allais pas faire allusion à *ça*.

— Je fais toujours de l'exercice physique pour me dépenser, mais ce n'est pas comme être actif physiquement toute la journée.

Nous fûmes interrompus par le gérant du café venu poser un gobelet en carton devant elle.

— Et voilà, Riley. Désolé pour l'attente.

L'homme était plus jeune qu'elle, il devait avoir dans les vingt-cinq ans, mais sa façon de la regarder avec adoration me donna envie de lui mettre mon poing dans la figure.

Ce fut encore pire quand elle bascula sa tête vers lui pour le gratifier d'un grand sourire qui illumina son visage.

— Aucun problème, répondit-elle gracieusement. Il commence à y avoir du monde !

— C'est sûr, grondai-je en adressant au gérant l'expression la plus intimidante dont j'étais capable. Donc vous devriez peut-être retourner travailler, non ?

Ce n'était pas une suggestion. Si ce connard n'arrêtait pas de couver Riley de son regard lubrique, je ferais en sorte qu'il reparte en pleurant comme un gosse. Le fait que j'avais fait exactement la même chose peu de temps auparavant n'avait pas d'importance.

Heureusement, il hocha la tête et s'éloigna.

— Alors comme ça, on vient vous apporter votre café en personne, observai-je. Intéressant…

— Je suis une bonne cliente, répondit-elle du tac au tac. Et ce n'est pas du café.

— Je suis un bon client, moi aussi *(pourtant, personne ne vient me servir à table)*. Mais qu'est-ce que vous buvez, au juste ? J'ignorais qu'ils servaient autre chose que du café.

— *Chaï mocha latte*, répondit-elle avant d'en boire une première gorgée.

Fasciné, je l'observai fermer les yeux un instant en goûtant sa boisson. Son expression simulait une expérience sexuelle des plus plaisantes ou bien je ne m'y connaissais pas !

— C'est bon ? demandai-je d'une voix rauque.

Elle ouvrit les yeux et déglutit.

— Orgasmique ! admit-elle. Je suis vraiment accro au thé. Le *chaï* qu'ils servent ici est le meilleur qui soit.

Je levai mon gobelet XXL presque vide.

— Plein de sucre et de crème dans le mien !

J'avais commandé le *mocha latte*.

— Dans le vôtre aussi ?

Elle souffla comme pour balayer tous les effets néfastes pour la santé de ces ajouts alimentaires.

— Supplément de crème et de sucre. Je m'en fiche ! Je reste en forme et ce n'est pas comme si j'essayais d'impressionner un mec avec un corps tout mince.

Elle n'avait pas besoin d'être mince, bon sang ! Elle n'était certainement pas en surpoids et ses courbes généreuses étaient suffisamment sexy pour inspirer les rêves érotiques de n'importe quel homme.

J'eus un sourire en coin. Le fait qu'elle se fiche totalement de ce que les autres pensaient d'elle me plaisait beaucoup.

Elle n'avait pas besoin de s'en soucier.

Elle était parfaite en tous points.

L'idée qu'elle n'avait probablement pas d'homme dans sa vie à ce moment-là la rendait encore plus irrésistible.

— Je peux vous poser une question ? me hasardai-je.

— Allez-y, répondit-elle.

— Pourquoi avez-vous eu besoin de fuir votre enfance en recourant aux livres comme échappatoire ?

Elle fut prise de court et une brève expression de douleur traversa son visage, si fugace que la plupart des gens ne l'auraient probablement même pas remarquée. Puis elle reprit son air obstiné et je sus que je n'aurais pas de réponse à ma question.

CHAPITRE 4

Riley

Je n'allais pas répondre à sa question.

Nous avions beau nous montrer cordiaux, je n'étais pas assez bête pour donner à la partie adverse une quelconque information personnelle qui puisse représenter une faiblesse à retourner contre moi en pleine bataille au barreau.

— J'ai toujours aimé lire, répondis-je vaguement, avant de changer rapidement de sujet. Alors, avez-vous changé d'avis à propos de la construction de l'hôtel ?

Et voilà ! J'avais réorienté la conversation vers nos affaires professionnelles. C'était bien mieux ainsi.

Il m'adressa un sourire disant qu'il savait *parfaitement* ce que je faisais. Mais il répondit :

— Non.

Je sentis la moutarde me monter au nez.

— Monsieur Sinclair, le fait que ces oiseaux n'aient pas d'endroit où revenir faire leurs nids ne vous fait ni chaud ni froid ?

Il était peut-être vain d'attendre de la compassion pour ces pauvres petites sternes de la part d'un homme dont le cœur ne battait que pour les affaires lucratives. Toutefois, je pensais que faire appel au meilleur de lui-même (s'il existait) fonctionnerait peut-être mieux que d'utiliser des insultes.

— Seth, insista-t-il avec douceur. Et je vous appellerai Riley.

Je ne devais pas accepter la moindre chose permettant toute forme d'intimité entre nous.

Il était l'ennemi.

Mon adversaire.

Je hochai la tête sans savoir pourquoi.

— Seth.

Il me lança un sourire satisfait et j'eus envie de le frapper.

— Ce n'est pas que je m'en fiche, Riley. Pas exactement. Mais parfois, un homme doit faire passer le business avant ses émotions.

Je sursautai comme s'il venait de me frapper. Je savais *tout* des hommes qui choisissaient le business au détriment de leur humanité.

— Qu'y a-t-il ? demanda-t-il, visiblement concerné.

— Rien, répondis-je vivement.

— Votre réaction à l'instant n'était pas *rien*.

Mince, alors ! Il avait remarqué mon expression de surprise.

Mais qu'est-ce que je fous, bordel ?

J'étais *Riley Montgomery*, bon sang !

L'une des meilleures avocates en protection de l'environnement de tout le pays.

Diplômée d'Harvard en droit.

Mention très bien, nom de Dieu !

D'habitude, je ne m'effondrais pas devant la moindre marque d'hostilité ou de résistance et je ne sourcillais sûrement pas quand un accusé disait une chose qui me déplaisait.

J'en faisais un point d'honneur.

— Je ne vois pas du tout de quoi vous parlez, répondis-je de ma voix glaciale d'avocate.

Je me réprimandai en silence pour avoir permis à Seth Sinclair de récolter une once de réaction personnelle de ma part.

Il ferma son ordinateur portable avec un air songeur.

— À quel point voulez-vous cette propriété, Riley ?

Je rêvais d'avoir mon propre ordinateur pour pouvoir me cacher derrière, mais je n'avais pas prévu de travailler. J'avais seulement eu l'intention de prendre ma dose de *chaï* à emporter chez moi, dans mon bureau.

Je le fusillai du regard.

— Énormément.

Comme s'il ne le savait pas déjà ! J'étais certaine d'avoir été parfaitement claire là-dessus.

— Je pourrais éventuellement envisager un échange, dit-il, semblant réfléchir.

— Contre quoi ?

J'étais confuse. Je ne possédais aucun terrain de premier choix à bâtir.

Ses yeux gris mystérieux me poignardèrent.

— Vos services.

— Il vous suffirait de claquer des doigts pour avoir n'importe quel grand avocat d'entreprise, dis-je d'un ton moqueur. Je ne m'occupe plus que d'affaires de protection de l'environnement, maintenant. Certainement pas le genre de domaine qui *vous* intéresse !

— Non, admit-il. Mais ça intéresse ma sœur et la dernière chose que je veuille est de la rendre malheureuse. Sans parler du fait qu'Eli Stone, son mari, est un investisseur de *Sinclair Immobilier*, en plus d'être un précieux conseiller.

J'eus une crampe à l'estomac. Je pouvais tout à fait me salir les mains quand il le fallait, mais je ne brisais pas des familles pour une bataille judiciaire. *Au grand jamais.*

— Honnêtement, je n'ai jamais voulu créer de problème, avouai-je. J'aime bien Jade, et du peu qu'elle m'a raconté de son histoire familiale, je sais qu'elle adore chacun de ses frères et sœur.

Il acquiesça.

— Nous sommes tous proches. Mon père était plutôt hors-jeu et ma mère est morte quand on était jeunes. Noah, mon frère aîné, a pris notre garde à tous quand il avait tout juste dix-huit ans. Noah, Aiden et moi sommes allés travailler pour rapporter de quoi nourrir nos cadets.

Je haussai un sourcil.

— Combien êtes-vous en tout, exactement, chez les Sinclair ?

— Avec moi, nous sommes six. Mais comme vous le savez sûrement déjà, nous avons aussi des demi-frères et des demi-sœurs sur la côte est.

Je le savais. Leur famille de la côte est était fortunée par héritage et bien connue parmi l'élite. J'avais appris l'essentiel de cette histoire des Sinclair sans le sou en Californie, devenant milliardaires quasiment du jour au lendemain après avoir découvert leurs riches demi-frères et demi-sœurs. Il aurait été difficile de passer à côté, sachant que l'affaire avait été relatée par tous les journaux ou presque et diffusée sur toutes les principales chaînes de télévision. Les informations avaient creusé le filon du père de toute la famille, à présent défunt, qui avait mené une double vie bigame.

Cependant, j'ignorais que Seth n'avait jamais vraiment eu de parent ni qu'il avait aidé à élever ses cadets. Les médias n'avaient jamais mentionné *à quel point* leur vie avait été difficile.

— Vous étiez si jeune pour assumer ce genre de responsabilités ! dis-je, oubliant momentanément que Seth était mon ennemi. Vous devez être très fier de Jade. Ça a dû être très difficile de l'aider à atteindre ce niveau d'études.

Il m'adressa un sourire sincère.

— Fier de chacun d'entre eux, dit-il d'une voix grave. Ils ont tous travaillé dur. Mon plus jeune frère, Owen, a fini ses études de médecine et il termine son internat. Et Brooke, la jumelle de Jade, vit maintenant sur la côte est. Elle est consultante financière. Elle est mariée à un millionnaire qui a réussi tout seul.

— Elle s'est mariée en dessous de sa condition, le taquinai-je, surprise de baisser la garde.

Il haussa les épaules.

— On se foutait complètement qu'elle épouse quelqu'un de fortuné ou non. Elle est heureuse. Et Liam la traite comme une reine. C'est tout ce qui compte.

Ses mots me touchèrent plus que je n'aurais voulu l'admettre. Seth n'était pas *totalement* motivé par l'argent dont il avait hérité. Visiblement, il ne voulait que le *bonheur* de ses frères et sœurs.

— Vos frères aînés et vous avez sacrifié votre propre éducation pour permettre aux plus jeunes d'entre vous d'avoir un coup de main dans la vie ? dis-je en réfléchissant à voix haute.

— Noah s'est débrouillé pour obtenir son diplôme. Et je ne suis pas sûr qu'Aiden serait allé à la fac. Il était dans le commerce de la pêche et ça lui plaisait. Mais je pense qu'il est mille fois plus épanoui maintenant qu'il a pu construire son propre empire de pêche.

Je l'écoutais me raconter comment Aiden et lui étaient leurs propres bailleurs de fonds réciproques ; qu'ils avaient tous deux décidé de faire ce qu'ils voulaient, mais tout en soutenant mutuellement leurs sociétés.

— Noah est dans la technologie, poursuivit-il. Aucun de nous ne s'intéresse aux technologies, mais nous soutenons quand même ses ambitions.

Quand il se tut, je clignai des paupières plusieurs fois.

Quoi qu'on puisse en dire, la famille Sinclair aurait été remarquable même *sans* arriver à ce niveau de richesse.

— Qu'en est-il de vous ? demandai-je. Avez-vous renoncé à poursuivre vos études ?

— Peut-être. Mais ça en valait largement la peine, dit-il avec désinvolture. En plus, je bénéficie d'une formation de commerce en accéléré avec Eli Stone. Je doute qu'il y ait un meilleur homme d'affaires qui puisse m'instruire.

J'eus un léger pincement au cœur. Il était incroyable de voir la volonté dont Seth avait fait preuve pour aider ses frères et sœurs aux dépens de ses propres choix de carrière.

Honnêtement, il voyait juste quant à Eli Stone. Je ne le connaissais pas bien, personnellement, mais il était une légende dans le monde des affaires, diplômé de l'*Ivy League*. Seth pourrait sûrement en apprendre plus de lui que ce qu'il aurait tiré d'une maîtrise en gestion.

— C'est une histoire incroyable, dis-je en soupirant.

Moi qui étais partie du principe que Seth n'avait *absolument* aucun cœur... !

— Je viens d'une famille assez incroyable, dit-il nonchalamment. Et vous ?

— J'ai pu financer mes études en droit à Harvard. Pas un seul membre de ma famille n'a dû se sacrifier pour mon éducation, répondis-je avec prudence. Alors, parlez-moi de votre proposition d'échange pour la propriété. Je comprends pourquoi vous ne souhaitez pas créer de conflit entre Jade et Eli. Quelle est votre idée ?

Je ne souhaitais vraiment pas parler de *ma* famille, alors plus tôt on s'éloignerait de ce sujet de discussion, mieux ce serait.

— Vous avez proposé de faire un échange contre mes services, dis-je pour lui rafraîchir la mémoire. Mais je n'ai pas grand-chose à offrir à un homme comme vous.

Il m'observa un moment, ce qui me mit mal à l'aise.

Je ne voulais pas que quiconque puisse faire preuve de discernement à mon égard.

Un homme tel que Seth ne me comprendrait *jamais*.

— Vous avez énormément à offrir à *n'importe* quel type, estima-t-il.

— Ce n'est pas tout à fait exact, rétorquai-je. J'ai été fiancée une fois, mais je n'étais jamais assez bien pour Nolan Easton, marmonnai-je, regrettant aussitôt les mots sortis de ma bouche.

Pour une raison étrange, il était facile de se confier à Seth, mais il fallait que je tienne ma langue bien mieux que ça !

Il siffla doucement.

— Nolan Easton ? Directeur des cabinets d'investissement Easton ? Le *très fortuné* Nolan Easton ?

— Oui, répondis-je fermement.

— Quand bien même, je n'arrive pas à croire qu'il vous ait larguée, dit-il.

— Il ne l'a pas fait, avouai-je. J'ai finalement rompu nos fiançailles. Il ne savait pas garder son sexe dans son pantalon et je n'avais pas envie de passer ma vie entière à être celle qu'il voulait que je sois.

Je me mis à tousser nerveusement.

— Maintenant, pouvons-nous en revenir à nos affaires en cours ?

— Pas encore, insista-t-il. J'essaye toujours de comprendre pourquoi un mec voudrait changer quoi que ce soit chez vous. Non pas que l'exercice de vos fonctions me plaise vraiment *pour l'instant*, mais vous le faites avec passion. Vous êtes belle. Vous êtes intelligente. Vous avez l'air de savoir exactement ce que vous voulez. Vu les circonstances qui nous rassemblent, je ne peux pas dire que j'aie remarqué votre sens de l'humour, mais j'imagine facilement que vous en avez aussi. Que voulait-il de plus, bon sang ?

J'ignorai sa question.

— J'ai trois frères aînés, lui confiai-je. Je suis obligée d'avoir le sens de l'humour, sans quoi ils me rendraient folle !

Il appuya ses bras sur la table et se pencha en avant.

— Vous n'avez pas répondu à ma question, Riley. Que voulait-il d'autre ?

Sa voix était basse et persuasive.

— Peu importe. Ça fait un bon moment qu'on est séparés et je suis heureuse. J'ai enfin trouvé ma propre maison ici, à Citrus Beach, et je suis assez contente de vivre seule. La vie est beaucoup plus sympa ici qu'à San Diego. Plus calme.

C'était fichtrement mieux que d'être avec un homme qui me faisait sentir que j'étais moins que rien.

— Quand avez-vous déménagé ici, exactement ? Et où vivez-vous ?

— Il y a presque deux ans, lâchai-je, impatiente d'en revenir à nos affaires.

Ce n'était pas malin de confier beaucoup d'informations personnelles à un adversaire (aussi bonne oreille soit-il).

— J'avais un appartement, mais j'ai récemment acheté la petite maison de votre sœur. J'y suis installée, maintenant. Eli et elle habitent la grosse maison d'à côté, j'étais donc certaine d'avoir de bons voisins.

— J'habite juste un peu plus bas sur la plage ! dit Seth d'une voix étonnée. Je ne vous ai jamais vue !

— Comme je l'ai dit, c'est récent. Je viens d'emménager.

Je me trémoussai sur ma chaise. Je ne m'étais jamais souciée de ce que pouvaient faire les interrogatoires, car d'habitude, c'était moi qui posais les questions.

Il m'adressa un sourire joueur qui fit tressaillir mon cœur.

— Bienvenue dans le quartier ! dit-il d'un ton amusé.

— Merci, dis-je, mal à l'aise. Maintenant, dites-moi ce que vous voulez de moi en échange de ce terrain.

Jouait-il avec moi ?

Ou avait-il réellement quelque proposition à me faire ?

De ces deux possibilités, il s'agissait sûrement de la première, sachant que je n'avais pas grand-chose à lui offrir en termes de services. Nul doute qu'Eli Stone avait branché Seth avec son troupeau d'avocats d'affaires. Pourquoi aurait-il besoin d'une avocate en droit de l'environnement ?

— Si vous jouez avec moi, cette entrevue prend fin à l'instant, dis-je laconiquement.

— Ce n'est pas le cas, répondit-il avec emphase. Je me demande juste comment expliquer ce que je veux.

— Si c'est acceptable, je rédigerai le contrat aujourd'hui, proposai-je.

— Ce n'est pas exactement au contrat que je pense, dit-il, songeur.

Mon Dieu, ce que j'étais nerveuse ! Je n'étais pas habituée à l'être ; et j'étais persuadée que le *chaï* XXL que je venais d'avaler n'y était pour rien.

C'était *lui*.

Peut-être à cause de sa façon de m'observer.

Ou de ses yeux gris acier qui ne quittaient jamais mon visage.

Je n'arrivais pas à lire en lui et ça me contrariait au plus haut point. En tant qu'avocate, j'étais devenue très douée dans l'art de suivre à la trace les pensées d'un adversaire et ses intentions.

— Contentez-vous de nommer vos conditions, dis-je d'un ton agacé. Je peaufinerai les détails.

Quand je me forçai à le regarder dans les yeux, persuadée d'entamer une bataille entre nos deux volontés, je regrettai aussitôt d'avoir ne serait-ce que jeté un coup d'œil dans sa direction.

J'eus le souffle coupé tandis que je tombais dans le piège de son regard ténébreux, dont je ne pouvais plus me défaire.

J'étais désorientée par les émotions que j'y lisais.

Et j'étais subjuguée par le désir charnel qui flambait dans ses iris d'acier comme des éclairs alors qu'il m'immobilisait avec son seul regard fixe auquel j'étais incapable de me soustraire.

Je ressentis une explosion de chaleur entre mes cuisses et j'eus conscience de rougir comme une putain d'ado vivant sa première passion. Mon cerveau suppliait mon corps de ne pas réagir, mais mon esprit débile ne voulait rien entendre.

La voix de Seth était rauque et enjôleuse quand il finit par dire :

— J'ai besoin d'une femme, Riley. Et cette femme, il faut que ce soit vous.

CHAPITRE 5

Riley

Cher monsieur Sinclair,
*   Après avoir attentivement étudié votre proposition,*
je crois devoir la décliner...

— **M**erde ! pestai-je avec dégoût en retirant les mains de mon clavier d'ordinateur.

J'avais passé toute la journée à *essayer* de rédiger ce simple e-mail, mais je n'avais pas réussi à *en venir à bout.*

Il serait *relativement* facile d'obtenir le sanctuaire pour les petites sternes. C'était mon but.

Le problème était qu'il m'en coûterait un prix *personnel.*

Je n'avais pas accepté l'offre de Seth sur le coup. Je n'avais pas pu. Je lui avais dit que j'avais besoin de temps pour réfléchir à sa proposition.

Cependant, je me connaissais ; j'aurais du mal à laisser passer l'opportunité d'obtenir ce pour quoi je me battais depuis des mois. Les petites sternes étaient dans une situation très précaire et elles ne trouvaient presque plus d'endroits où elles pouvaient faire leurs nids en toute sécurité. Leur venue à Citrus Beach était un vrai miracle ! Comment pouvais-je balayer l'opportunité d'offrir à cette espèce en voie de disparition un lieu sûr pour se reproduire ?

Je fus presque soulagée en entendant quelqu'un sonner à ma porte. J'avais besoin d'un peu de distraction.

— Jade ! m'exclamai-je en ouvrant la porte. Tu es restée chez toi !

Eli et Jade passaient beaucoup de temps à San Diego et je ne les voyais généralement pas dans leur maison d'à côté en dehors des week-ends.

Elle entra en riant.

— Bizarre, hein ? Ça fait drôle d'être ici un lundi. Mais Eli voulait rester, il a des choses à faire avec Seth ; et le laboratoire de recherche peut bien tourner sans moi de temps en temps. Il y a plein de scientifiques compétents qui peuvent travailler en mon absence.

Un peu embarrassée, je demandai prudemment.

— Eli ne prévoit pas d'affronter Seth au sujet du sanctuaire, si ?

Je ne voulais vraiment, vraiment pas créer de conflit familial entre eux. Seth adorait Jade, c'était évident.

Elle fit non de la tête en s'affalant sur une chaise à la table près de la baie vitrée.

— Non. Pas depuis que tu m'as dit que Seth t'avait fait une proposition. J'ai tellement hâte de savoir si ça peut nous amener à une solution !

J'étais depuis des jours dans tous mes états à cause de son offre. J'avais, la veille seulement, envoyé un SMS à Jade parlant de l'éventualité que l'on convienne d'un marché avec son frère. Mais je ne m'étais pas attendue à ce qu'elle se pointe *aujourd'hui* pour en discuter !

Je me rendis dans la cuisine pour préparer du thé.

— Tu veux un café ou quelque chose ?

Jade leva une main.

— Non, ça va. Eli m'a déjà emmenée au *Maya's Bistro* ce matin pour manger l'un des fabuleux sandwichs au croissant de Skye. J'ai bu des tonnes de café !

Je savais que la femme d'Aiden, la belle-sœur de Jade, avait fait entièrement rénover son café. Il me tardait de m'y rendre, depuis sa réouverture à la fin de l'été.

— Comment vont les affaires pour elle ?

Jade fit un large sourire.

— Parfaitement bien ! C'est vraiment charmant, maintenant que ça a été complètement relooké, et la nourriture y est chouette et très tendance. Même délicieuse ! Je vois déjà le succès que ça aura l'été prochain !

— Tant mieux ! répondis-je avec sincérité tout en ajoutant de la crème et du sucre dans mon thé. J'aimerais beaucoup y aller bientôt.

Elle hocha la tête.

— Tu devrais. Ses sandwichs sont de vraies œuvres d'art !

Je vins m'asseoir à table en face d'elle.

— Bon, alors, au sujet de la proposition de Seth…

— Dis-moi ! Peut-on sauver la propriété ? demanda-t-elle avec enthousiasme.

Je lui adressai un petit sourire. Jade se montrait si passionnée dès qu'il s'agissait de protéger des espèces animales ! Son travail avant-gardiste dans son laboratoire avec l'ADN me dépassait complètement, mais sa vision était toujours limpide.

— On peut. Mais le marché est… très peu conventionnel.

— Que veut-il ? demanda Jade.

— Moi, répondis-je.

Elle me regarda avec des yeux ronds, confuse.

— Je ne comprends pas.

Je soupirai.

— Je ne comprends pas très bien moi-même, mais d'après ton frère, s'il perd des millions en renonçant à ce terrain, il veut trouver de plus gros investisseurs et magouiller pour dénicher un autre endroit où construire son hôtel. Ce qui implique qu'il doive aller se mêler à l'élite de San Diego. Il a eu plein d'invitations à des soirées privées et à des levées de fonds, mais il a cessé de s'y rendre après s'être fait assaillir par des femmes intéressées ou par leur mère. Il voudrait que je l'accompagne pendant quelques mois comme sa prétendue petite amie, afin d'avoir plus d'opportunités de parler avec des investisseurs potentiels et des gros bonnets de l'immobilier.

— Sérieusement ? lâcha Jade d'une voix rauque.

J'acquiesçai.

— Il était très sérieux.

— Oh ! Riley, dit-elle d'une petite voix. Ça te met dans une situation très délicate, n'est-ce pas ? Il y a de grandes chances que tu finisses par te retrouver nez à nez avec ton ex-fiancé, non ?

Oui, c'est sûr, et Jade ne connaît pas toutes les autres raisons qui me poussent à me tenir à l'écart de cette foule…

Je bus une gorgée de thé avant de répondre.

— Ce serait embarrassant ; mais si ça peut te rassurer, je ne pense pas que Seth en ait conscience. J'ai réfléchi toute la matinée à une façon de décliner son offre, mais je n'y arrive pas, Jade. Garder ce terrain intact est trop important pour que je balaye d'un revers de main l'opportunité de le faire. Et honnêtement, ton frère est vraiment prêt à donner des millions uniquement pour quelques mois de mon temps !

Elle inclina la tête.

— Tu l'aimes bien, me dit-elle d'un ton accusateur.

Je levai les yeux au ciel.

— Je pense que le verbe « aimer » est un peu fort. Il est *supportable* quand il ne se conduit pas comme un con.

Il fallait reconnaître qu'il avait été assez agréable quand on s'était rencontrés quelques jours plus tôt au *Coffee Shack*… jusqu'à ce qu'il m'assomme avec son idée de me faire passer pour sa petite amie.

— En fait, Seth est un garçon plutôt gentil ; et je ne dis pas ça parce que c'est mon frère, dit Jade. Il est peut-être beaucoup sur ses gardes depuis qu'il baigne dans le monde des affaires, mais il a fait de telles choses pour toute ma famille qu'aucun d'entre nous ne pourra jamais lui rendre la pareille. Il s'est toujours privé afin de pouvoir nous offrir, à Owen, Brooke et moi, ne serait-ce qu'une glace ou quelque friandise ; et je ne pense pas qu'il l'ait regretté une seule fois. Tout ce qu'il voulait, c'était nous voir sourire. Il a commencé à travailler dans le bâtiment à seize ans dans le seul but d'aider Noah. Ensuite, Aiden s'est fait engager comme pêcheur dès qu'il a été en âge de bosser. Mes frères voulaient qu'on ne manque de rien. Ils nous ont permis d'avoir une enfance quand eux-mêmes en avaient été privés.

Sans savoir pourquoi, à ces mots, je dus refouler mes larmes.

En fait, peut-être que je savais pourquoi, mais que je ne voulais pas faire le rapprochement entre le Seth « des affaires » et l'homme qui avait toujours fait passer sa famille en premier.

— Tu as une famille formidable, dis-je avec respect.

Elle demanda doucement :

— Pas toi ? Tu as dit que tu aimais tes frères.

Je ne m'étais pas tant que ça confiée à Jade à propos de ma famille.

— C'est vrai. Sauf quand ils essayent de m'éloigner d'hommes qu'ils ne jugent pas assez bien pour moi.

Jade pouffa.

— Je pense que c'est typique des grands frères. Mes trois aînés ont tellement cuisiné Eli que je m'étonne qu'il ne se soit pas enfui !

Je pouffai à mon tour. J'avais vu la façon dont Eli et Jade se regardaient. Je n'étais pas du tout surprise qu'il ait accepté l'inquisition sans sourciller. Si Jade lui avait demandé de se jeter du premier pont venu, il l'aurait fait sans poser de questions. Et vice versa. Ces deux-là étaient si amoureux que c'était presque écœurant. Mais c'était aussi adorable. Je devais manquer d'outils de comparaison, parce que mon expérience avec les hommes était loin d'être féerique.

— Il t'aime, dis-je simplement.

Le visage de Jade s'attendrit.

— Je l'aime aussi. C'est un peu étrange d'être avec un homme qui m'aime tellement. Je n'avais jamais connu quelqu'un qui m'acceptait tout simplement comme j'étais. Une *geek* scientifique et tout. Honnêtement, je n'avais *jamais* connu un homme pareil dans ma vie. Ça valait le coup de l'attendre, finalement !

Elle avait l'air d'en rester baba et ça me fit sourire. On aurait dit qu'elle n'en revenait toujours pas d'être avec lui. Même si ce n'était surprenant pour personne. D'accord, ils étaient en apparence très différents l'un de l'autre, mais ils… allaient ensemble, tout simplement.

— Bon, assez parlé d'Eli et moi, dit-elle sévèrement. Que vas-tu faire par rapport à Seth ? Et d'abord, pourquoi t'a-t-il choisie comme possible fausse petite amie ? Oh, attends ! J'ai peut-être la réponse. Il ne t'impressionne pas du tout, pas vrai ?

— Je suis venue à son secours deux fois, en quelque sorte, expliquai-je. Des femmes l'importunaient au *Coffee Shack* et je leur ai fait croire que Seth et moi étions ensemble pour les faire partir.

Le visage de Jade s'assombrit d'un seul coup.

— Ça me met hors de moi ! dit-elle avec véhémence. J'ai déjà vu ça. Pas une seule de ces femmes n'aurait voulu d'une relation sérieuse avec lui avant qu'il soit riche.

— Pourquoi ? Je sais que c'est ton frère, mais il *est* sexy !

Carrément chaud, même, mais je n'allais pas dire à la petite sœur de Seth que son corps musclé, ses cheveux bruns et ses yeux gris avaient à eux seuls de quoi donner envie à une femme de retirer sa culotte en deux secondes.

— Je n'ai pas dit qu'elles n'auraient pas *baisé* avec lui, dit-elle d'un ton plein de dégoût. Mais il était toujours fauché ; un travailleur manuel qui gagnait sa vie à la sueur de son front et avait la charge de ses frères et sœurs.

— Mais c'est admirable, ça ! protestai-je.

— La plupart des femmes ne le voyaient pas du même œil, Riley. Il ne représentait ni un petit ami convenable ni un bon parti.

Un instant, la façon dont ces femmes l'avaient traité *me* mit en colère également.

— *Certaines* femmes donneraient tout pour être avec un homme totalement loyal, à ce point responsable et dévoué à sa famille, répondis-je.

— Pas tant, dit-elle tristement. Et mes frères le savent par expérience. Ce qui explique sûrement pourquoi Seth a tellement envie de faire diversion. Que vas-tu faire ?

— Je ne sais pas, répondis-je en toute honnêteté. Il voudrait que je commence par l'accompagner à ta soirée caritative à San Diego. Je dois prendre une décision rapidement, vu que c'est le week-end prochain. À la vérité, il ne demande pas grand-chose en échange de ce terrain. Je suspecte qu'en fait, il aurait fini par te le céder à toi, Jade. Il sait que ça te tient à cœur. Mais je ne suis pas sûre de vouloir courir le risque qu'il te le donne tout simplement. Je ne voudrais surtout pas que ça crée des soucis familiaux entre Eli et toi.

Jade se mordit la lèvre.

— Mais je ne veux pas que tu te forces à faire quoi que ce soit.

J'eus un sourire en coin.

— J'avoue que chasser des femmes qui tourneraient autour de ton frère uniquement parce qu'il est riche ne me dérange pas. Mais à choisir, je préférerais ne pas retourner dans cette faune de San Diego. Je suis plus heureuse ici.

— Alors, n'y va pas, m'encouragea Jade. On trouvera un moyen. Je ne fais pas partie du même monde que ces gens, moi non plus. Je m'y mêle seulement dans le but de récolter des fonds. Et Eli y est tellement comme un poisson dans l'eau que c'est plus facile à supporter.

— Il y a tellement de trivialité ! dis-je d'un ton plaintif. Ils jouent tous à qui surpassera qui. Mais je suppose que je peux m'en sortir. J'ai eu beaucoup d'expérience dans l'art de la façade.

Jade me lança un regard dubitatif.

— Tu en es sûre ?

J'acquiesçai avec fermeté. Je venais de prendre ma décision au cours de notre conversation avec Jade.

— Absolument. Et ce ne sera pas si terrible, puisque Eli et toi serez là ce week-end.

— As-tu besoin d'aller faire un peu de shopping ? demanda-t-elle, taquine.

— En réalité, c'est bien possible, répondis-je. J'avoue avoir échangé mes robes de soirée contre des tailleurs et des jeans !

— Seth en jette pas mal en smoking, répondit Jade avec un grand sourire. Comme tous mes frères !

— Il n'est pas mal en costard non plus, laissai-je échapper spontanément.

— Je le savais ! dit Jade, tout excitée. Il t'attire !

Je haussai un sourcil.

— Comme une mante religieuse est attirée par un partenaire… grommelai-je. Mais n'oublie pas que la femelle décapite le mâle une fois qu'ils ont couché ensemble !

Jade éclata de rire.

— Il n'est pas si terrible, dit-elle après avoir repris son souffle. Si tu apprends à connaître le vrai Seth, tu pourrais en venir à l'apprécier. Comme chacun de mes frères, il est parfois chiant ; mais ils ont tous des qualités qui compensent.

— Il va falloir que je te croie sur parole, là, marmonnai-je. Ça fait des mois que je me bagarre avec lui et il n'avait toujours pas changé d'avis jusqu'ici.

— Oh, je n'ai jamais dit qu'il n'était pas *têtu* ! répondit-elle sur le ton de la plaisanterie.

— Et c'est une belle qualité ?

— En fait, je pense que c'est une qualité que vous avez *en commun*. Il faut être deux pour se bagarrer.

— Je suis avocate, lui rappelai-je. Je suis payée pour me battre.

Jade se leva en souriant.

— Merci, Riley. Mais je t'en prie, convenons que, si ça s'avère pénible pour toi, ça s'arrête. Je sais combien tu exècres être sous les projecteurs. On peut trouver un autre moyen de résoudre cette affaire.

— Ça ira, lui dis-je d'une voix faussement enjouée. Je dois juste poser quelques règles de base et tout se passera bien. Dans quelques mois, ce terrain sera à l'abri entre nos mains et pourra devenir une zone de reproduction protégée pour les petites sternes.

On prit congé et je retournai dans mon bureau.

Cette fois-ci, je n'eus aucun problème à rédiger ma réponse à Seth.

Si nous nous lancions dans cette mascarade, ce serait selon *mes règles*, avec très peu de place laissée à la négociation.

CHAPITRE 6

Seth

Cher monsieur Sinclair,

Après mûre réflexion, j'ai décidé d'accepter votre proposition, mais vous devrez accepter les conditions qui suivent :

RÈGLES FONDAMENTALES

Règle 1 : Je m'habillerai comme il conviendra, mais en aucun cas vous ne me dicterez ce que je devrai porter selon les occasions.

Règle 2 : Il vous est interdit, lors des soirées, de me demander de danser avec un homme, quel qu'il soit, même dans l'intérêt de vos affaires.

Règle 3 : Vous vous garderez de critiquer mon comportement, à moins et jusqu'à ce que nous soyons en privé. Nous en discuterons en tête à tête.

Règle 4 : PAS D'ACTE SEXUEL. AU GRAND JAMAIS.

Règle 5 : EN AUCUN CAS VOUS NE ME METTREZ LA MAIN AU CUL.

Règle 6 : Vous devrez toujours vous montrer respectueux.

Si vous êtes d'accord avec ces conditions, envoyez-moi une liste des événements auxquels vous souhaitez vous rendre et je rédigerai le contrat.
Riley

Elle est vraiment sérieuse, putain ? ronchonnai-je tout haut.

On était mardi et j'étais seul, assis à mon bureau.

D'accord, j'avais peut-être un léger problème avec les règles quatre et cinq. J'allais être tenté de caresser son joli cul et j'avais bel et bien envie de coucher avec elle.

Mais toutes les autres règles n'étaient qu'un ramassis de conneries !

Si Riley était ma compagne, je ne lui manquerais jamais de respect ; et ça me mettait hors de moi qu'elle ait pris la peine de le notifier dans des règles fondamentales.

Je n'avais jamais, de toute ma vie, manqué de respect à une seule femme. Bon sang, j'avais des sœurs ! Je n'aurais surtout pas voulu qu'un homme les traite autrement qu'avec la plus grande courtoisie.

Je regardai fixement ses autres demandes en me demandant qui pourrait vouloir qu'elle danse avec un autre homme. Sûrement pas moi !

De par nature, je n'étais pas un taré du contrôle ; donc, les autres trucs n'avaient pas plus de sens. Comme si j'allais censurer ses tenues vestimentaires ! Riley pourrait m'accompagner toute nue, si elle voulait !

Attends, efface ça !

Je n'avais aucune envie qu'un autre homme la voie nue. Cette seule pensée me nouait la gorge. Mais croyait-elle vraiment que je pouvais m'inquiéter qu'elle décide de porter une tenue plutôt qu'une autre ?

Qu'entendait-elle par-là, quand elle disait que je ne pouvais pas la *critiquer* ? Quel connard le ferait en ayant à ses côtés une femme comme Riley ?

La vérité, c'était que je me sentais vraiment chanceux d'être avec elle, même si ce n'était qu'une comédie.

— Fils de pute... me dis-je d'une voix rocailleuse en prenant mon portable pour composer son numéro.

Fort heureusement, on avait échangé nos numéros privés avant qu'elle ne quitte le *Coffee Shack* afin de pouvoir discuter après qu'elle aurait pris le temps de réfléchir à mon offre.

Pour être honnête, j'aurais sûrement renoncé à construire l'hôtel à cause de Jade. À un moment donné, j'aurais abandonné le projet d'ériger une tour hôtelière qui aurait fait fuir ses oiseaux adorés.

J'avais beau ne pas vouloir l'admettre, je ne pouvais rien refuser à ma petite sœur quand elle avait de la peine.

L'idée d'amener Riley à m'accompagner à différentes fêtes n'était ni plus ni moins que le moyen que j'avais trouvé pour continuer à voir cette magnifique rousse entêtée qui me hantait.

Oui, il serait agréable d'être accompagné à toutes les réceptions auxquelles je souhaitais me rendre. J'aurais plus de facilité à y aller ; mais je n'allais pas me raconter des salades en pensant que c'était là *l'unique* raison que j'avais de profiter de l'occasion d'être avec elle.

En réalité, je ne voulais pas uniquement une femme à mes côtés. Je la voulais, elle ; et si je renonçais tout simplement au terrain, on n'aurait plus aucune raison de se croiser. Ce qui, à mes yeux, était totalement... inacceptable.

— Cabinet d'avocats de Riley Montgomery, dit-elle gaiement en décrochant.

— Putain, qu'est-ce que c'est que ce mail, Riley !? grondai-je sans prendre la peine d'une introduction de politesse.

— Seth ? demanda-t-elle d'un ton méfiant.

Je déplorai le fait que j'adorais le son de mon prénom sortant de sa bouche.

— Avec combien d'autres hommes prenez-vous la peine d'établir des règles fondamentales ? Quel était votre but en écrivant ce ramassis de conneries ?

— Je ne vois pas ce que vous voulez dire, dit-elle de sa voix d'avocate. Je voulais stipuler quelques conditions générales. Si vous les refusez, inutile de poursuivre les négociations.

— Ne me prenez pas pour un con, Riley ! gueulai-je. Quelqu'un vous a-t-il vraiment déjà fait ça avant ?

— Je… je ne comprends pas, répondit-elle d'un ton d'une vulnérabilité inhabituelle.

Merde ! Son hésitation m'oppressa la poitrine. Quelqu'un l'avait bel et bien traitée comme de la merde.

— Alors, laissez-moi être parfaitement clair ; les règles un, deux, trois et six n'ont aucune raison d'être, mais je doute que vous les ayez incluses sans craindre que ça puisse se produire. Je vous accorde que les quatre et cinq peuvent avoir une raison d'être *mentionnées*, parce que garder mes mains dans mes poches devant votre joli cul quand personne ne regardera ne sera pas facile. Et je pense que vous savez déjà que j'aimerais vous avoir dans mon lit, mais seulement si vous le vouliez aussi. Ce qui ne devrait pas avoir besoin d'être négocié dans un putain de contrat !

Il y eut un silence total à l'autre bout du fil jusqu'à ce qu'elle murmure enfin :

— Vous… Vous êtes d'accord avec les conditions ?

Mince ! Ça recommençait. Cette hésitation. Cette incertitude. J'essayais de faire descendre la puissance de mon indignation d'un cran.

— Ce que je veux dire, c'est que je ne vous manquerai *jamais* de respect, en *aucune* circonstance. Je me fiche complètement de ce que vous allez porter ou dire, et les poules auront des dents avant que je vous demande d'approcher d'un pervers parce que ça donnerait du crédit à ma société. Bon Dieu, Riley ! Quel type ferait ça ?

— Certains le feraient, répondit-elle.

Je fus soulagé de l'entendre reprendre son ton d'ergoteuse.

— Certains ? Comme votre ex-fiancé ?

— Le tact n'était pas vraiment son fort, répondit-elle d'un ton sec.

— Ce devait être un crétin, commentai-je.

— Ce qui explique qu'on ne soit plus ensemble, répondit-elle d'un air grave.

Au moins, elle avait dégagé ce connard. Mais ça ne m'empêchait pas de frapper mon bureau du poing.

J'avais deux petites sœurs à qui mes frères et moi avions appris à être elles-mêmes, à être uniques en leur genre. Aucun d'entre nous n'aurait souhaité les modeler selon ses propres désirs.

Bien sûr, on avait examiné à la loupe tous les types dont elles s'étaient amourachées, mais uniquement pour être certains qu'elles ne sortiraient qu'avec des hommes de confiance, qui seraient dignes de Brooke et de Jade.

Protecteurs ? *Oui.*

Tarés du contrôle ? *Non, putain !*

— Si coucher ces conditions noir sur blanc peut vous rassurer, alors, faites-le.

Je n'aurais jamais besoin d'un contrat pour traiter Riley avec respect, mais au regard de son passé, je n'étais pas aussi remonté contre elle qu'au début de la conversation.

— Mais vous pourriez vous abstenir de rédiger les règles quatre et cinq.

— Hors de question, répondit-elle d'un ton strict. Je n'aime pas que les hommes me pelotent les fesses en public.

— Et en privé ? demandai-je, plein d'espoir.

— Non plus. Seth, rien de tout ça n'est *réel*. C'est censé être une ruse pour vous aider.

Elle avait raison, mais l'admettre ne me faisait pas particulièrement plaisir.

— Très bien. Rédigez le contrat, dis-je d'un ton professionnel.

Je remarquai qu'elle n'avait pas mentionné la règle cinq et un homme peut toujours espérer.

Si les deux parties tombaient d'accord, les termes d'un contrat pouvaient être modifiés.

Dans le cas contraire, je n'aurais qu'à me contenter du temps supplémentaire à passer avec elle. Riley valait bien mieux qu'un simple coup d'un soir.

Inutile de nier que je nourrissais l'espoir d'arriver à la persuader de changer d'avis à propos de la règle numéro cinq. Un jour.

Je n'avais pas eu envie d'une femme à ce point depuis tellement longtemps… bon sang, *aucune* femme ne m'avait *jamais* fait bander autant que Riley !

— Autre chose ? Je veux dire, de votre côté ?

On aurait dit qu'elle prenait des notes ; je pouvais entendre le cliquetis d'un clavier.

— Des signes d'affections seront indispensables, dis-je d'un air songeur. Si nous sommes censés être ensemble, ça doit se voir.

Je ne pourrais peut-être pas coucher avec elle ni lui peloter les fesses, mais il n'était pas question que je ne puisse absolument pas la toucher. C'était beaucoup trop demander alors même qu'on allait passer tant de temps à prétendre être en couple.

Il y eut un silence à l'autre bout du fil ; puis elle demanda finalement :

— Quel genre de signes d'affection ?

Aïe, elle avait l'air nerveuse, ce qui n'était pas du tout bon signe !

— Des trucs basiques, répondis-je vaguement. Mais pas de main au cul !

— D'accord, dit-elle d'un ton sec. Je vous toucherai ; et vous pourrez me toucher. Occasionnellement.

Mon sexe se tendit à l'idée que je pourrais toucher cette femme-là de presque toutes les façons possibles.

— Je passerai vous chercher samedi soir. Dix-huit heures trente ?

La levée de fonds commencerait à dix-neuf heures trente, mais atteindre San Diego nous prendrait du temps.

— Je peux m'y rendre toute seule, dit-elle d'une voix hésitante.

— Non. Condition formelle : vous viendrez toujours avec moi. Ma petite amie ne s'y rendrait pas toute seule. On irait ensemble.

— OK, murmura-t-elle en pianotant toujours sur son clavier.

Oh là là ! Elle paraissait incertaine et c'était un côté de Riley que je ne connaissais *vraiment pas* ! Et qui ne me plaisait pas…

En règle générale, cette femme était sûre d'elle au point d'être une vraie tête de mule ; et je commençais à aimer son entêtement. La plupart du temps.

— Autre chose ? demanda-t-elle sèchement.

— Du calme, dis-je d'une voix douce. Je ne vais pas vous embrasser ! J'étais peut-être un ouvrier, mais je sais comment me tenir et adopter un comportement approprié en public. À moins que quelqu'un ne me cherche vraiment.

Elle s'esclaffa.

— Ce n'est pas vous qui m'inquiétez. C'est plutôt moi qui suis stressée.

D'accord ; elle n'aimait pas se mêler à ces gens. Apparemment, la seule idée de le faire la rendait nerveuse.

— N'hésitez pas à être qui bon vous semble, Riley. Ne vous souciez pas de vous intégrer. Vous n'avez rien à prouver à personne.

J'hésitai avant de demander :

— Avez-vous besoin de quoi que ce soit pour ces soirées ? Je prendrai à ma charge tout ce qui vous sera nécessaire.

— Comme quoi ?

Elle avait l'air confuse.

— Des vêtements, des chaussures, n'importe quoi. Des armes d'autodéfense pour que personne ne vous touche les fesses ? Je ne veux pas que vous dépensiez d'argent pour des choses qui ne vous seront utiles que pour m'accompagner.

Je ne connaissais pas vraiment sa situation financière, mais je doutais qu'une avocate environnementale touche beaucoup d'argent. Je savais très bien qu'elle travaillait sur le dossier de ma propriété gracieusement.

— Je me débrouillerai, dit-elle précipitamment. Je décline la proposition des armes. J'aurais du mal à tuer quelqu'un pour m'avoir pincé les fesses.

— Moi, je pourrais... grognai-je dans ma barbe.

— Pardon ?

— Rien, dis-je plus haut.

— Puis-je vous demander quelque chose ?

Tout à coup, le son des touches de son clavier cessa.

— Ce que vous voulez. Allez-y !

— Êtes-vous vraiment prêt à vous mêler à cette foule de gens ? Ils ne ressemblent pas vraiment aux participants typiques de vos fêtes.

Elle se souciait de savoir si oui ou non, je serais accepté avec mon statut de nouveau riche ? Ou en tant qu'ancien ouvrier du bâtiment fauché ?

— Je ne m'y rends pas pour être intégré à leur cercle, Riley. Je me fous complètement de *plaire* au moindre d'entre eux. Il s'agit d'affaires. Je me suis déjà rendu avec Eli à quelques soirées et c'est pourquoi je suis conscient d'avoir besoin d'être accompagné pour y aller. Je sais déjà que la majorité de l'élite est snob. Ces gens assistent à ces galas de bienfaisance pour se montrer et s'observer entre eux, non pas pour des raisons charitables. Même Eli, qui a pourtant grandi dans ce milieu, ne fréquenterait pas la plupart d'entre eux en dehors d'une soirée mondaine. On peut le voir comme un jeu auquel on participerait, sans le prendre au sérieux.

Elle émit un soupir qui ressemblait à du soulagement.

— Ça, je peux le faire.

— Voulez-vous qu'on dîne ensemble demain soir ? Juste pour passer le contrat en revue ?

— Pas la peine, répondit-elle brusquement. Je peux vous l'envoyer à votre bureau.

Je me mis à sourire. Là, je reconnaissais bien Riley !

Têtue.

Indépendante.

Et totalement insaisissable.

— D'accord, envoyez-le-moi, dis-je en cédant, tout en espérant comme un fou qu'elle oublierait complètement la règle cinq en le rédigeant.

CHAPITRE 7
Riley

Quand arriva le samedi soir, je me tenais devant mon miroir en sachant que ma mère désapprouverait *totalement* mon choix de tenue. Comme toujours.

Ma nouvelle robe de soirée était vert émeraude, une couleur qui se mariait très bien à mes cheveux d'un roux flamboyant que j'avais réussi à dompter. Mais l'ourlet arrivait bel et bien au-dessus de mes genoux. J'avais toutefois opté pour des manches trois quarts à cause du temps qui s'était rafraîchi.

Le décolleté était-il trop plongeant ?

Je secouai la tête. Objectivement, je savais que ma tenue n'était pas scandaleuse. OK, le V descendait sur ma poitrine, mais il ne révélait absolument rien.

J'examinai les chaussures argentées à talons et à lanières que je portais aux pieds ; ma mère aurait décrété que la teinte appropriée pour les tenues très habillées était le noir ; mais j'aimais les chaussures brillantes et j'avais une admiration sans bornes pour… les couleurs. Des tas de couleurs. À peine sortie de l'adolescence, je m'étais lassée de la banalité du noir.

Malheureusement, ni ma mère ni Nolan n'avaient encouragé mes choix vestimentaires.

Cette couleur est inappropriée, c'est épouvantable !

Tes chaussures devraient être noires.

Ta coiffure est désordonnée.

Etc., etc.

Je souris à mon reflet dans le miroir.

Heureusement, je n'avais plus besoin de l'approbation de l'un ni de l'autre.

J'avais relevé mes cheveux à l'aide d'une grande et belle pince argentée, mais des mèches de cheveux s'en échappaient malgré tout et encadraient mon visage.

Mon maquillage aurait peut-être eu besoin d'être un peu plus souligné, mais c'était mieux que d'avoir un emplâtre sur le visage.

Je soupirai en attrapant un petit sac à main argenté et pris mon manteau en cachemire noir dans mon armoire.

Malgré mes paroles d'encouragement, je me sentais *encore* nerveuse.

Je m'étais juré de ne jamais y retourner ; pourtant, voilà où j'en étais : prête à me rendre à la première soirée d'une longue liste d'événements mondains et de galas de bienfaisance auxquels je devais *à nouveau assister*, en côtoyant la faune dont ma mère faisait partie.

Pense au terrain. C'est le moyen d'atteindre un but. Et Seth sera avec moi.

Je me rendis à la cuisine, les sourcils froncés. Quelle importance pouvait avoir la présence de Seth à mes côtés ?

Étrangement, ça comptait. À partir du moment où il m'avait dit se foutre complètement de ce que les autres pensaient de lui, je m'étais sentie bien plus détendue.

Il était mon cavalier, et s'il s'en fichait, je pouvais en faire autant.

Il y avait une raison à toute cette mascarade, une raison de jouer le jeu ; et si je parvenais à ne pas la perdre de vue, tout se passerait bien.

Honnêtement, je *pouvais* représenter un atout pour Seth.

Parmi l'élite, je savais qui était vraiment plein aux as et qui se comportait comme s'il l'était.

Être à même de désigner quelques-unes des personnes présentes pouvant représenter de bons investisseurs pour Seth pourrait s'avérer utile. Comme lui dire quels types étaient les plus honnêtes dans leurs transactions immobilières.

Je sortis une tasse du placard ayant, en totale accro au thé, désespérément besoin d'en boire. Je n'en avais pas bu une goutte depuis le matin.

Je me demande si Seth pense vraiment qu'en tant qu'avocate, j'ai du mal à joindre les deux bouts...

Le fait qu'il avait proposé de financer mon shopping prouvait qu'il suspectait, pour une raison ou une autre, que je manquais d'argent.

Sa suggestion avait été plutôt *gentille*, chose que j'avais trouvée inattendue de la part de Seth Sinclair... mais totalement inutile.

Je me remis à penser aux commentaires qu'il avait faits plus tôt dans la semaine à propos de mes règles de base. J'avais été étonnée qu'il ait l'air furieux face à certaines des conditions. Comme si je l'avais *insulté*.

Ce qui avait peut-être été le cas.

Beaucoup de gens parmi les nouveaux riches voulaient s'intégrer et montraient une obsession à outrance d'être comme les autres dans le cercle des très fortunés.

Non pas que je l'en aie accusé personnellement, mais il avait dit avec beaucoup de véhémence qu'il se fichait de mes vêtements, de mon comportement et qu'il n'aurait jamais envie que je me rapproche d'un type sur la piste de danse dans son intérêt professionnel.

Les poules auront des dents avant que je vous demande d'approcher un pervers parce que ça donnerait du crédit à ma société !

C'était bizarre, mais je pouvais toujours entendre le gronde-ment de sa colère dans ma tête.

Ricanant, je plaçai ma tasse sous la cafetière pour y verser de l'eau chaude.

Je n'avais certainement jamais entendu pareille déclaration de la part de mon ex ; et quelque part, les paroles de Seth m'avaient donné un sentiment de… liberté.

On sonna à la porte d'entrée, coupant court à mes pensées.

Je jetai un coup d'œil à l'horloge de la cuisine et pris conscience qu'il était plus tard que je ne pensais.

Je regardai avec envie ma tasse qui n'attendait plus que l'eau chaude pour le thé.

Pas le temps. Mais, plus tard…

Je me dépêchai vers l'entrée et mes talons claquèrent sur le parquet avant que je n'ouvre la porte.

Lorsque je découvris Seth Sinclair sur le pas de ma porte, j'eus le souffle coupé.

Il était à tomber par terre, en smoking ! Et il avait l'air tout à fait à l'aise dans sa tenue de soirée.

Mon cœur s'emballa, tandis que je me contentais de le regar-der bêtement, bouche bée.

Il passa à côté de moi, s'invitant à l'intérieur.

Je me secouai et fermai la porte, savourant son odeur mas-culine et musquée, sûrement mélangée à celle d'un après-rasage très raffiné qui flotta dans l'air environnant.

Arrête de baver, nom de Dieu ! Rien de tout ça n'est vrai. Ce n'est pas un rencard. Loin de là. Au grand jamais !

— Salut ! dis-je avec un temps de retard en me retournant pour lui faire face.

— Bonsoir, beauté, dit-il d'une voix rauque. Vous êtes splen-dide, Riley.

Un frisson de plaisir glissa le long de ma colonne vertébrale.

— Vous aussi, répondis-je avec sincérité.

— Je ne viens pas les mains vides ! dit-il avec un grand sourire en me tendant un grand gobelet en carton. Un *chaï mocha latte* XXL à emporter.

Il s'en souvenait.

J'ignorais pourquoi j'étais si touchée qu'il se souvienne exactement de ce que j'aimais au *Coffee Shack*.

— Vous me sauvez ! dis-je avec gratitude en le prenant de ses mains. Je n'ai pas bu de thé depuis ce matin !

— Alors, vous devez être vraiment en manque, dit-il, taquin.

— Je le suis vraiment. Je suis accro, avouai-je.

— Prête ? demanda-t-il en continuant à me dévisager.

Je hochai la tête avec fermeté.

— Je vais chercher mon manteau et mon sac à main.

Je me précipitai vers la cuisine pour les récupérer sur le comptoir et revins vite dans l'entrée.

Avant que je puisse saisir la poignée de la porte, Seth se rapprocha de moi et posa ses mains sur le bois, me coinçant entre ses bras sans vraiment me toucher.

— Vous ai-je dit combien j'allais être fier d'être accompagné d'une femme telle que vous, Riley, même si c'est un subterfuge ? demanda-t-il d'une voix rauque.

J'eus le souffle coupé et je relevai la tête pour le regarder. Il avait une expression mystérieuse et presque… sévère. Sa mâchoire semblait crispée et son regard extrêmement sérieux.

Pour une raison étrange, ce compliment avait une réelle importance.

— Je… je suis vraiment ravie de pouvoir être à même d'éloigner de vous toutes les femmes ! lâchai-je, subjuguée par l'intensité qui circulait entre nous.

Je ressentis de la chaleur entre mes cuisses et mes tétons se durcirent comme des diamants en réponse à la masculinité à l'état brut de Seth et au pur désir que je voyais dans son regard orageux.

Quand sa bouche s'abaissa pour me dérober un baiser, je poussai un soupir de soulagement contre ses lèvres.

Mon cœur s'emballa tandis que je me perdais complètement dans l'étreinte de Seth. J'avais envie de me pendre à son cou et de l'inviter à faire tellement plus, mais je me cramponnais toujours à ma veste, mon sac à main et mon café.

Nos lèvres se touchaient et c'était plutôt érotique parce que c'était le seul point de contact entre nos deux corps. Tout le désir était cantonné à un seul endroit.

Son parfum me mettait l'eau à la bouche et m'enveloppait dans un nuage de désir dont je ne voulais pas sortir.

Le baiser s'arrêta bien trop tôt à mon goût.

— On n'aurait pas dû faire ça, murmurai-je alors qu'il relevait la tête.

Parce qu'à présent, mes sens étaient trop en éveil.

J'éprouvais trop de désir.

Et tout mon corps mourait d'envie de lui.

Il porta gentiment une main à mon visage et passa son pouce sur mes lèvres.

— Du calme, Riley. C'était juste un baiser. Je pense qu'il fallait en passer par là pour en finir une bonne fois pour toutes. Des marques d'affection, vous vous souvenez ? Vous sentez-vous plus à l'aise, à présent ?

Oh, mon Dieu, non !

J'étais très loin de me sentir à l'aise !

Mon corps réclamait d'obtenir gain de cause, au point d'avoir envie de grimper sur son corps si sexy et de le supplier de me prendre jusqu'à ce que je ne puisse plus marcher droit.

— C'est pour ça que vous m'avez embrassée ? demandai-je d'une voix faible qui ne me ressemblait absolument pas.

Il fit un pas en arrière en secouant la tête.

— Non. Mais ça me semblait être une bonne excuse.

— C'était une erreur, Seth. Une erreur qu'on *ne peut pas* réitérer, dis-je d'un ton glacial.

Je reprenais mes esprits. Mon cerveau avait été momentanément embrouillé par ce baiser, mais je savais qu'une relation avec Seth Sinclair serait une erreur monumentale. Une que je ne voulais pas commettre.

— Ce n'était pas une *erreur*, Riley. On est attirés l'un par l'autre. Tôt ou tard, nous devrons prendre des mesures en réponse à cette alchimie.

Aucune chance ! L'embrasser était une erreur. Coucher avec lui serait un désastre gigantesque.

— On ferait mieux d'y aller, lui rappelai-je, souhaitant passer à autre chose après notre rapprochement.

Je m'éloignai de Seth pour prendre du recul face aux émotions fortes qu'il avait provoquées en moi. Mon pouls s'était ralenti, mais il n'était pas encore totalement régulier.

— Ça arrivera, Riley, me prévint-il.

— Ça n'arrivera pas, répondis-je avec fermeté. Règle cinq du contrat, vous vous en souvenez ?

— Et je crois vous avoir dit que ma vie sexuelle ne dépendrait *jamais* d'un foutu contrat !

Il avait l'air agacé.

— Vous l'avez signé.

— Je l'ai fait en sachant que des termes peuvent être facilement changés.

— Je refuse de négocier ! dis-je avec emphase.

— On verra... répondit-il évasivement.

Je fermai la porte derrière nous en sortant, sachant qu'il me faudrait à l'avenir me montrer plus prudente. Me laisser séduire par un type comme Seth Sinclair ne faisait pas partie de mes plans.

Du tout. Au grand jamais.

CHAPITRE 8

Seth

Plus tôt dans la soirée, j'avais entrevu la vraie Riley Montgomery, la passionnée, mais dans les heures qui avaient suivi le baiser renversant qu'on avait partagé, elle n'avait plus montré la plus petite once de cette vulnérabilité.

Il ne s'agissait plus que de son affaire en cours : obtenir son terrain en jouant un jeu.

Et ça me rendait fou !

J'avais envie de la *connaître*, de découvrir pourquoi elle s'opposait si catégoriquement à tout ce qui pouvait dépasser un arrangement professionnel.

Mais nous eûmes beau passer la plus grande partie de la soirée ensemble, Riley demeurait un mystère pour moi.

— Tu devrais peut-être te rapprocher de monsieur Rutledge, me chuchota-t-elle à l'oreille, avant de désigner d'un signe de tête un homme plus âgé, assis tout seul à une petite table recouverte d'une nappe. Extrêmement riche et connu pour être un homme d'affaires honnête et droit.

Je tournai la tête pour la regarder et c'était là une grave erreur.

Mon sexe n'avait pas désenflé une seule fois de toute la soirée et chaque fois que je jetais un coup d'œil à Riley, ça empirait.

Danser avec elle avait été une vraie torture que je m'étais cependant délecté d'endurer, rien que pour étreindre son corps sensuel.

Comme je m'y étais attendu, il y avait à cette soirée des snobs à ne plus savoir qu'en faire, mais dans la mesure où elle était organisée par Eli et Jade, nombre d'entre eux paraissaient travailler l'excellence de leur comportement. C'était comme si chacune des personnes présentes savait que mettre un pied en dehors du droit chemin équivaudrait à ne plus jamais se voir conviée à une soirée d'Eli Stone. Et c'était bien vu. Mon beau-frère ne montrait aucune tolérance envers les idiots malveillants.

Riley et moi avions mangé, dansé et je l'avais regardée circuler dans la salle comme un poisson dans l'eau.

— Tu as bien fait ton travail, lui dis-je.

Je m'étais déjà rapproché de plusieurs personnes qu'elle m'avait dénichées et elle ne s'était trompée sur aucune d'entre elles. J'avais pris des informations, rencontré d'enthousiastes investisseurs potentiels et avais entendu parler de plusieurs propriétés bientôt à la vente. À présent, l'envie de quitter cette ambiance trop complaisante commençait à me démanger.

J'avais joué le jeu, mais j'arrivais à mes limites.

Le bruit de la foule n'était pas excessif. L'orchestre jouait une mélodie plutôt calme qui semblait n'être qu'une musique de fond (tant que vous n'étiez pas sur la piste de danse). Les gens paraissaient se regrouper pour bavarder… ou raconter des ragots… je ne savais pas vraiment, dans la mesure où Riley et moi avions principalement déambulé sans jamais rester longtemps dans l'un des groupes.

Ma compagne avait tellement bien jaugé la foule que j'avais décliné la proposition d'aide qu'Eli m'avait faite peu de temps auparavant.

Je parcourus la salle du regard ; je devais bien admettre que ma présence parmi ces gens me paraissait toujours surréaliste. Non pas que passer une soirée au milieu d'une foule de snobs m'ait jamais fait fantasmer, mais le fait d'être suffisamment riche pour me trouver là était assez incroyable.

Ma participation à ce gala de bienfaisance me rappelait que parfois, je me *sentais* toujours comme un imposteur.

Notre passage d'une extrême pauvreté à la grande richesse me semblait encore une chose à peine réelle, mais je savais que tant que je n'oubliais pas d'où je venais, je pourrais voir tout ça comme un simple jeu.

Je préférais toujours la bière au champagne.

Je trouvais encore qu'aller à la pêche était la meilleure façon de passer une journée.

J'aimais toujours sortir et me dépenser, bien que le plus souvent, ça se traduise par une longue course à pied qui me faisait transpirer suffisamment.

D'accord, me montrer impitoyable en affaires commençait à devenir une habitude, mais, somme toute, l'argent ne nous avait pas vraiment changés, mes frères et sœurs et moi. Ça simplifiait seulement les démarches.

— Veux-tu boire un autre verre ? demandai-je à Riley.

Elle me sourit en secouant la tête.

— Non merci. Deux, c'est ma limite. Même si j'aurais aimé pouvoir compter sur une tasse de thé digne de ce nom.

Son sourire me percuta de plein fouet. Elle était si belle et d'une telle élégance que je n'arrivais plus à réfléchir normalement.

Pas une seule femme de la soirée ne lui arrivait à la cheville ; et chaque fois qu'un connard regardait dans sa direction, j'avais envie de lui dévisser la tête.

Mon instinct protecteur fut sûrement la raison pour laquelle je fus tiré de mes pensées par la vue de trois hommes qui étaient en train de désigner Riley de loin en la regardant.

J'oubliai instantanément les raisons de ma présence à cette soirée. Toute mon attention se focalisa sur une menace potentielle.

— Comptes-tu parler à monsieur Rutledge ? me demanda Riley avec curiosité.

— Pas encore, répondis-je, les yeux fixés sur les trois gars qui marchaient maintenant dans notre direction.

Un brun. Un blond. Et un autre type entre deux.

Ce fut à peu près la seule chose que j'eus le temps de remarquer avant que l'homme aux cheveux bruns ne passe ses bras autour de Riley par-derrière.

— Salut, beauté, dit le type en enroulant ses bras musclés autour des épaules de ma cavalière. Que dirais-tu d'une danse ?

Merde ! Je vis rouge tout de suite.

— Et que dirais-tu d'enlever tes putains de pattes d'elle avant que je les casse toutes les deux ? grondai-je en m'approchant pour lui faire lâcher sa prise.

Je m'interposai entre lui et la femme que je considérais comme la mienne, au moins pour la soirée.

— Elle ne t'appartient pas, mec ! dit le type avec désinvolture, mais en me fusillant d'un regard sombre.

— Elle est à moi, au contraire ! aboyai-je. Et si tu veux que je te le prouve, on peut régler ça dehors tout de suite !

Je m'assurerais qu'il ne soit plus en mesure de revenir dans la salle après ça. J'avais connu mon lot de bagarres par le passé et me salir les mains ne me dérangeait pas. L'enfoiré avait *touché* Riley sans sa permission et pour ça, je voulais lui régler son compte.

Tout De Suite.

Je l'attrapai par la veste pour le traîner dehors, mais Riley s'interposa tout à coup entre nous.

— Non, Seth. Arrête !

Je lui lançai un regard noir parce qu'elle se mettait en danger, mais elle me retourna un regard suppliant que je ne pouvais pas ignorer.

— Il te malmenait, Riley, lui fis-je remarquer, agacé. Donne-moi une seule bonne raison de *ne pas* lui arracher la tête !

— C'est mon frère, répondit-elle fermement.

Elle désigna les deux gars aux côtés du brun que je voulais mettre à terre deux secondes plus tôt.

— *Ces trois-là* sont mes frères.

Il me fallut un moment pour que ses paroles m'atteignent à travers ma colère.

Putain de merde !

Riley avait bel et bien des frères. Elle me l'avait dit. Mais je ne m'étais pas attendu à les trouver *ici*.

Elle fit rapidement les présentations :

— Seth, je te présente Hudson, Jaxton et Cooper. Mes grands frères.

Hudson, l'enfoiré que j'avais été pas loin de frapper, m'adressa un sourire de mange-merde avant de me tendre la main.

— Hudson Montgomery, dit-il de façon bourrue. Ravi que tu protèges ma petite sœur aussi scrupuleusement !

Je serrai sa main avec réticence parce que je n'avais pas encore recouvré tous mes esprits.

— Seth Sinclair.

Après avoir serré les mains de Cooper, le blond, et de Jaxton, l'entre-deux, j'étais un peu plus calme.

J'observai Riley prendre chacun de ses frères dans ses bras en disant :

— Je ne savais pas que vous seriez là !

Hudson haussa les épaules.

— On aime bien Eli et Jade.

Tandis qu'ils continuaient à discuter tous les quatre, je me creusai la tête.

Hudson Montgomery.

Jaxton Montgomery.

Cooper Montgomery.

La lumière se fit enfin : il s'agissait de *ces frères-là*, les Montgomery !

Je regardai *Riley Montgomery* en fronçant les sourcils.

L'exploitation minière Montgomery était la plus importante du marché mondial ! Depuis des décennies !

Visiblement, Riley faisait partie de cette dynastie avec ses trois frères.

Pourquoi je l'apprends seulement maintenant, bordel ?

— L'exploitation minière Montgomery ? demandai-je à voix haute. Vous dirigez la compagnie tous les trois, n'est-ce pas ?

Hudson acquiesça.

— Exact. Et je présume que tu es l'un des pauvres Sinclair…

Merde ! Je détestais vraiment entendre des gens parler de ma famille comme ça.

— Nous n'avons jamais été vraiment *pauvres*, dis-je d'une voix rocailleuse. Notre richesse se trouvait ailleurs.

— Ce n'était pas une insulte, intervint Cooper. On admire tous ta famille entière. Jade est une femme incroyable ! Elle nous a raconté comment tes frères et toi vous êtes tués à la tâche pour lui offrir une éducation. Et Eli est un ami.

Jaxton ajouta :

— « Pauvre Sinclair » n'est pas une insulte, Seth. En fait, c'est même un compliment quand on sait à quel point vous avez travaillé dur pour pouvoir vous en sortir. Aucun d'entre vous n'avait besoin d'argent pour y parvenir ; mais s'il y avait bien une famille qui méritait d'hériter d'une fortune, c'était la vôtre.

— Je ne suis pas sûr qu'il y ait beaucoup de gens dans *cette salle* capables de réussir sans argent, dit Hudson, l'air songeur.

J'avais peut-être surréagi. J'étais un peu susceptible au sujet de la bigamie de mon père qui faisait de nous des *bâtards*.

Je me détendis et me retrouvai en fin de compte à apprécier de bavarder avec ces frères de façon décontractée.

Malgré leur extrême richesse, aucun des Montgomery n'avait la moindre prétention. Ils avaient beau porter la tenue de soirée requise, ils semblaient encore moins à l'aise que moi avec la foule qui nous entourait.

Suis-je le seul à remarquer leur envie désespérée d'échapper à cette ambiance ?

J'avais la sensation qu'ils étaient comme des alter ego, alors je mis mon intuition à leur égard sur le compte de la ressemblance de nos personnalités.

— Alors, quelle relation entretiens-tu avec notre sœur ? demanda Hudson de but en blanc.

— Nous sommes amis, répondit précipitamment Riley.

Amis, mon cul ! Mais je la laissai s'en sortir avec cette affirmation. Pour l'instant.

Hudson haussa un sourcil.

— Sa réaction d'il y a quelques minutes ne ressemblait pas à celle d'un *ami*. Seth et moi étions à deux doigts d'en venir aux poings ! Et n'est-il pas le propriétaire de ce terrain que tu essayais d'acquérir pour les oiseaux en voie de disparition ? Je croyais que vous combattiez l'un contre l'autre, pas que vous étiez potes.

— Seth renonce à la propriété, dit Riley en adressant à son frère un sourire rayonnant. Ça va devenir une réserve naturelle !

— C'est vrai ? demanda Hudson en me regardant.

Je haussai les épaules.

— Je ne crois pas vraiment pouvoir m'en sortir en toute impunité en construisant sur ce terrain, sachant que Jade est ma petite sœur.

Il était hors de question que je parle à Hudson de l'accord passé avec *sa* petite sœur afin qu'elle obtienne cette propriété.

Jaxton se mit à rire.

— Probablement pas ! Ça craint, que tu aies perdu ce terrain ! Citrus Beach est en pleine expansion.

— Il y en aura d'autres.

À ce moment-là, je savais que je faisais preuve de faiblesse envers ma famille, mais ça m'était bien égal. Il y avait des limites à mon impitoyabilité ; et faire de la peine à ma sœur en faisait partie.

Je m'étais peut-être rendu coupable de manipulation en refusant de lâcher ce terrain de premier choix dans le but de rester en contact avec Riley, mais je n'étais pas un salaud. Renoncer à cette propriété était inévitable ; seulement, je n'avais pas voulu le faire en un claquement de doigts. Pas quand je pouvais avoir l'opportunité de passer du temps avec une belle avocate belliqueuse qui m'avait tapé dans l'œil dès notre première rencontre.

— Tu peux encaisser le coup, ajouta Cooper. Ça fera peut-être mal, mais Eli m'a parlé de certains des projets en cours chez *Sinclair Immobilier.*

Cet argent ne me manquerait pas, alors ça n'avait pas beaucoup d'importance à mes yeux. Évidemment, ça aurait donné un plus gros coup de pouce à mes affaires. Toutefois, *Sinclair Immobilier* n'avait pas vraiment besoin d'une envolée pareille pour continuer à se développer et il y aurait plein d'autres affaires lucratives pour compenser la perte.

— Si tu cherches des investisseurs, je pense qu'aucun de nous ne rechignerait à en faire partie ! dit Cooper avec enthousiasme.

Je n'allais certainement pas tourner le dos à la possibilité d'avoir les frères Montgomery comme investisseurs ! On organisa rapidement une future rencontre pour en discuter.

J'étais *vraiment* intéressé. En plus de la somme d'argent iné-puisable que les frères Montgomery pouvaient apporter à *Sinclair Immobilier*, ils avaient des connaissances sans bornes qu'ils pourraient partager avec moi.

Ils me seraient doublement précieux, mais je tentais de ne pas me montrer trop empressé de les mêler à mes affaires.

Franchement, avec les frères Montgomery à mes côtés, je n'aurais pas besoin de beaucoup de soutien supplémentaire pour faire décoller *Sinclair Immobilier.*

Avant de partir chacun de son côté, j'eus un instant d'hésitation. Je voulais leur poser une autre question.

— Vous autres n'êtes pas des chasseurs de trésor ?

Si j'avais bonne mémoire, les trois frères voyageaient à travers le monde à la recherche d'antiquités perdues.

J'étais un garçon, alors évidemment, leurs aventures m'intéressaient. Avec mes frères, on avait toujours rêvé de partir en quête de trésors cachés, sûrement parce que nous étions tellement pauvres. J'avais très envie d'en savoir plus sur leurs recherches qui s'étaient avérées fructueuses.

— Les mines de diamants et de pierres précieuses sont le principal secteur économique de Montgomery. La recherche de trésors, c'est plus comme un… passe-temps, répondit Hudson.

— C'est une chose qu'on aime tous faire, expliqua Cooper. Mais nos opérations minières doivent rester notre priorité. Montgomery existe depuis des générations. C'est notre héritage.

Je haussai un sourcil en regardant Riley droit dans ses jolis yeux.

— C'est ton héritage également ?

Elle secoua la tête, mais ne pipa mot. Je soupçonnais son histoire d'être plus complexe. J'avais envie d'en savoir plus, mais ce n'était pas le bon moment pour l'inciter à parler.

Tandis que Riley embrassait ses frères pour leur dire au revoir, Hudson me prit à part.

— Je n'ai pas avalé les conneries sur votre *amitié*. Si tu lui fais du mal, je te tue, dit-il d'un ton menaçant.

J'acquiesçai rapidement.

— Compris. J'ai deux petites sœurs.

Le message de Hudson avait été clair et net, mais ça n'avait pas du tout eu la même saveur *de ce côté-là* que lorsque j'avais moi-même été le grand frère de l'histoire. J'avais eu les mêmes sentiments envers Eli quand il était devenu évident que Jade en était folle. Noah, Aiden et moi lui avions fait vivre un enfer et l'avions menacé de façon assez semblable à ce que Hudson faisait maintenant *avec moi*.

Note perso : m'excuser auprès d'Eli d'avoir été un enfoiré à l'époque où il commençait à fréquenter ma sœur.

J'accompagnai Riley vers la sortie après avoir clos la discussion avec ses frères et récupéré sa veste.

J'étais bien décidé à découvrir pourquoi ma cavalière ne m'avait pas parlé de sa parenté ni de son passé.

Je donnai au voiturier le ticket de mon véhicule avant de me tourner vers elle.

— Quand comptais-tu me dire que ce monde t'était totalement familier ? Bon sang, tu as dû *grandir* dedans ! Montgomery est un géant et tu as été élevée dans un milieu ultra fortuné, pas vrai ? Inutile que je me demande comment tu connaissais chaque personne présente à cette soirée, putain ! Je te croyais nerveuse à l'idée d'approcher un monde avec lequel tu ne te sentais pas à l'aise, mais en réalité, tu en fais partie, non ? Pourquoi me l'avoir caché, putain !?

CHAPITRE 9
Riley

Je ne savais pas vraiment pourquoi l'accusation de Seth m'avait quasiment fait tressaillir.

Je ne lui devais pas la moindre explication !

— Quelle importance ? répondis-je d'un ton sec. Devais-je vraiment te le dire pour remplir ma part du contrat ?

Le bref éclair de déception qui passa dans ses yeux me donna presque envie de m'excuser.

Presque.

Puis il me revint rapidement en mémoire que tout ça *était* issu d'un contrat. Un accord qu'on avait passé pour que je puisse classer le terrain en zone protégée.

En réalité, il n'y avait rien de personnel dans cette mascarade. *Rien du tout.*

Avec son regard d'acier, il me donnait l'impression de lire en moi, mais je savais qu'il ne le pouvait pas. Dieu merci ! Il y avait bien trop de choses que je ne souhaitais pas qu'il voie. Ni que *personne* remarque.

Au fond de moi, j'étais meurtrie ; et je comptais bien le cacher à toute personne qui pourrait s'en servir contre moi.

— Quel ramassis de conneries ! gronda Seth. Tu aurais pu me prévenir, Riley.

Je trouvais parfois fascinant qu'il puisse passer de l'ouvrier habitué aux corvées manuelles à un homme d'affaires milliardaire sans pitié. Ce n'était pas censé être étonnant, dans la mesure où il était réellement *les deux*, mais assister en direct à ce comportement de caméléon était captivant.

Avait-il toujours des doutes quant à celui des deux hommes qu'il *devait* être ? Ou était-ce une tactique pour prendre les gens de court ?

Voilà quel était le problème : comme il était capable de changer en un clin d'œil, il me déroutait toujours.

Souviens-toi que tout ça est professionnel. Ce n'est pas réel.

Je n'avais pas *besoin* de le connaître ni de comprendre l'étendue de sa personnalité. Je devais uniquement remplir ma part du contrat.

— Margaret !

J'entendis le ton acerbe de la voix de ma mère tandis qu'elle s'approchait de nous.

Mince !

J'avais réussi à l'éviter toute la soirée parce que chaque fois que je l'avais vue, elle était occupée avec des gens.

J'étais si près de parvenir à m'échapper en douce, et voilà qu'elle me rattrapait !

Seth, avec un regard étonné, regarda Carol Montgomery venir se planter devant nous.

— Margaret ? demanda-t-il à voix basse, près de mon oreille.

— Plus tard, répondis-je dans un murmure que lui seul pouvait entendre.

— Allais-tu partir avant même de m'avoir parlé ? demanda ma mère sur ce ton faussement cordial qui était, au contraire, brutal, ce ton que j'étais venue à exécrer au fil du temps.

— Tu étais occupée, marmonnai-je.

J'enrageais de me sentir comme une mauvaise fille, alors que j'étais à présent une femme adulte diplômée.

Comme d'habitude, la femme qui m'avait mise au monde offrait une apparence irréprochable. Sa robe de soirée noire était assortie à ses chaussures et je savais d'avance que sa tenue avait été retouchée pour épouser parfaitement les courbes de son corps mince.

Carol Montgomery avait beau avoir la soixantaine, c'était une très belle femme. Elle n'aurait pas eu besoin de recourir à la chirurgie ni au Botox qu'elle s'administrait régulièrement. Mais vieillir n'était pas une chose que ma mère pouvait faire de bonne grâce. Ses cheveux étaient teints en brun presque noir, couleur qu'elle choisissait toujours. Il était hors de question pour elle de montrer la plus petite once du roux qui était sa couleur naturelle !

— Les présentations, Margaret ! dit-elle comme une institutrice sévère à une élève indisciplinée.

Je lui adressai un sourire forcé.

— Bien sûr, répondis-je, adoptant mon rôle social avec plus de facilité que je l'aurais souhaité. Seth, voici ma mère, Carol Montgomery. Mère, voici Seth Sinclair.

— Enchantée, susurra-t-elle en serrant la main de Seth avant de se retourner vers moi. Margaret, aurais-tu pris du poids ?

Je grimaçai, mais comment aurais-je pu m'attendre à ce que ma mère agisse différemment qu'à son habitude ?

— Un ou deux kilos.

Plutôt trois ou quatre, mais qui comptait (à part ma mère) ?

— Et cette robe, Margaret ? dit-elle. C'est loin d'être seyant sur une femme avec des rondeurs. Sans parler de la couleur qui est criarde. Tu devrais peut-être aussi revoir le choix de ces chaussures...

Mon Dieu, je savais qu'elle détesterait les chaussures argentées !

— J'aime la couleur de ma robe.

Je retrouvais enfin quelque trace de rébellion.

— Tsst ! tsst ! fit-elle. Ce n'est pas ton style, ma chère. C'est tellement mieux quand tu caches tes jambes.

— J'adore cette robe, marmonnai-je.

— Je vois que tu as repris ta couleur de cheveux naturelle…

Elle paraissait incroyablement mécontente. Comme si c'était une honte d'être rousse !

Je lui adressai à nouveau un sourire forcé.

— Pourquoi pas ? Je l'ai héritée de toi.

— C'est une rousse absolument ravissante, intervint Seth. Et elle est à tomber par terre, ce soir, dans cette robe. Sachez que certains hommes préfèrent les femmes avec des rondeurs plutôt que les squelettes. La beauté de votre fille me coupe le souffle. Riley est unique en son genre, ce qui est terriblement séduisant, croyez-moi sur parole.

Ma mère regarda Seth comme s'il n'était qu'un insecte, mais mon cœur fut tout chamboulé.

Personne n'avait *jamais* contredit ma mère et j'étais surprise, et même un peu touchée, d'avoir du renfort, en quelque sorte. C'était tout nouveau. Une expérience inédite qui me réconciliait légèrement avec moi-même.

— Alors, vous êtes indéniablement… différent, monsieur Sinclair, dit ma mère sur un ton qui était loin du compliment.

Seth lui adressa un sourire insolent.

— Je préfère être différent qu'ordinaire.

— Comme c'est… charmant, répondit-elle sans enthousiasme.

Ma mère se trouvait dans une posture qui lui déplaisait assurément. Elle ne voulait pas snober Seth à cause de sa fortune, sans parler du fait qu'il était le frère de la femme d'Eli Stone, mais elle n'aimait pas son attitude cavalière pour autant. Carol Montgomery avait l'habitude que les gens lui fassent des courbettes et elle aimait qu'il en soit ainsi.

Je repérai le Range Rover noir de Seth que le voiturier venait de nous avancer devant l'entrée. Je soupirai de soulagement.

— On doit y aller, mère. Je te souhaite une bonne fin de soirée, dis-je poliment.

Je ne la touchai pas ni ne la pris dans mes bras. Elle en aurait été mortifiée.

— Ce fut un plaisir de vous rencontrer, Carol, dit Seth avec un hochement de tête avant d'aller ouvrir la portière de sa voiture à mon attention.

Ma mère lança un regard sceptique à son véhicule, mais Dieu merci, elle ne fit aucun commentaire !

De son point de vue, un homme devait conduire une voiture qui criait le luxe et la fortune.

Ce qui n'était pas le cas de Seth...

Il était évident qu'elle désapprouvait le choix d'un SUV ou de tout véhicule coûtant moins que la maison de certaines personnes.

Je grimpai joyeusement à bord du véhicule de sport et me calai dans le tissu doux du siège passager. Il se trouvait que, contrairement à ma mère, j'aimais les voitures confortables.

Pour la plupart des gens, c'était un véhicule plutôt cher... qui allait bien à l'homme qui se tenait derrière le volant.

Quand Seth prit doucement la route du retour vers Citrus Beach, je soupirai ouvertement.

— Vas-tu m'expliquer ce qui vient de se passer ? finit-il par me demander d'une voix rauque en s'engageant sur la bretelle qui menait à l'autoroute.

— Que veux-tu dire ? demandai-je de façon évasive.

J'étais ravie qu'il fasse nuit ; ainsi, je pouvais me soustraire au jugement de son regard aiguisé.

— Tu pourrais commencer par me dire qui est Margaret, suggéra-t-il.

— Moi, répondis-je. Mon vrai nom, c'est Margaret Riley Montgomery. Mais on m'appelle Riley depuis mon enfance. Mes frères ont toujours détesté le prénom Margaret et je ne l'ai jamais aimé particulièrement, moi non plus. Ma mère est la seule personne à m'appeler comme ça, en dehors de mon ex, qui le faisait aussi. Et de mon père. Mais il est décédé. Il est mort d'une attaque il y a dix ans.

— Je suis désolé, dit Seth d'une voix rauque. Je sais combien il est difficile de perdre un parent.

— Merci, dis-je avec raideur.

Il avait une voix douce et pleine d'une sincère compassion, ce qui me rappela qu'il avait perdu son unique vrai parent quand il était très jeune.

— Alors, maintenant, tu peux me dire pourquoi ta maman est une machine de guerre à détruire la confiance en soi ? insista-t-il.

— Elle n'est certainement pas ma maman, le corrigeai-je. Elle ne répond qu'au titre de mère et je ne me souviens pas d'un temps où elle se soit retenue de critiquer.

— Ce ne sont pas de simples critiques, Riley. Ce sont de vraies injures. Tu es sublime, ce soir ; et cette robe est incroyablement élégante et sexy, et ce n'est rien de le dire. Quant à ton corps, je me pâme devant chacune de ses courbes. Quel parent peut sous-entendre que sa fille n'est pas la beauté incarnée ?

— Ma mère, dis-je en soupirant. Elle est solidement enracinée dans son monde, Seth. Il est inenvisageable de mettre la main sur quoi que ce soit susceptible d'engendrer des commérages à son sujet.

— Donc, ce n'est pas un jeu pour elle, conclut-il. Mais elle ne peut pas réellement croire que ce que pensent ces gens soit assez important pour mériter de te blesser !

— Elle ne me blesse plus, répondis-je. Je suis habituée.

— Tu le penses vraiment ? demanda-t-il d'une voix basse et douce, l'irritabilité dans sa voix laissant place à de la gentillesse.

— Bien sûr. Je suis une adulte.

— Ce n'est pas anodin, Riley. Quel que soit ton âge. Mon père était bigame. Notre famille est celle qu'il a bazardée. D'accord, on ne l'a pas su avant d'être tous devenus grands, mais il était notre géniteur. Alors, ça nous a tous atteints en pleine tête. Ça fait mal. Peut-être pas autant que quand ta mère te blesse, parce qu'elle t'a élevée. Mais le fait que tu sois habituée à être maltraitée psychologiquement est une excuse à laquelle je n'adhère pas. C'est ta mère ! La personne qui devrait t'aimer inconditionnellement !

— C'est facile à dire pour toi ! répondis-je, sur la défensive. Ma famille n'a jamais été comme la tienne. Chez moi, tout *était* soumis à conditions ; et *rien* n'était jamais assez bien, aussi loin que remonte ma mémoire.

— Tes frères ont l'air de t'aimer de cette façon, remarqua-t-il.

Je me tortillai sur le siège passager. Parler de ma famille ne m'était pas du tout coutumier.

— Je les aime tout autant, mais on n'a pas vraiment grandi ensemble. Mon père a tenu à ce qu'ils aillent tous en internat ; alors, ils étaient rarement à la maison.

— Bon Dieu ! explosa Seth. Ça existe encore !?

— Les internats ?

— Oui.

Je hochai la tête, même s'il ne pouvait pas me voir.

— C'est toujours d'actualité chez les gens fortunés.

— Et toi ? demanda-t-il d'un ton agacé. Ils t'ont éloignée aussi ?

— Non. J'avoue que quand j'étais enfant, j'ai souvent rêvé de partir ailleurs ; mais je suis restée à la maison.

— Je ne comprends pas ton monde, grogna Seth.

— Ce n'est plus mon monde, dis-je d'un ton monocorde. Et il est très difficile de savoir qu'il existe autre chose quand on grandit dedans. Le fait de ne rien connaître d'autre rend tout normal. Je ne suis peut-être pas allée en internat, mais j'étais mise à l'écart dans des écoles privées, entourée d'élèves en tous points comme moi. C'est seulement à Harvard que j'ai pris conscience que certaines personnes aimaient vraiment leurs enfants *envers et contre tout*.

— Mais tu as beau te tenir à présent à l'écart de ces gens, tu me donnes quand même l'impression de ne pas aller bien ; pourquoi ? demanda Seth.

— C'est tout un processus, répondis-je, mal à l'aise.

Je n'aimais pas du tout qu'il puisse lire en moi, alors que j'avais fait tout ce que j'avais pu pour cacher mon manque d'assurance.

— Je vais beaucoup mieux depuis que je suis mon propre chemin.

— J'imagine que je comprends pourquoi tu étais fiancée à un mec fortuné, dit-il, songeur.

— Il fallait absolument que ce soit avec un homme en haut de l'échelle sociale. Je pense que je me suis fiancée pour faire plaisir à ma mère. Je recherchais toujours son approbation, à l'époque. À ses yeux, il était parfait en tous points.

— L'était-il ? demanda Seth d'une voix grave.

— Non ; il ne l'était pas. Mais ce ne sont pas des choses dont on parle dans la bonne société, malheureusement. L'argent a le dernier mot dans ce monde-là ; et il en avait beaucoup, indéniablement. Suffisamment pour empêcher quiconque de le critiquer. Il y avait certaines rumeurs, mais rien n'était jamais dit à voix haute.

— Alors, que vous est-il arrivé à tous les deux ?

— J'ai brisé la règle d'or, expliquai-je. Non seulement j'ai osé dire quelque chose, mais je l'ai crié sur les toits en plein milieu d'un bal très select.

— Il t'avait trompée ?

Je pris une profonde inspiration.

— Il n'avait pas seulement été infidèle ; il l'avait été en couchant avec une fille de quinze ans.

Je déglutis péniblement. Il y eut un silence de mort dans la voiture qui sembla s'éterniser.

CHAPITRE 10

Riley

— Tu te fiches de moi !? rugit Seth en brisant le long silence avec force.

J'étais soulagée que, pour la toute première fois, quelqu'un d'autre que mes frères et moi soit furieux du comportement répugnant de Nolan.

— J'aurais préféré, avouai-je. Je l'ai surpris avec la fille au cours d'une soirée. Dans une chambre. Elle était à demi nue. Elle ne se débattait pas ; sa mère pensait que Nolan ferait un bon parti si sa fille parvenait à me le piquer. Je l'ai attrapée, traînée en dehors de la chambre, puis dans la salle de bal. Elle s'appelait Penny ; elle m'a tout raconté. J'ai gueulé sur Nolan près de la piste de danse et ce genre de chose est très mal vu.

— Cet enfoiré devrait être en prison ! gronda Seth.

— Les parents de la fille ont refusé de porter plainte. Ils espéraient toujours qu'elle puisse finir par épouser Nolan.

— Il a sûrement l'âge d'être son père, répondit Seth d'un ton écœuré.

— Vingt ans de plus qu'elle, confirmai-je.

— Qu'est-il advenu de leur relation ?

Je souris dans l'obscurité.

— Je l'ai convaincue de l'importance d'être une adolescente, comparé à la tentation de se dégoter un vieux mari. Elle vient me rendre visite à Citrus Beach dès qu'elle peut. Penny partira pour Harvard l'année prochaine. Elle est intelligente, Seth. Elle est peut-être encore un peu déboussolée, mais je crois qu'elle commence à avoir la tête sur les épaules.

— Avec à ton aide ? demanda-t-il d'une voix admirative.

— Peut-être, répondis-je. Je ne pouvais pas lui en vouloir. Elle n'était encore qu'une enfant.

— Tu es une femme admirable, Riley Montgomery, dit-il d'une voix grave.

— Pas tant que ça, protestai-je. J'ai seulement fait ce qu'il y avait à faire.

— Quel idiot ! dit-il, l'air à nouveau contrarié. Il t'avait à ses côtés, nom d'un chien ! Qu'est-ce qu'un homme pourrait vouloir de plus ? Donc, tu l'as jeté, et puis tu as apprivoisé sa proie ?

— Exact. Tout cet incident a été le catalyseur qui m'a amenée à prendre mes distances avec ce monde-là. Je ne pensais pas y remettre les pieds un jour.

— Pourquoi ne m'as-tu pas parlé de tout ça, Riley ? Je ne t'aurais jamais forcée à te mettre dans une situation qui te rappelait de mauvais souvenirs.

Sa voix était pleine de regrets.

— Alors, tu vas m'épargner la suite du contrat ? demandai-je, pleine d'espoir.

Il garda le silence quelques instants avant de répondre.

— Pas complètement. Mais il n'y aura plus de soirées huppées. Si tes frères investissent dans mes affaires, je ne veux chercher personne d'autre.

— Ils le feront.

Je connaissais assez bien mes frères pour savoir quand ils étaient vraiment intéressés par un marché en particulier.

— Ils en ont envie. Et tu ne trouveras pas meilleurs associés qu'eux. Ils sont tous honnêtes, parfois même trop. Ils pourraient t'aider autant qu'Eli le fait.

— Je l'espère, dit-il pensivement. Donc, aucune raison de continuer à jouer notre petit jeu. Pour être franc, tout ce merdier pompeux et grandiloquent n'est pas pour moi. Je m'y frotterai quand ce sera nécessaire, mais j'aime autant ne pas en prendre l'habitude.

— Comme le fait Eli ? Il s'y plie, mais je pense qu'il le fait plus par charité.

— Je souhaite le faire aussi pour de bonnes causes, alors je supporterai les galas de bienfaisance ; mais je ne m'y rendrai pas pour m'amuser ni pour faire copain-copain avec les riches et les célébrités. J'ai découvert qu'ils ne sont pas, pour la plupart, de très bonne compagnie.

Je souris dans le noir.

— Il y a des exceptions. Des gens comme Eli et mes frères.

— Il m'a semblé que tes frères n'étaient pas enchantés d'être là, eux non plus.

— Ils détestent ça, lui confiai-je. Ils préfèrent être dehors à vivre des aventures plutôt que d'être coincés dans une foule en tenue de soirée. Je pense qu'ils sont venus parce qu'ils apprécient Jade.

— Très bonne raison.

Au ton de sa voix, je devinai son sourire.

Je ne me sentais pas forcément envieuse, mais il était agréable de voir une famille qui n'était pas aussi tordue que la mienne. Les Sinclair avaient vécu un enfer et pourtant, d'un autre côté, ils s'en sortaient très bien. Les aînés avaient visiblement été de bonnes figures parentales pour les plus jeunes et j'étais sûre qu'entre eux, ces trois hommes s'étaient épaulés dans leur volonté commune de préserver les liens familiaux.

Quelles familles combattaient autant pour rester unies ?

— Alors, que va-t-on faire, maintenant ?

Je voulais savoir de quelle façon je pouvais remplir ma part du contrat. Non parce que j'y étais obligée, mais parce que j'en avais envie. Seth faisait vraiment un sacrifice et je voulais faire quelque chose pour lui en échange.

— On se contente de se voir.

Il avait annoncé sa solution avec fermeté.

— Quoi ?

J'avais dû mal comprendre.

— J'ai dit : on se voit. Restau, cinéma, le *Coffee Shack* et d'autres trucs qu'on aurait envie de faire. Le genre de trucs normaux, tu vois ?

J'étais interloquée.

— On ne peut pas simplement… se voir. Sans raison !

— Pourquoi pas ? On s'entend bien, on se plaît mutuellement et je ne vois aucune raison qui nous empêcherait de nous amuser au lieu de travailler.

J'avais plein d'arguments prouvant que ce n'était pas une bonne idée.

— Je ne vois personne. Je ne fréquente plus personne depuis ma rupture avec Nolan. Je n'ai pas besoin d'un homme dans ma vie. Honnêtement, je préfère être seule.

Il y eut un moment de silence avant qu'il ne parle.

— Connaissant l'histoire de tes fiançailles, je comprends. Mais je ne te demande pas de changer celle que tu es, Riley. Je comprends aussi que tu n'aies pas *besoin* d'un homme. Je présume que tu es autonome financièrement.

— C'est le cas. Mes frères ont racheté mes parts de *Montgomery Mining*, sachant que la société ne m'intéressait pas. Mais même si je n'étais pas riche, ça ne changerait rien. J'ai fait des études. Je peux subvenir à mes besoins.

Je n'avais pas l'intention d'être sur la défensive, mais j'en avais ras le bol d'avoir l'impression que je ne valais rien tant que je n'étais pas liée à un bon parti.

Même si la proposition de Seth de simplement se voir me paraissait étrangement séduisante…

— Je ne suis pas ce qu'on appelle un *play-boy*, Riley, dit-il tristement. À vrai dire, je n'ai pas fréquenté beaucoup de femmes. Quand j'étais plus jeune, je n'avais pas le temps ; et très peu de filles voulaient sortir avec un ouvrier du bâtiment qui avait la charge de ses frères et sœurs. À présent, je lutte pour échapper aux femmes qui ne seraient pas sorties avec moi avant que je devienne milliardaire.

J'eus un pincement au cœur. Visiblement, il y avait beaucoup de femmes stupides dans les environs de Citrus Beach.

— N'importe quel homme aussi dévoué à sa famille et à ses responsabilités que tu l'étais devrait être bon à fréquenter, quel que soit son métier.

— Ravi de te l'entendre dire. Donc, marché conclu ?

— Je ne parlais pas pour moi. Mais pour les *autres* femmes.

— Mais enfin, de quoi as-tu peur, Riley ?

Sa voix était basse et encourageante.

En dépit de la solide carapace que je m'étais fabriquée, beaucoup de choses me terrifiaient ; et Seth Sinclair était probablement la plus dangereuse de toutes.

— Je n'ai pas peur, mentis-je. Simplement, je ne vois pas à quoi bon. Je ne coucherai pas avec toi, Seth.

— J'ai dû manquer la partie du dialogue où je t'ai demandé de le faire, répondit-il.

Il semblait frustré.

— Je te demande seulement qu'on sorte s'amuser ensemble. On pourra en venir au chapitre du sexe plus tard.

S'amuser ?

Je ne savais vraiment pas comment réussir à me divertir. En grandissant, j'avais simplement fait ce que j'avais pu pour rester relativement saine d'esprit.

— Je ne suis pas sûre de savoir comment m'y prendre.

— Pour faire l'amour ? Ne t'inquiète pas. Je t'apprendrai.

Le ton avec lequel il avait dit ça était si rassurant que je m'esclaffai.

— Je ne sais pas comment m'amuser. Pas vraiment. Je ne faisais jamais d'activités de gosse quand j'étais petite ; et plus tard, la vie à Harvard me prenait tout mon temps. J'ai fait des études parce que je voulais être indépendante. Ensuite, je me suis fiancée à un homme que ma mère souhaitait me voir épouser, parce qu'il y avait encore une part de moi qui voulait être la fille dont elle serait fière. Nolan n'était pas ce qui s'appelle un rigolo. Il n'avait pas d'autres centres d'intérêt que de se pavaner devant l'élite et de coucher avec des mineures.

— Mon Dieu ! Notre famille était pauvre, mais on trouvait toujours un moyen de s'amuser qui ne coûte pas cher pour faire plaisir aux plus jeunes d'entre nous, expliqua Seth. Mes frères et moi avons adoré chaque bataille d'eau, chaque balade à vélo et les journées à la plage qu'on a passées en famille. On s'inventait nos propres loisirs.

J'imaginais brièvement combien le fait d'avoir été élevés par leurs grands frères avait dû être idyllique pour Owen, Brooke et Jade. Au moins, ils n'avaient jamais douté d'être aimés et en sécurité.

— Pourquoi ne pourrions-nous pas tout simplement nous dire au revoir et en rester là ?

Une part de moi rechignait à cette solution qui serait pourtant la plus raisonnable.

— Ce n'est pas comme s'il y avait un avenir pour nous. Je serais une perte de temps pour toi.

— Pas une seule minute passée avec toi ne pourrait être insignifiante, Riley, protesta-t-il.

J'étais contente qu'il fasse nuit, car je sentis les larmes me monter aux yeux et dus les refouler en clignant des paupières.

Je n'avais jamais connu d'homme qui voulait simplement… être avec moi. Sans conditions. Sans règles de conduite. Sans… critiques.

— Pourquoi moi ?

J'avais envie de lui poser cette question depuis un moment. Au fond de moi, je savais que Seth n'était pas du genre à sortir avec toutes les femmes qu'il rencontrait. Ni à les mettre dans son lit. Il n'était pas dragueur. À aucun moment de la soirée il n'avait ne serait-ce que jeté un coup d'œil à une autre femme, ce qui me changeait beaucoup de Nolan. Mon ex-fiancé n'avait jamais semblé avoir envie d'être avec moi. J'avais été un objet plus qu'une compagne.

— Pourquoi toi ? répéta-t-il. Peut-être que j'aime les femmes qui se disputent avec moi, dit-il en pouffant.

C'était une réponse intéressante, parce que je ne m'étais *jamais* disputée avec Nolan. Pas une seule fois. J'avais encaissé sans broncher tout ce qu'il m'avait balancé.

Cependant, je n'étais plus la même qu'à l'époque.

— Il y a de fortes chances pour que ça arrive souvent, dis-je pour le prévenir, me sentant flancher.

Serait-il vraiment préjudiciable de passer du temps avec Seth ? J'y avais consenti en premier lieu ; et là, ce serait dans des circonstances bien moins stressantes.

Peut-être qu'à la vérité, j'avais réellement *envie* de passer du temps avec lui, moi aussi, tout en sachant que je jouais probablement avec le feu et que je risquais de m'attacher à lui.

Il était protecteur.

Il avait de l'humour.

Il donnait et recevait de l'amour sans en avoir honte.

Dieu sait qu'il était attirant, ce qui pouvait devenir un problème.

Suis-je vraiment prête à être moi-même avec un homme ?

Je n'en étais pas sûre, mais je me sentais prête à sortir le nez de ma coquille.

— Sous les mêmes conditions, lançai-je avant de pouvoir m'en empêcher. Pas de sexe, pas de main au cul…

— Pas de critiques, dit-il pour finir ma phrase. Je pense que tu sais maintenant que je ne ferais pas ça, Riley. Du moins je l'espère.

— Alors, le rendez-vous est pris, j'imagine. On reste sur les mêmes horaires ?

Son rire retentit dans la voiture.

— Doit-on vraiment *tout* planifier ? Ce sont des rendez-vous, pas des engagements professionnels !

Je fronçai les sourcils.

— Je suppose que non. Mais je veux m'assurer d'avoir la tenue appropriée à ce que nous ferons.

Toute cette histoire de rendez-vous m'avait secouée et je sentais déjà tout contrôle m'échapper. Planifier était un moyen pour moi de retrouver des normes.

Seth quitta l'autoroute et conduisit jusque chez moi sans parler. En fait, il ne fit aucun commentaire à ce que j'avais dit avant qu'on se retrouve devant ma porte.

Alors que je mettais la clé dans la serrure, il me saisit doucement le bras et me fit pivoter pour me tourner face à lui.

— Je vais le redire une bonne fois pour toutes. Mais si je dois le répéter encore un million de fois, ce ne sera pas un problème non plus. Tu me plais exactement telle que tu es, Riley. Ce que tu fais m'est égal, comme ce que tu portes ou la façon dont tu t'exprimes. J'ai juste envie d'être avec toi, vraiment. Tu comprends ?

J'eus la gorge nouée en voyant à son regard tourmenté qu'il disait vrai.

— Non. En fait, je ne comprends pas, dis-je d'une voix qui sonna bizarrement ; probablement parce que j'avais dans la gorge une boule qui semblait être mon cœur. Je suis habituée à ce qu'il y ait des conditions. Je pense être plus à l'aise quand je sais ce que les gens veulent.

D'un geste doux, il me fit relever le menton.

— Non, je ne crois pas. C'est seulement que tu n'as pas l'habitude d'être spontanée. Tu as peur de perdre le contrôle parce que tu n'as pas confiance en grand monde. Mais je patienterai jusqu'à ce que tu aies confiance en moi. Je ne te ferai pas de mal, Riley.

Il allait peut-être m'en faire !

Simplement, pas de la façon qu'il imaginait.

Et si j'en venais vraiment à lui faire confiance ?

Et si je m'habituais au fait d'être avec un homme qui ne veuille rien d'autre que… ma compagnie ?

Je savais qu'il s'apprêtait à m'embrasser. Je pouvais sentir la tension entre nous. Elle était si épaisse qu'on aurait pu la couper au couteau ! J'étais perturbée par mon envie irrépressible d'être intimement liée à lui. Mon corps tremblait de désir, mes sens étaient mis en éveil par son odeur masculine alléchante. J'avais envie de me rapprocher de lui. J'étais attirée par une force inexplicable.

Mais qu'est-ce que je fous, bon sang !?

Je me détournai, brisant notre connexion, et me mis à trafiquer la serrure.

— Mêmes conditions. Deux mois. Rien d'autre après ça. Comme c'est ton contrat, tu peux choisir où on va et ce qu'on fait.

— Tu seras consultée, dit-il d'un ton amusé.

— Très bien.

Mon Dieu ! Il faut que je m'éloigne de lui avant de lui arracher ses vêtements !

— Tu peux t'enfuir, Riley, mais je t'attraperai, sois-en sûre, dit Seth d'une voix rauque dans mon dos.

Non, pas ce soir.

J'entrai chez moi le cœur battant à tout rompre.

— Bonne nuit, Seth, dis-je d'une voix essoufflée.

— Bonne nuit, beauté, répondit-il.

Il me scanna de la tête aux pieds d'un regard avide, puis retourna à sa voiture.

Après avoir précipitamment refermé la porte, je m'y appuyai lourdement et allumai les lumières.

Je respirais avec difficulté, me demandant pourquoi je n'étais pas totalement soulagée d'avoir pu lui échapper si facilement.

CHAPITRE 11

Seth

— S oit elle me rendra heureux, soit elle finira par me tuer, dis-je à mes frères Aiden et Noah, alors que nous étions attablés dans la cuisine de Noah autour de nos tasses de café, le lendemain matin.

Je venais de tout déballer à mes frères, l'un étant l'aîné et l'autre étant un peu plus jeune que moi, à propos de la situation dans laquelle je m'étais fourré avec Riley.

Retrouver Aiden plusieurs fois par semaine ne m'était pas inhabituel, mais si l'on voulait faire sortir Noah de son bureau, il fallait la plupart du temps qu'on vienne chez lui pour le faire *physiquement*.

Quand on était plus jeunes, mon frère aîné était toujours là pour nous, même s'il travaillait comme un fou pour subvenir aux besoins de notre famille. Mais dernièrement, on ne le voyait pas beaucoup. Il était toujours occupé à développer quelque nouvelle application, choix de carrière qu'il avait fait après qu'on avait tous touché de l'argent. Avant, il avait travaillé pour différentes sociétés auprès desquelles il mettait à profit ses études en informatique.

J'observais l'épuisement qui se lisait sur son visage.

Il nous semblait encore plus surchargé de travail aujourd'hui qu'avant l'héritage et ça ne nous plaisait pas du tout.

Non pas qu'Aiden ne travaille pas dur pour construire son empire de pêche, mais Maya, sa fille, et Skye, sa femme, restaient sa priorité. Contrairement à Noah, Aiden avait une vie en dehors de ses ambitions de carrière.

Je n'avais pas envie de revenir sur le fait que j'avais presque détruit sa vie quand nous étions plus jeunes en faisant quelque chose de stupide, mais au moins, maintenant, il était heureux.

Malheureusement, Noah… ne l'était pas. Mon frère avait beau dire qu'il faisait ce qu'il avait envie de faire, j'avais du mal à le croire. On aurait dit qu'il cherchait à échapper à quelques démons cachés en s'immergeant dans le travail.

Pour environ la millionième fois depuis qu'on avait hérité, je me demandais à quoi il essayait d'échapper au monde qui existait en dehors de son travail.

— Franchement, je pense que vouloir éviter la vie qu'elle avait l'habitude de mener est intelligent de sa part, fit remarquer Aiden. Je l'ai rencontrée un jour où elle était avec Jade. Elle n'avait pas l'air d'une snob.

— Je ne l'ai pas rencontrée, grommela Noah. Mais je ne peux pas m'empêcher de penser que *tout le monde* gagne à se tenir à l'écart des foules de gens riches et superficiels.

J'adressai à Noah un sourire narquois.

— Désolé de te le dire, mec, mais tu fais partie de ces gens riches, maintenant.

Il haussa les épaules.

— Je suis peut-être riche, mais je ne fais pas partie de *ce* groupe de gens.

— Aucun de nous n'en fait partie, commenta Aiden. Et vraisemblablement, il en sera toujours ainsi, Dieu merci ! Je suis sacrément heureux comme je suis actuellement. J'ai tout ce que je désire, mais ça n'a rien à voir avec des trucs matériels.

— Dire que j'ai failli tout bousiller ! lui dis-je avec regret.

— C'est du passé, dit Aiden avec sincérité. J'étais en colère, mais même à l'époque, je savais que tu écoutais ton cœur.

C'était la première fois que mon petit frère verbalisait le fait qu'il m'avait totalement pardonné ce que j'avais fait quand nous étions plus jeunes pour détruire la relation qu'il entretenait à l'époque avec Skye. Quel soulagement pour moi qu'il ne m'en tienne plus grief ! Mon cœur était un peu moins lourd.

— Bon, tentons de voir comment s'assurer de ton bonheur, Seth, ajouta Aiden. Es-tu certain de vouloir poursuivre cette histoire avec Riley, si elle n'est pas encline à sortir avec quelqu'un ni à s'engager dans une relation ?

— Je pense qu'elle en a envie, dis-je, songeur. Je crois qu'elle a peur, tout simplement. Apparemment, elle a eu une très mauvaise expérience avec son ex.

La seule chose que je n'avais pas racontée à mes frères était la douleur de Riley due aux infidélités de Nolan Easton. Elle avait été tellement ravagée par le fait que son ex avait couché avec une mineure adolescente que ça en faisait un sujet très intime, alors j'avais passé les détails.

Avant de parler, Noah but une gorgée de café comme s'il en avait un besoin désespéré.

— Je pense que tu peux saluer le fait qu'elle a rompu avec lui ; et son envie d'une vie différente.

— C'est le cas, admis-je. C'est l'une des choses que j'aime vraiment chez elle. Elle est unique en son genre et elle essaye de toutes ses forces de trouver son individualité, alors même qu'elle a déjà sa propre personnalité de façon si évidente à mes yeux. Peut-être qu'elle a seulement besoin d'apprendre à se détendre, à rire, à s'amuser sans que tout le monde autour d'elle la juge.

Noah me lança un regard suspicieux.

— Il s'agit de bien plus que de s'amuser, Seth, et tu le sais.

Merde ! Parfois, le fait que Noah me perce à jour mieux que mes autres frères ne l'auraient fait m'agaçait vraiment. Dès très jeune, il s'était senti responsable de nous tous, même si Aiden et moi avions seulement quelques années de moins que lui. Je n'irais pas jusqu'à dire qu'il était une image paternelle. Du moins pas pour Aiden et moi. On était trop proches de lui en âge. Mais il se considérait clairement comme le patriarche de la famille.

— Elle a mis sur le tapis une règle excluant le sexe, admis-je, déçu. Et je ne suis pas autorisé à lui toucher les fesses.

Je fronçai les sourcils en entendant le rire diabolique d'Aiden.

— Donc, tu vas la fréquenter en sachant qu'elle t'attire, mais que tu n'as pas le droit de la toucher ? dit-il en renâclant. Ça ressemble à du masochisme, mec !

Je poussai de côté ma tasse à café vide et croisai les bras sur ma poitrine.

— N'aie pas l'air si amusé, grommelai-je. Je parie que Skye ne t'a pas laissé la toucher, au tout début, elle non plus.

Aiden se réjouissait visiblement de tout ça, *le salaud !*

— C'est vrai, en convint-il. Mais au moins, je pouvais compter sur un avenir avec elle, si je parvenais à la convaincre qu'on était faits l'un pour l'autre, ce que j'ai fait. Et Maya allait toujours entretenir un lien entre nous. Alors que Riley t'a déjà prévenu qu'elle n'était pas intéressée par une relation sérieuse.

Je haussai un sourcil.

— Peut-être que je ne le suis pas non plus, dis-je, sur la défensive.

Noah nous interrompit.

— Tu l'es ; et c'est ce qui m'inquiète. Je n'ai pas envie que cette femme te détruise. Tu ne t'es jamais vraiment mis avec quelqu'un, Seth. Pourquoi elle ? Pourquoi pas une femme qui pourrait te rendre heureux dans l'avenir ?

Je haussai les épaules.

— Il n'existe aucune garantie de bonheur quand tu commences à sortir avec quelqu'un et il n'y a pas d'autres femmes que j'aie envie de fréquenter. Elles en ont surtout après mon argent, à présent. Des femmes qui ne me voyaient même pas avant que j'hérite me trouvent tout à coup totalement irrésistible, putain !

Il vaut mieux que je sois avec Riley, je crois. Au moins, je sais qu'elle se fiche de mes billets verts.

Aiden me jaugea du regard.

— Elle n'a pas à s'en soucier, vu sa fortune personnelle. C'est ce qui t'attire ?

Je secouai la tête.

— Non. J'ai été séduit dès la première fois où elle a volé à mon secours au *Coffee Shack*. Et j'ignorais alors totalement qu'elle était riche.

— Tu es foutu, m'informa Noah.

— Je crois pouvoir la convaincre que tous les mecs ne sont pas des tarés complètement maniaques du contrôle, déclarai-je à mes frères. Oui, d'accord, j'avoue avoir envie de la protéger contre le genre de mauvaises expériences qu'elle a vécues, mais je ne vais sûrement pas lui reprocher d'être exactement celle qu'elle a envie d'être. Son fiancé n'a pas été le seul à lui torturer les méninges ; sa mère est un cas, elle aussi ! Je crois que Riley n'a jamais pu compter sur personne pour la soutenir.

— Tu devrais peut-être foncer, dit Aiden d'un air songeur. Si elle t'attire autant, ça peut en valoir la peine.

— Je n'en suis pas si sûr, dit Noah, sceptique. La plupart des femmes sont source d'ennuis. Certaines plus que d'autres, j'imagine ; mais je ne suis pas certain qu'une seule d'entre elles vaille la galère.

Aiden darda sur Noah un regard désapprobateur.

— Certaines en valent la peine, le contredit-il.

Je voyais bien que mon petit frère défendait son propre mariage avec la femme qui avait conquis son cœur à vie.

D'un regard, Noah s'excusa auprès d'Aiden.

— Je ne parlais pas de Skye. Elle est une exception rare. Et si elle n'avait pas existé, tu n'aurais pas Maya.

J'eus un sourire en coin. Noah adorait la fille d'Aiden, comme nous tous dans la famille.

Aiden s'esclaffa en regardant Noah.

— Tu adores ma femme parce qu'elle t'apporte de fichus repas tous les quatre matins ! Elle est tellement gentille qu'elle s'inquiète pour ton petit cul de drogué du boulot !

— Je ne lui ai pas demandé de le faire, dit Noah sur un ton bourru.

— Elle le fait parce qu'elle te considère comme un membre sa famille et qu'elle s'inquiète que tu sortes si rarement de ton bureau.

— Comme je l'ai dit, c'est une exception, répéta Noah à contrecœur. Mais Riley est une parfaite inconnue.

— Je tiens à elle, dis-je. Oui, elle m'attire ; mais je *l'apprécie* vraiment, aussi. Elle est sacrément courageuse.

J'avais toujours à l'esprit qu'elle avait arraché des mains d'Easton sa jeune proie avant d'enseigner à Penny l'estime de soi.

Mais qui avait été là pour *Riley* ? C'était ça, le problème. Personne n'était venu à *son* secours. Elle avait dû s'en sortir toute seule.

Elle était peut-être proche de ses frères, mais comme elle l'avait dit, elle les avait rarement vus pendant son enfance.

— Sois prudent, au moins, insista Noah. D'après tout ce que tu nous as raconté, cette histoire pourrait très mal finir, si tu t'attaches trop.

— On va juste se voir, affirmai-je. Ce n'est pas comme si j'étais prêt à la demander en mariage ou quoi !

— Je dois te dire de faire attention, moi aussi, dit Aiden sur le ton du regret. Je commence à croire que lorsqu'un Sinclair trouve la bonne personne, il n'y a plus de plan B possible. Il n'y a plus personne d'autre, à jamais. Je suis tombé amoureux de Skye il y a une dizaine d'années et je n'ai jamais cessé de l'aimer. Jade s'est éprise d'Eli en très peu de temps et il n'y a plus jamais eu quelqu'un d'autre pour elle. Pareil pour Brooke et Liam. Et de ce que j'ai compris, tous nos demi-sœurs et demi-frères sont de la même veine. On fait preuve d'une grande loyauté, une fois qu'on tombe amoureux d'une personne, même si on déplore de le rester après qu'elle est partie.

Je regardai Aiden d'un œil mauvais. Je ne voulais pas imaginer que Riley puisse me quitter un jour. Ceci dit, il voyait peut-être juste en pensant qu'un Sinclair ne tombait vraiment amoureux qu'une seule fois.

— Ne t'ai-je pas dit moi-même de ne pas juger Skye avant de connaître toute la vérité ? lui demandai-je.

— Je ne te dis pas de *ne pas* la fréquenter, commenta Aiden. Je te conseille juste d'être prudent. Tu es têtu comme une mule, alors, je ne doute pas que tu puisses la faire changer d'avis sur les hommes, si elle finit par éprouver les mêmes sentiments que toi. Mais comme tu l'as dit toi-même, il n'y a aucune garantie.

— Je pense que tu ne devrais pas la fréquenter, dit Noah d'un air sombre. Il vaut mieux éviter un potentiel désastre.

Je lançai à mon grand frère un regard noir.

— Alors, tu comptes rester célibataire toute ta vie ?

— Oui, répondit Noah sans hésiter. J'ai déjà élevé mes frères et sœurs et je n'ai pas la moindre envie d'avoir d'autres enfants dans les pattes. J'ai eu mon compte. Alors, pourquoi prendre la peine de me marier ? Mais il ne s'agit pas de moi, Seth. Il s'agit de toi.

Aiden m'adressa un grand sourire et je fus quasiment certain qu'on pensait la même chose... on espérait tous les deux qu'un jour, Noah tomberait fou amoureux d'une femme et abandonnerait sa propension à se noyer dans le travail. Je savais bien à quel point mon grand frère méritait de trouver le bonheur dans sa vie, maintenant qu'on était tous devenus adultes.

— Je m'en sortirai, dis-je à Noah sur un ton plein d'assurance. Un peu de temps libre ne me fera pas de mal non plus, bordel ! Tu as raison, quand tu dis que j'ai fréquenté très peu de femmes. Il faut peut-être que je m'y mette. Contrairement à toi, j'aimerais avoir une compagne dans ma vie.

J'en venais à me demander si Noah avait au moins pris le temps de quelques relations sexuelles, ces dernières années. Il était difficile d'imaginer que non.

— Peut-être que tu devrais venir avec Riley ; on ferait un barbecue, suggéra Aiden. Maintenant qu'elle a acheté l'ancienne maison de Jade, on est presque voisins.

Je lui adressai un regard plein de reconnaissance. Nos maisons étaient proches les unes des autres et donnaient toutes sur la plage. On pouvait rapidement aller de l'une à l'autre à pied.

Aiden était visiblement partant, maintenant, même si Noah ne l'était pas.

— Je viendrai probablement, marmonna Noah. J'aimerais me faire ma propre opinion de cette fille.

Là, j'étais en état de choc ! Noah ne sortait de chez lui que si l'un de nous se mariait ou qu'il y avait un événement majeur dans nos vies. C'était bien pour ça qu'Aiden et moi nous retrouvions dans *sa* maison.

— Merci. Vous me direz la date qui vous ira le mieux, les gars, et je la proposerai à Riley.

D'un regard, j'adressai à Noah un avertissement et le mis en garde :

— Mais ne fais pas le con !

Il haussa un sourcil.

— Quand m'a-t-on vu manquer de discrétion ?

J'aurais pu lui rafraîchir la mémoire en lui rappelant par exemple l'époque où il avait cuisiné Eli et Liam avec nous, mais au lieu de pointer des faits, je laissai couler.

En réalité, si j'avais pensé que Noah allait s'attirer des ennuis, j'aurais sûrement tenté de le faire changer d'avis, moi aussi. On s'était disputés en grandissant côte à côte, mais notre penchant le plus fort avait toujours été de nous protéger mutuellement.

Aiden se leva.

— J'aurais adoré poursuivre cette conversation, mais j'ai rendez-vous avec un potentiel capitaine.

— Je dois y aller, moi aussi.

Je n'étais pas encore allé au bureau et j'avais une réunion plus tard dans la matinée.

— J'attendais de pouvoir me remettre au boulot, dit Noah, ce qui était prévisible.

Quand n'attendait-il pas de se remettre au boulot ?

Alors que Noah et moi quittions la table, Aiden me donna une claque fraternelle dans le dos.

— Bonne chance ! dit-il, semblant m'encourager sincèrement. Si tu as besoin d'un conseil ou d'une oreille à qui parler, appelle-moi. Tu as été là pour moi.

— Je suppose que je suis dispo, moi aussi, grogna Noah. Mais je n'ai pas la moindre idée de ce qu'il faut faire pour séduire une femme.

Je lui souris. Je ne doutais pas de l'ignorance de mon frère en la matière, mais j'appréciais qu'il soit prêt à sortir de son bureau si j'avais besoin de lui.

— Je t'appellerai, me dit Aiden avant de passer la porte.

Je n'étais pas loin derrière lui.

Même si j'avais apprécié les conseils de mes frères, je savais déjà ce que j'allais faire *avant* de leur raconter toute cette histoire.

À présent, il était temps de passer à l'action avant que Riley ne change d'avis.

Il était grand temps pour elle de fréquenter un homme qui saurait l'apprécier.

Et je savais être, mieux que quiconque, l'homme de la situation !

CHAPITRE 12

Riley

Mais où avais-je eu la tête !?

J'étais assise à mon bureau le lendemain du jour où j'avais passé avec Seth cet accord stupide consistant à se fréquenter et cette question m'obsédait.

Après avoir tenté de travailler sur un dossier important toute la matinée, j'avais misérablement échoué, mes pensées revenant toujours à Seth.

Pour être honnête, je savais *pourquoi* j'avais accepté son idée.

Mis à part Nolan, je n'étais jamais vraiment sortie avec quelqu'un. J'avais eu une brève relation à la fac avec un mec qui avait été le premier, mais on avait rompu peu de temps après. J'étais curieuse de savoir ce que ça ferait de passer du temps avec quelqu'un qui m'apprécierait vraiment et ne me jugerait pas à tort et à travers. Quand j'allais à des soirées avec mon ex, je marchais toujours sur des œufs. Je m'attendais systématiquement à ce que quelque chose me tombe dessus pour m'écraser complètement.

Avec Seth, je n'avais peut-être pas à craindre de me sentir mal à l'aise. La seule réelle anxiété qui m'assaillait quand on était ensemble était due à la tension sexuelle qui semblait crépiter autour de nous.

C'était gênant, mais d'une façon très différente.

Je vais pouvoir gérer cette histoire avec Seth. Il faut que j'arrête de stresser.

Je n'arrivais pas à travailler et ça ne me ressemblait pas du tout.

Une notification de SMS fit vibrer mon téléphone. D'habitude, je ne regardais pas mon portable quand je travaillais, alors le geste spontané que je fis pour l'attraper me surprit.

Seth : *Au Coffee Shack ? J'ai envie de sortir de mon bureau et de marcher un peu, et j'ai besoin de caféine pour arriver au bout de cette fin de matinée. Aucune pression, mais j'y serai... au cas où tu aurais besoin d'un* chaï *autant que moi d'un café.*

Je souris. On était tous les deux accros à la caféine, ce qui nous faisait au moins une chose en commun.

Je ne devrais pas y aller. J'ai du travail. Et il me laisse le choix.

Seth ne m'avait pas sommé de m'y rendre. Il m'avait simplement envoyé une invitation tentante dans l'éventualité où j'aurais eu envie de le rejoindre.

Je ne peux pas y aller.

Je n'irai pas.

Il ne s'agit pas vraiment d'un des... rendez-vous qu'on s'est promis.

— C'est peut-être ça, le problème, marmonnai-je à voix haute. On dirait presque qu'il invite simplement... une amie.

Bizarrement, c'était pour cette raison que j'étais tentée d'y aller.

Je soupirai. Je n'avais pas eu l'opportunité de me faire beaucoup d'amis, depuis que j'avais emménagé à Citrus Beach. J'avais quelques connaissances, mais je n'allais jamais retrouver personne pendant mon temps libre.

Avant que je déménage, je ne connaissais pas une seule personne dans l'entourage de ma mère en qui j'avais suffisamment confiance pour partager quoi que ce soit de personnel. Il fallait dire que je n'avais pas grand-chose en commun avec les gens de ce milieu.

Je n'avais jamais eu beaucoup d'amis dans ma vie et tout à coup, j'aurais aimé en avoir quelques-uns.

Ou au moins… un.

Oubliant la prudence, je rédigeai une réponse.

Riley : *Dans un quart d'heure. Je m'y rends en voiture.*

Ma maison sur la plage était trop éloignée pour que je puisse aller à pied au centre-ville.

Seth : *Tu prendras comme d'habitude ? Je peux commander pour toi, je suis déjà en route.*

Il commanderait pour moi ? Ça me fit un drôle d'effet ; mais pourquoi ? Peut-être parce que personne ne l'avait jamais fait.

J'étais tellement habituée à ne pas être traitée comme une personne à part entière, la plupart du temps ! Savoir que quelqu'un se souciait de mes besoins était une expérience assez curieuse pour moi.

J'écrivis ma réponse en me levant.

Riley : *Oui, stp. Je n'ai jamais rien pris d'autre. Je suis trop accro à mon* chaï mocha latte *! Je te rejoins.*

Je me précipitai dans ma chambre et ôtai mon tee-shirt élimé en me dirigeant vers le placard.

Je regardai mes différentes options vestimentaires en fronçant les sourcils. Je ne comptais pas renoncer au confort de mon jean, mais je voulais mettre quelque chose d'un peu plus joli que le tee-shirt que je venais de retirer.

Je devrais peut-être m'acheter un peu plus de vêtements…

Je choisis un pull léger d'un vert sombre que je n'avais jamais porté et l'enfilai rapidement.

Ces quelques dernières années, je n'avais absolument pas eu besoin de tenues adaptées à des rendez-vous.

Quand je me surpris à faire bouffer mes cheveux devant le miroir, je me figeai immédiatement.

Il ne s'agit pas de ce genre de rendez-vous.

Il était seulement question de boire un café.

J'attrapai mon sac à main avant d'aller chercher ma jolie petite Mazda Miata rouge dans mon garage.

Tout comme Seth, je n'avais pas choisi d'acheter un véhicule hors de prix, mais j'adorais la petite décapotable abordable pour laquelle j'avais opté. Elle était basse et c'était un vrai régal de la conduire !

Je n'ouvris pas la capote, histoire de ne pas ressembler à la méchante sorcière de l'ouest en atteignant la ville. Ma fière chevelure rousse était ondulée et indisciplinée de nature. Quand il s'agissait de cette tignasse rebelle, le vent n'était pas mon ami.

Je remarquai ma nervosité en arrivant au *Coffee Shack*, mais je ne savais pas du tout à quoi l'attribuer.

Il y avait de fortes chances pour qu'elle soit due à ce baiser de l'autre soir. Ou peut-être à cette étreinte que j'avais évitée de justesse quand Seth m'avait raccompagnée.

Je sortis de ma voiture et pris mon sac à main en me disant que toute cette histoire aurait été plus simple si seulement Seth Sinclair ne m'avait pas donné envie de lui arracher ses vêtements et de lui grimper dessus.

Je me dirigeai vers l'entrée en secouant la tête.

Pourquoi l'homme qui enflammait tout à coup mon corps et entraînait mon esprit dans des fantasmes érotiques que je n'avais jamais eus devait-il être *lui* ?

Dès que je mis un pied à l'intérieur, je le vis me faire signe du bras.

Il était assis à la même table que les deux fois précédentes où nous nous étions rencontrés ici.

— Salut, dis-je, le souffle court, en m'asseyant en face de lui.

— Comme d'habitude, dit-il en poussant vers moi mon *chaï* avec un sourire qui me fit me tortiller sur place.

Seth avait un sourire à tomber par terre qui était d'autant plus intrigant que ses yeux gris ne révélaient aucun secret ; ils semblaient regorger d'émotions enfouies. Que pouvait-il bien penser ? Franchement, c'était une énigme.

Je pris mon *chaï*.

— Il est énorme ! commentai-je en jaugeant la taille XXL du gobelet avant de boire une gorgée. D'habitude, je prends la taille moyenne.

— Tu peux en laisser, si tu ne veux pas tout boire, suggéra-t-il.

— Ah non ! m'exclamai-je. Ce n'est pas que l'envie me manque, mais c'est plein de sucre et de crème. Je dois maîtriser ma consommation. Mes hanches n'apprécient pas cette boisson.

Il eut un sourire en coin.

— C'est drôle que tu dises ça. Tes hanches me plaisent beaucoup ; et elles ne me plairaient pas moins si elles s'arrondissaient encore.

Je levai les yeux au ciel même si, au fond, je savourais le compliment qu'il me faisait.

Je l'observai en sirotant mon *chaï*. Tout chez lui était séduisant, depuis sa façon de porter son beau costard gris, jusqu'à ses cheveux légèrement décoiffés. Mais par-dessus tout, ce qui le rendait si attirant, c'était qu'il ne semblait pas conscient de sa beauté renversante ni du fait que son sourire éblouissant aurait suffi à lui seul à ce que n'importe quelle femme se liquéfie à ses pieds.

Je continuais à trouver bizarre que Seth n'ait jamais eu de relation durable avec une fille, même à l'époque où il n'avait pas d'argent. Si j'avais été à la recherche d'un homme, ce qui n'était pas le cas, je lui aurais couru après, qu'il ait deux sous en poche ou non.

— Ta journée se passe bien ? demandai-je poliment.

Je savais qu'il ne s'agissait pas seulement de politesse. J'avais réellement envie de savoir.

— Je suis distrait, répondit-il tristement.

— Ça ne va pas ? m'inquiétai-je.

Seth n'était pas du genre à être inattentif.

— Non, ça ne va pas. Je n'arrête pas de penser à la rousse sexy d'hier soir qui m'a fait tourner la tête avec un simple baiser.

Mon cœur fut tout remué.

— Alors, peut-être que tu ne devrais pas la revoir si tôt.

Il secoua sa tête de façon théâtrale.

— Inévitable. On a prévu de se fréquenter ; et j'ai envie de la voir aussi souvent que possible.

Mal à l'aise, je remuai sur ma chaise.

— J'ai du mal à me concentrer, moi aussi, avouai-je. Je t'avais dit que ce baiser était une erreur.

— Ça ne m'a pas semblé être une erreur, Riley, dit-il en grognant. Mon plus gros problème est de savoir quand je pourrai à nouveau poser mes lèvres sur toi, sur tous les endroits où je voudrais t'embrasser *la prochaine fois.*

J'essayai de faire comme si je n'avais pas entendu ses mots, mais c'était impossible. La seule pensée de nos corps emmêlés, de préférence nus et peau à peau, provoqua une montée de chaleur entre mes cuisses.

Je n'arrivais pas à *ne pas* imaginer où j'aurais envie de sentir ses merveilleuses lèvres m'embrasser. Cet homme représentait une trop grande tentation.

— Pourquoi ne pourrions-nous pas être amis, tout simplement ? demandai-je de façon désespérée. Ce n'est pas comme si nous avions encore besoin de simuler des « signes d'affection ».

— Ne te méprends pas, je veux être ton ami.

Son regard me transperça.

— Mais si on veut partir d'un bon pied dans cette nouvelle relation entre nous, je ne vais pas te raconter des conneries en prétendant ne pas crever d'envie d'obtenir plus qu'un baiser. Je veux qu'on soit honnêtes l'un envers l'autre, Riley. Tu ne me feras pas confiance si je te cache des choses. Et en ce qui me concerne, je me forçais à les cacher, hier soir.

Je ne lui ferais peut-être pas confiance s'il n'était pas honnête, mais l'entendre dire qu'il me désirait ne me mettait pas à l'aise non plus. Je n'étais pas habituée à ce genre de choses.

— Tu m'attires aussi, avouai-je, décidée à être tout aussi franche envers lui. Mais comme je te l'ai déjà dit, je ne suis pas en quête d'un homme ni d'une relation.

— Alors, n'hésite pas à te servir de moi pendant le temps que nous avons. La vérité, c'est qu'aucun de nous ne sait où ça peut nous mener, mais si on regarde la réalité en face, notre envie commune de coucher ensemble jusqu'à épuisement de ce foutu désir est évidente.

Je relevai la tête pour le dévisager, bouche bée.

— Je n'ai jamais eu de relation sexuelle sans engagement !

En fait, je n'avais eu que deux amants dans ma vie : l'un au cours d'une relation à la fac qui s'était terminée rapidement et l'autre étant Nolan, qui avait bien prouvé que je ne l'attirais pas du tout physiquement. Visiblement, il préférait les filles plus jeunes. *Beaucoup plus jeunes.*

Je n'aimais pas du tout me rappeler nos rapports sexuels avec mon ex-fiancé. Non seulement ça me dégoûtait, sachant qu'il faisait la même chose avec Penny dans le même temps, mais même indépendamment de ça, je n'en avais pas de bons souvenirs.

— Jamais de plan cul ? demanda-t-il. J'en ai eu plein, personnellement. Je ne dis pas que ce soit pleinement épanouissant, mais ça ne fait pas de mal de se faire du bien.

— Ça ne m'intéresse pas, mentis-je. J'ai un vibromasseur.

Je frémis en le voyant me regarder comme s'il m'imaginait prendre mon pied.

— J'adorerais voir ça, dit-il d'une voix rauque. Mais je pense quand même que tu en profiterais plus avec *moi*.

Je le regardai à mon tour fixement. Je savais que je tirerais beaucoup plus de satisfaction avec *lui*. Nus, nous roulant dans les draps, nos corps emmêlés pendant qu'on se ferait ensemble *du bien...*

Franchement, en ce qui me concernait, les pulsions sexuelles qui m'assaillaient ressemblaient plus à des éruptions cutanées qui me démangeaient partout.

— N'insiste pas, s'il te plaît, dis-je d'une voix suppliante que je détestais.

Je n'avais pas l'habitude de me montrer indécise dans la vie. *Au grand jamais.* Mais Seth révélait chez moi une certaine vulnérabilité que je semblais incapable de maîtriser.

Comme s'il l'avait senti, il tendit un bras vers moi et me prit la main.

— Eh, je ne voulais pas te brusquer. Prends ton temps. Au risque d'en crever, je suis tout à fait disposé à attendre, Riley. À vrai dire, j'aime croire que ça peut être plus qu'une simple attirance sexuelle.

Une décharge électrique me traversa tout le corps tandis que, de son pouce, il caressait le dessus de ma main.

Tout contact…

Toute caresse…

Toute allusion sexuelle venant de cet homme, qu'elle soit subtile ou non, faisait disparaître de mon esprit toutes les pensées rationnelles dont j'étais coutumière.

En réalité, j'avais envie qu'il me touche, mais ensuite, je regrettais aussitôt ce désir parce qu'il ouvrait une brèche dans l'armure que je m'étais construite.

La sécurité. Mieux vaut être en sécurité plutôt que de courir des risques.

J'avais rêvé d'éprouver un sentiment de sécurité pendant si longtemps ! Et maintenant que je l'avais trouvé dans ma solitude, il m'était presque impossible d'y renoncer. Même un petit peu.

Sur la défensive, je retirai ma main.

— Mieux vaut qu'on s'en tienne à notre accord, Seth.

Ses lèvres s'étirèrent en un triste sourire.

— J'arrête… pour l'instant.

Je m'appuyai au dossier de ma chaise et sirotai mon *chaï*.

Seth changea de sujet pour me parler de sa journée et me poser des questions concernant la mienne. Sans allusions sexuelles ni caresses délicates.

J'étais à la fois soulagée et déçue.

CHAPITRE 13

Riley

— Je ne sais pas faire ça ! dis-je en riant, tout en regardant Seth assembler une paire de cannes à pêche.

Après deux semaines où je l'avais vu presque tous les jours, ma réticence à lui parler de ce que je ressentais vraiment s'amenuisait.

Ces dernières semaines, j'avais beaucoup ri, plus que je ne me souvenais de l'avoir fait dans ma vie entière.

Mon envie de le déshabiller s'était accrue, mais il avait tenu parole et n'avait plus jamais insisté, pas plus qu'il ne s'était servi de l'alchimie entre nous pour me manipuler.

Se voir quotidiennement était devenu quasiment naturel à mes yeux. Pour être franche, c'était une chose que j'attendais avec impatience. Il m'aurait paru plus anormal de ne pas voir son visage souriant ou de ne pas profiter tous les jours de son formidable sens de l'humour.

Où on allait ou ce qu'on faisait n'avait pas beaucoup d'importance.

Il m'avait proposé de m'emmener où je voulais. Après tout, il possédait un *jet* privé. Non pas que je n'aie pas envie d'aller partout avec lui, mais j'avais choisi… la simplicité.

On avait essayé plusieurs restaurants des environs, dont le bistrot de Maya où j'avais rencontré Skye, la femme d'Aiden, qui était rapidement devenue une amie hors pair.

On était allés au cinéma et Seth avait découvert avec joie que je préférais la science-fiction aux comédies sentimentales.

J'avais sûrement pris quelques kilos supplémentaires en le rejoignant tous les jours au *Coffee Shack*, mais j'apprenais à ne pas en faire une fixation, sachant que j'allais courir sur la plage quotidiennement. Puisque Seth m'avait incitée à manger tout ce que je voulais en ne cessant de m'affirmer que les femmes avec des rondeurs étaient sexy, j'avais fini par perdre la croyance paranoïaque selon laquelle je devais absolument être mince.

Seth leva les yeux vers moi.

— Tu *voulais* faire ça, me rappela-t-il.

— Je n'ai jamais pêché, expliquai-je. Mais je vais me dépatouiller en bonne débutante que je suis. Par contre, j'ai quelques doutes quant à la capacité de ce ponton de nous supporter tous les deux.

L'idée de faire une partie de pêche depuis le vieux ponton construit sur la plage de son terrain nu était effectivement la mienne. J'avais été surprise de voir de prime abord une ombre de désaccord passer rapidement sur son visage ; mais il avait ravalé son hésitation et avait validé mon idée presque immédiatement.

— Ça tiendra, dit-il en se levant. Pour autant que je me souvienne, ce ponton a toujours été là. Il a été construit pour du long terme.

— J'imagine que tu l'aurais fait démolir, si tu avais fini par construire ton hôtel ici.

Il hocha la tête en me passant l'une des cannes à pêche.

— C'est exact, répondit-il. En fait, je compte le faire de toute façon.

Je fus distraite par les explications qu'il me donna pour m'apprendre à jeter ma ligne et j'oubliai son commentaire jusqu'à ce qu'on se retrouve tous les deux assis côte à côte sur le ponton, nos lignes dans l'eau.

— Pourquoi comptes-tu le faire démolir ? demandai-je, curieuse.

Il y eut un moment de silence avant qu'il ne réponde :

— J'ai passé beaucoup de temps dessus quand j'étais enfant. À pêcher. Comme on le fait. Ma mère nous amenait souvent ici.

— Donc, tu as de bons souvenirs ici…

J'étais confuse. Aimait-il cet endroit ou le détestait-il ?

— Quelques-uns, reconnut-il. Mais j'ai toujours su qu'elle ne venait pas ici pour pêcher avec Noah, Aiden et moi.

Je tournai la tête pour le regarder. Bien que ne voyant que son profil, je remarquai la tension de sa mâchoire.

— Que venait-elle faire ici, alors ?

— Elle venait attendre mon père biologique, dit-il d'une voix rauque. C'est le meilleur poste d'observation pour voir les avions aller et venir depuis le petit aéroport. Je pense qu'elle le guettait tous les jours, mais lorsqu'elle croyait vraiment qu'il allait arriver, elle venait ici pour attendre. Ce qui lui valait uniquement la déception de voir qu'il n'arrivait pas.

Entendre la vulnérabilité à l'état brut dans sa voix me fit mal au cœur.

— Tu le guettais, toi aussi ? demandai-je.

— Oh non ! Mis à part ma mère, tout le monde savait qu'il ne reviendrait pas.

Sa voix était tendue.

— Je suis désolée, lui dis-je. Ça a dû être dur de ne pas avoir de père.

— Maintenant que je connais la vérité à son sujet, je pense qu'on était mieux sans lui. Mes demi-sœurs et mes demi-frères ont vécu un enfer dans leur enfance parce qu'il était alcoolique et maltraitant. Je ne sais vraiment pas ce que ma mère lui trouvait ; mais elle espérait toujours le voir revenir parce qu'elle se croyait mariée à lui.

— Il n'était jamais là ?

— À vrai dire, je n'ai pas beaucoup de souvenirs de lui. Il débarquait tous les trente-six du mois et restait seulement le temps de mettre ma mère en cloque. Mais il ne faisait même pas cas de ses enfants illégitimes, ou si peu.

Il était grave et songeur.

— Il ne vous adressait même pas la parole ? demandai-je, sidérée que Seth n'ait jamais vraiment pu parler avec son père de quoi que ce soit.

— Non. Ce qui l'intéressait, c'était plutôt d'éloigner notre mère de nous pour se retrouver seul avec elle. Elle était très belle.

— Le bâtard ! grommelai-je.

Ses lèvres s'étirèrent en un petit sourire.

— En fait, c'étaient *nous*, les bâtards. Une famille entière d'enfants illégitimes qui ignoraient totalement pourquoi ses visites étaient si rares. Tu sais sûrement que mon père était bigame. Une famille sur la côte est, une autre sur la côte ouest…

Je n'allais pas lui mentir. Toute cette histoire sordide avait fait la une des journaux.

— Je le savais, mais j'ignorais qu'il vous avait abandonnés.

— C'est pourtant vrai ; totalement abandonnés. Il était milliardaire, au bas mot, mais il n'a jamais donné un centime à ma mère pour élever les enfants dont il était le géniteur. On a toujours été fauchés.

Je n'en avais rien su et j'eus un pincement au cœur en apprenant cette injustice. Qu'est-ce que ça lui aurait coûté, au père de Seth, de donner plein d'argent à sa mère pour élever ses propres enfants ? À mon sens, c'était tout simplement… cruel. Il avait la fortune pour, et l'argent donné ne lui aurait jamais fait défaut. Jamais !

— Mais toute cette histoire t'a rendu triste…

Je voyais bien à ses réactions que l'affaire de la bigamie le tracassait toujours.

— Pas tant *moi* que *ma mère*. Le fait qu'il lui fasse du mal *à elle* m'inspirait surtout de la colère. Ça nous tuait de la voir attendre, guetter et ne jamais renoncer à l'espoir qu'il revienne un jour à la maison. Elle travaillait comme une forcenée pour subvenir à nos besoins, alors que mon soi-disant milliardaire de père ne donnait pas un centime de contribution !

— Savait-elle qu'il était riche ?

Il m'était difficile d'imaginer qu'elle ne nourrissait pas de ressentiment pour l'homme qui lui avait fait ces enfants.

— On n'en sait trop rien. Maman parlait peu de lui. J'imagine qu'elle voulait préserver notre enfance en évitant de nous mêler à des problèmes d'adultes. Elle était plutôt fermée comme une huître, mais elle le savait sûrement. Dans les rares occasions où il se montrait, il arrivait en *jet* privé, à bord duquel elle montait quand il l'emmenait passer un moment ailleurs. Je suppose qu'il a pu lui raconter des salades, mais au bout du compte, on sait qu'elle a fini par découvrir sa double vie avec une autre femme et une autre famille.

Je l'observai fixer l'océan et sus tout de suite qu'il était rattrapé par tout ce que sa mère avait traversé.

À présent, je regrettais d'avoir insisté pour venir ici. J'ignorais que ça raviverait tant de mauvais souvenirs pour lui.

— On peut partir, lui proposai-je doucement. Je ne savais pas que tu n'aimais pas venir ici.

Alors que j'entreprenais de me lever, il attrapa mon bras.

— Non, Riley, grogna-t-il. Ça va. Parfois, j'imagine qu'on a du mal à se débarrasser de ses vieilles casseroles. Mais j'aime être ici avec toi. Ce vieux ponton a besoin de meilleurs souvenirs pour remplacer les mauvais.

— Laisse tomber… répondis-je d'un ton colérique en reposant mes fesses sur le ponton de bois. Tu apportes l'essence et moi les allumettes ! On peut foutre le feu à ce truc plus tard !

Il pouffa.

— Tu ressembles à une lionne qui défend son petit.

Le sourire que je lui adressai était faible, parce que j'étais encore énervée.

— Ce n'est pas ça, démentis-je. Mais j'aime à croire qu'on est… amis. Et les amis se protègent entre eux, pas vrai ?

— D'habitude, oui, reconnut-il. Tu dis ça comme si tu n'avais jamais eu le moindre ami.

Puisqu'il me racontait sa vie, je pouvais bien en faire autant.

— En fait, je n'en ai jamais eu. Souviens-toi où j'ai grandi. Mes parents n'auraient pas accepté que je fréquente qui que ce soit en dehors de notre soi-disant *rang*. Et dans ce cercle, il n'y avait pas beaucoup d'enfants qui me plaisaient ou en qui j'avais confiance.

— Pas surprenant, répondit-il d'une voix traînante. Et à la fac ?

Je haussai les épaules.

— Mes études me prenaient trop de temps. J'ai fréquenté un mec pendant un moment, mais ça n'a pas marché entre nous. On n'avait pas les mêmes aspirations et on était jeunes. Il a rencontré quelqu'un d'autre qui était dans la même branche que lui et avec qui, en fin de compte, il avait beaucoup plus de choses en commun.

— Puis quand tu es revenue chez toi, tu as rencontré Easton ? devina-t-il.

— Oui, dis-je tristement.

— Tu as dû te sentir seule.

— C'est vrai. Mais je m'y suis habituée. Peut-être au point d'être plus à l'aise en restant seule. En plus, je n'avais pas vraiment d'outils de comparaison. Même quand j'étais avec Nolan, je me sentais seule. Je ne faisais que jouer le jeu.

Il secoua la tête.

— Ce n'était pas un jeu pour toi, à l'époque, Riley. C'était ta réalité. Je pense que tu voulais vraiment t'intégrer ; mais tu n'y es jamais parvenue parce que tu n'es pas comme eux.

— C'est vraiment dur de renoncer à chercher l'approbation de ma mère, même si je sais qu'elle ne me la donnera jamais.

La tristesse me comprima la poitrine.

— Tu n'as pas besoin de son approbation, grogna-t-il. Je sais qu'il est difficile de ne pas essayer de l'obtenir. Dieu sait combien on rêvait nous aussi, mes frères et moi, d'avoir celle de notre père, même si c'était un connard. Je pense que c'est un instinct dont il est difficile de se dépêtrer. On a envie que nos parents soient fiers de nous et c'est normal ; mais à un moment donné, je crois qu'il faut se libérer en les envoyant chier. Elle n'a jamais été une mère pour toi, Riley, et ça ne m'amuse pas de le dire, mais il est probable qu'elle ne le soit jamais.

Je soupirai.

— Tu as raison. Et je travaille là-dessus depuis que j'ai jeté Nolan.

— Ça se fera quand tu seras prête, dit-il avec sa voix de baryton, basse et empathique.

— Je fais des progrès chaque jour ! répondis-je d'un ton léger. J'adore vivre ici, à Citrus Beach. Personne ne me juge parce que la plupart des gens ignorent complètement qui je suis. Pour eux, je suis simplement une avocate installée en ville. Franchement, ça me plaît.

— Peu importe qu'ils te connaissent ou non, dit-il, songeur. Tu peux envoyer paître les gens qui ne s'intéressent pas à toi pour qui tu es et ne garder que les autres.

Je lui adressai un regard légèrement réprobateur.

— Comme toi, quand tu envoies paître les femmes qui te courent après pour ton argent ?

Je ne l'avais jamais vu les faire fuir. Jamais. En fait, il semblait avoir des difficultés à le faire lui-même.

— Ça n'a pas d'importance, répondit-il avec désinvolture. Je n'aime pas qu'on me porte ce genre d'attention, mais je ne le prends pas à cœur pour autant. Je sais après quoi elles en ont et ce n'est sûrement pas *moi* !

Je commençais à fulminer contre ces femmes qui le traitaient comme s'il n'était rien d'autre qu'un compte en banque. Plus je passais du temps avec Seth, plus j'étais consciente qu'il avait tellement plus à offrir que de l'argent.

— Certaines femmes de cette ville sont folles, marmonnai-je. Tu es un bon parti, que tu sois riche ou non.

— Pour être honnête, je n'avais pas cherché tant que ça quand j'étais fauché. J'avais tiré la leçon de quelques refus, et puis je n'avais vraiment pas grand-chose à offrir à une femme, dit-il avec sincérité. En plus, aucune n'avait vraiment éveillé mon intérêt. Je ne me suis jamais retrouvé dans la situation d'Aiden, à rencontrer une femme dont j'aurais eu envie plus que tout au monde. L'une des choses formidables à propos de Skye, c'est qu'elle est tombée amoureuse de mon frère quand il était fauché. Elle a vu en lui... celui qu'il était. C'est très rare.

Je dus regarder droit devant moi pour qu'il ne voie pas mes yeux s'embuer. Je trouvais terriblement triste qu'aucune femme n'ait jamais vu... sa valeur intrinsèque. Pourtant, je n'avais pas envie qu'il trouve sa perle rare maintenant.

Parce que je le veux pour moi.

Je me rebellai contre cette idée, mais je savais qu'elle était juste.

Pour une raison ou une autre, je ne voulais voir personne aux côtés de ce magnifique homme si sensible. Personne d'autre que moi.

Je n'eus pas beaucoup de temps devant moi pour me pencher sur cette révélation.

Une gigantesque traction exercée sur ma canne à pêche me fit faire un bond de surprise.

— Oh, mon Dieu ! J'ai un poisson, Seth ! J'en ai un !

J'étais tellement excitée que je me levai précipitamment sans me souvenir du moindre conseil qu'il m'avait donné pour remonter un poisson ou pour retirer l'hameçon.

Quand ma prise monstrueuse tira à nouveau, l'enthousiasme d'avoir vraiment attrapé quelque chose me fit perdre l'équilibre et, avant que j'aie pu dire ouf ! je partais déjà en avant.

— Riley ! hurla Seth en se levant, tout en essayant de me rattraper.

Mais je tombai la tête la première vers la surface de l'eau, avec tout mon attirail de pêche.

Je refis surface en crachotant.

— Merde ! C'est froid ! lançai-je en essuyant l'eau de mon visage.

Je levai les yeux vers Seth en nageant sur place dans l'eau glacée. Son air terrifié laissa place à l'hilarité ; sûrement après qu'il eut réalisé que je n'étais pas blessée et que je savais nager.

Je le fusillai du regard en entendant retentir son rire.

— Ce n'est pas drôle, dis-je tristement. Je crois que j'ai perdu mon poisson !

J'avais toujours ma canne à pêche à la main, mais la traction brutale avait cessé.

Cet idiot se mit à rire de plus belle, comme s'il ne pouvait plus s'arrêter.

Il tendit la main pour me hisser hors de l'eau.

— Rentrons te mettre au chaud. L'eau doit être à peine à quinze degrés et on ne peut pas dire qu'il fasse chaud, aujourd'hui.

Une fois passé le choc initial, je commençais à m'habituer à la température vivifiante de l'eau. On était dans le sud de la Californie et l'eau du Pacifique n'était jamais très chaude, même à la fin de l'été, mais certains courageux nageaient dedans tout au long de l'année, dès qu'il y avait de belles journées.

Seth avait toujours un rictus aux lèvres et j'éprouvai tout à coup le besoin d'effacer cet air complaisant de son visage.

Je saisis sa main tendue, mais au lieu de le laisser me hisser, je pris solidement appui du pied contre un poteau et tirai de toutes mes forces.

Puisque mon malheur le faisait rire, il allait le partager !

Je me sentis euphorique en entendant un grand *splatsh !* à côté de moi.

Quand il refit surface, trempé jusqu'aux os, un sourire diabolique se forma sur mon visage. Tout comme moi, il crachota à la surface.

— Alors, tu trouves toujours ça drôle, maintenant ? demandai-je en essayant de garder mon sérieux.

Il se remit à rire.

— On peut dire que tu m'as pris par surprise !

— Je sais, dis-je effrontément. C'était l'idée !

On commença à se chamailler dans l'océan comme des gosses. Je lui mis la tête sous l'eau et il m'aspergea d'une gerbe liquide.

Je me sentais comme une enfant.

Espiègle.

Et par-dessus tout… heureuse.

Il finit par nager jusqu'à moi, passa un bras autour de ma taille et me dit à l'oreille d'une voix rauque :

— Tu gagnes en insolence tous les jours, tu sais ?

L'eau avait beau être froide, dès qu'il me toucha, mon corps monta en température.

Étrangement, il n'avait pas l'air mécontent du tout de mon comportement.

CHAPITRE 14

Seth

Tout ce truc d'*amitié* était sur le point de me tuer !

Fréquenter Riley Montgomery était de loin la pire torture que j'aie subie.

— Maudit soit le temps passé avec elle et maudit soit celui passé loin d'elle ! grognai-je en tournant le dos au pommeau de douche pour me rincer.

Je bandais et j'étais en manque, que je sois avec elle ou non. J'avais, ces dernières semaines, élaboré des scénarios fantasmagoriques assez incroyables. Malheureusement, ces scènes érotiques de fiction ne suffisaient plus.

Elles n'avaient jamais vraiment suffi.

Elles n'avaient fait qu'arrondir un peu les angles.

J'essayais de ne pas penser au fait qu'à l'instant même, Riley était au rez-de-chaussée, dans une autre salle de bain de ma maison, toute nue. Quand on était revenus chez moi après notre baignade improvisée, elle avait voulu prendre une douche chaude et je lui avais indiqué la salle de bain d'une chambre d'amis.

Résister à l'envie de l'attirer dans la salle de bain principale avec moi m'avait coûté tous les efforts du monde.

J'ai promis de ne pas insister.

Hélas, chaque jour qui passait, je m'en voulais de lui avoir donné ma parole à ce propos. Il n'y avait pas un seul moment où je n'avais pas envie de la déshabiller et de la prendre contre un mur. Sauvagement.

Ou dans mon lit.

Ou sur la table de la cuisine.

Ou dans la douche, où je me trouvais en ce moment même.

Le problème étant qu'elle se trouvait dans une autre fichue salle de bain.

À vrai dire, j'aurais facilement pu l'allonger sur le ponton et coucher avec elle à l'endroit même.

Après avoir attiré son corps contre moi dans l'eau, j'étais dans tous mes états. Pour la première fois, ses courbes parfaites étaient plaquées contre mon corps et je l'avais sentie capituler presque instantanément.

Elle commençait à avoir confiance en moi.

Alors, même si la relâcher avait été physiquement douloureux, je l'avais fait.

Les contreparties en valaient la peine. Ces dernières semaines, j'avais vu Riley commencer à se détendre, à s'amuser et à baisser la garde.

Malheureusement, ça avait exacerbé la tentation qu'elle représentait.

On aurait dit que cette femme, avec ses cheveux roux ondulés et ses rondeurs, sans parler de son esprit aiguisé, de son sens de l'humour décalé et, maintenant que je la connaissais, de son empathie, avait favorisé l'apparition de Cupidon et de ses flèches.

— Bordel de merde ! grondai-je tout haut.

Je n'étais pas habitué à avoir envie d'une femme au point d'avoir du mal à me maîtriser.

Je refermai ma main autour de mon sexe douloureux ; j'avais besoin de me soulager un peu.

Je fermai les yeux et visualisai Riley, nue, gémissant de désir alors que j'avais ma tête entre ses cuisses frémissantes.

Elle était proche de l'orgasme et j'étais fou de joie en l'entendant crier mon prénom.

— *Oh, mon Dieu, Seth ! Je t'en prie, fais-moi jouir !*

Je me branlai avec plus de vigueur. Rien n'était plus érotique que de m'imaginer guider Riley jusqu'à l'orgasme.

— *Oh, oui !*

Elle renversa la tête en arrière ; ses cheveux s'étalèrent en cascades sur l'oreiller blanc ; elle jouit avec un air d'extase sur le visage.

Tellement belle...

Tellement... mienne !

Elle reprit lentement ses esprits et quand elle fut enfin remise de ses émotions, elle me tira par les cheveux.

— *Je veux que tu me prennes, Seth ! Maintenant !*

Sa voix était grave, exigeante et gorgée de désir. Elle n'eut pas besoin de me le dire deux fois.

J'adorais la voir comme ça, incontrôlable.

Gourmande.

Affamée.

Concentrée sur ce qu'elle voulait.

Parce que je m'apprêtais à obtenir quelque chose que je désirais ardemment, moi aussi.

Je sentis mes bourses se durcir et je m'affalai contre la paroi de la douche.

— *Dis-moi ce que tu veux, beauté, lui soufflai-je en venant surplomber son corps soyeux et généreux dont je semblais être insatiable.*

Je plaçai mon sexe à l'entrée du sien.

Elle enroula ses bras autour de mon cou.

— *Toi, répondit-elle d'une voix rauque débordant de désir. C'est toi que je veux, Seth !*

Je ne pouvais pas attendre plus longtemps. Je donnai à Riley exactement ce qu'elle voulait et fus instantanément happé par son tunnel humide et d'une chaleur torride dont je ne voulais plus jamais sortir.

Riley.

Tellement sexy ! Si diablement belle !

Je regardai son visage et grognai en y voyant une joie primitive et désinhibée.

En accélérant mes mouvements, j'étais conscient de la revendiquer à chaque coup de reins.

Riley était à moi ; et j'étais déterminé à faire en sorte qu'elle le soit toujours.

— Merde ! grognai-je en ouvrant les yeux pour voir mon sperme jaillir et s'évacuer ensuite avec l'eau de la douche.

Je me retournai et, de frustration, frappai le mur du poing.

Je n'arrivais *jamais* au bout du fantasme !

Dans mon esprit, pénétrer Riley était trop exquis pour *ne pas* jouir.

Malheureusement, il en allait de même avec la plupart de mes scénarios érotiques imaginaires la concernant.

Tout en me rinçant, je finis par me demander si me faire jouir en me caressant en valait encore la peine, vu la frustration qui s'ensuivait.

Je sortis de la salle de bain et attrapai le premier jean qui me tomba sous la main, avec un tee-shirt bleu marine.

Riley a sûrement fini, depuis le temps.

Je sortis de la chambre et descendis en un rien de temps.

J'entendis Riley dans la cuisine et me dirigeai donc dans cette direction.

À peine arrivé, je m'arrêtai brusquement pour regarder son joli cul tandis qu'elle s'affairait à préparer du thé.

Son jean était moulant ; comment aurais-je pu résister à l'envie de mater ces fesses magnifiquement exposées ?

Ses cheveux étaient détachés et toujours en train de sécher, à en juger par leur couleur d'un roux légèrement plus foncé. Ils commençaient à boucler et je dus serrer les poings pour rester à ma place et résister à l'envie de plonger mes mains dans les boucles humides.

Le joli sweat court rose bonbon qu'elle avait enfilé atteignait à peine la ceinture de son jean et, comme il tombait sur l'une de ses épaules, je pouvais deviner qu'elle ne portait *pas* de soutien-gorge.

Mon Dieu !

J'en avais l'eau à la bouche ; mais quel homme célibataire normalement constitué n'aurait pas bavé devant un spectacle pareil ?

— Désolé d'avoir été si long, dis-je d'une voix enrouée en entrant dans la cuisine et en détournant les yeux de son corps. Je vois que tu as trouvé quelque chose à te mettre.

Elle se retourna et ce fut plus fort que moi, mon regard se braqua sur sa poitrine.

Riley *ne portait pas* de soutien-gorge. J'en fus certain en voyant la fine démarcation de ses tétons sur le tissu rose. Son sweat n'était pas épais.

— Relève les yeux, s'il te plaît, demanda-t-elle avec fermeté.

Je venais de me faire surprendre à regarder ses seins, mais je n'en éprouvais aucun remords.

— Difficile de ne pas regarder, dis-je en levant les yeux vers les siens.

Je fus récompensé par l'adorable teinte rose qui colora ses joues.

Riley n'était pas dans la séduction, alors dès que je lui faisais le moindre compliment, elle rougissait.

Sa réaction était d'autant plus incongrue qu'elle était franche et directe dans la plupart des situations.

— Je ne sais pas à qui il appartient, mais le jean est trop serré. Il est coupé pour quelqu'un de plus petit. Le sweat aussi, dit-elle d'un ton monocorde en se retournant vers la cafetière. Tu veux du café ? demanda-t-elle d'une voix crispée.

— Oui, je veux bien.

Je la regardai bizarrement.

Je sus immédiatement que quelque chose n'allait pas.

Je le sentais.

— Eh, ça va ? demandai-je.

— Bien, répondit-elle sèchement en posant une tasse sous la machine à café d'un geste un peu plus brusque que nécessaire.

Quand elle se retourna pour me regarder pendant que le café coulait, il y avait un air de défi dans ses yeux.

Elle n'allait pas *bien*. Quelque chose l'agaçait.

— Ça ne me regarde pas du tout si une femme laisse ses vêtements chez toi ! dit-elle d'un ton sec.

Oh, putain !

Je l'observai avec attention un instant avant de comprendre ce qui se passait vraiment.

Elle est jalouse !

Elle croit que ces vêtements appartiennent à une femme avec qui j'aurais une relation ou à une ex.

Je fus surpris de voir passer un éclair de douleur dans ses yeux.

Je m'avançai et lui fis relever le menton pour qu'elle me regarde.

— Tu es jalouse, lui dis-je d'un ton légèrement accusateur.

Elle dégagea sa tête et souffla en prenant mon café.

— Je ne suis pas jalouse. Nous ne sommes pas vraiment ensemble. Tout ça n'est que fictif. Crème et sucre ?

— Non merci. Je le prendrai noir.

Je la regardai avec un grand sourire me tendre la tasse remplie de café fumant.

J'ignorais vraiment pourquoi ça me faisait autant plaisir que Riley soit de mauvaise humeur à cause des vêtements de femme qu'elle avait trouvés dans le placard de ma chambre. Mais je n'allais pas me plaindre qu'elle fasse une petite crise à l'idée que je puisse avoir envie de coucher avec une autre femme.

Même si c'était faux.

C'était le signe que notre relation commençait à être, à ses yeux, un peu plus qu'une comédie.

Cependant, j'avais vu cette douleur dans ses yeux et ça m'embêtait.

— Ces affaires sont celles de ma sœur, Brooke. Elle laisse des vêtements ici parce qu'avec Liam, quand ils viennent de la côte est pour nous rendre visite, ils séjournent habituellement chez moi.

Elle appuya l'une de ses hanches sur le comptoir.

— Ces fringues appartiennent à ta sœur ?

J'acquiesçai.

— Si ça peut te tranquilliser, tu peux regarder dans l'autre placard, de l'autre côté de la chambre. Liam aussi laisse des affaires à lui.

J'imaginais qu'elle était tombée sur le bon placard du premier coup.

— Je te crois, dit-elle, apparemment soulagée. Et je n'étais pas jalouse. J'étais simplement... curieuse.

— Ne me raconte pas de conneries, Riley. Ça te contrariait.

Avant de répondre, elle prit sa tasse de thé sur le plan de travail et en but une gorgée.

— Comment ça pourrait me contrarier ? demanda-t-elle d'une voix mal assurée. Tu n'es pas vraiment avec moi. C'est vrai, je ne devrais pas m'inquiéter que tu aies chez toi les vêtements d'une autre femme, si ?

Elle paraissait effarée après avoir pris conscience de son réel énervement.

— Oh si, tu pourrais être en colère ! On sort ensemble ! Sans plus aller voir ailleurs.

— Je ne veux pas me transformer en monstre aux yeux verts, avoua-t-elle.

J'eus un sourire en coin.

— C'est vrai que tes yeux sont verts, mais tu ne pourrais jamais être un monstre.

— Ce n'est pas drôle, Seth, dit-elle en reposant sa tasse sur le plan de travail. Que je sache, je n'ai jamais été jalouse. *Au grand jamais.*

Ce n'était vraisemblablement pas le moment de lui dire à quel point je la trouvais adorable quand elle ajoutait des suppléments à ses phrases, comme « au grand jamais », pour essayer de se convaincre de la véracité de certains faits. Ou quand elle *voulait* qu'ils soient vrais, mais qu'il en était autrement.

— Certaines émotions ressortent quand on sort avec quelqu'un, Riley, dis-je comme pour la raisonner. Dieu sait que je suis jaloux de tous les hommes que tu as connus dans ta vie, et d'Easton particulièrement.

Elle cligna des yeux avec insistance.

— Ah bon ? Pourquoi ?

— Parce qu'à une époque, tu t'es offerte à lui, tu t'es fiancée avec lui. Tu lui as donné une part de toi-même que tu ne me donneras jamais.

Il était temps de jouer cartes sur table et je n'étais pas près d'arrêter de lui dire la vérité.

Je m'avançai et posai mes mains de part et d'autre de son corps, sur le plan de travail. Ainsi coincée entre mes bras, elle ne bougerait pas tant qu'on n'aurait pas éclairci les choses. Si on ne le faisait pas, j'allais devenir fou.

Elle me regarda comme si elle ne comprenait pas et mon cœur faillit s'arrêter de battre quand elle passa ses bras autour de mon cou de façon hésitante.

— Je ne lui ai jamais vraiment rien donné, Seth, murmura-t-elle. Pas réellement. Mon corps est la seule chose qu'il ait eue occasionnellement, mais au fond de moi, je savais que je ne l'attirais pas beaucoup. Il a eu ma loyauté aussi, bien que ce n'ait pas été réciproque. En dehors de ça, il n'a jamais vraiment su qui j'étais. Je ne lui ai jamais parlé comme je peux te parler. Il ne m'a jamais fait rire une seule fois. Et il était très loin de m'accepter telle que j'étais. Tout était soumis à conditions.

Étrangement, ses mots m'apaisèrent. D'accord, l'idée que ce connard ait eu la jouissance de son corps ne m'enchantait pas. Il ne la méritait pas.

J'avais envie de lui demander pourquoi elle s'était mise en couple avec lui s'il ne la rendait pas heureuse ; mais je connaissais déjà la réponse. Elle cherchait toujours, à l'époque, l'approbation de sa mère.

— Rien ne sera jamais soumis à conditions entre nous. Tu le sais, n'est-ce pas ?

J'avais besoin qu'elle sache que je ne voudrais jamais changer quoi que ce soit chez elle. Pas même un seul de ses cheveux roux.

Riley était mon idéal absolu.

Elle hocha lentement la tête.

— Je crois le savoir. Mais s'il te plaît, tu dois comprendre que c'est parfois difficile à intégrer.

— Je le sais, lui répondis-je en passant mes bras autour d'elle.

Au diable les codes de l'amitié !

Quelqu'un devait *protéger* cette femme et j'étais celui qui le ferait.

Personne d'autre ne l'avait jamais fait.

Elle avait passé sa vie entière à essayer d'être quelqu'un qu'elle n'était pas pour faire plaisir à un parent qui se fichait complètement d'elle.

— Merci de te montrer compréhensif, murmura-t-elle.

Elle se lova contre mon corps avec une telle confiance que j'eus conscience d'avoir signé ma perte, mais ma volonté d'échapper à mon destin était très faible.

CHAPITRE 15

Riley

— Le repas était merveilleux, Skye. Merci de nous avoir invités, lui dis-je tandis qu'on s'asseyait dehors, dans le patio de sa magnifique maison en front de mer.

— Merci de m'avoir invitée aussi, Skye, répéta timidement Penny. Ce n'est pas comme si j'étais de la famille.

On était seulement toutes les trois dans le patio. Seth et Aiden jouaient de la musique dans la maison ; Aiden était au piano et Seth à la guitare. Skye, Penny et moi avions trouvé un endroit dehors suffisamment près pour les entendre, mais assez loin du reste de la famille et des invités pour pouvoir discuter tranquillement.

— Je suis désolée de ne pas avoir été très disponible, répondit Skye d'un air désolé. Je suis ravie que tu sois venue, Penny.

La gentillesse dont Skye la gratifiait donnait à Penny un visage rayonnant. Sa beauté, avec ses yeux bleus et ses cheveux sombres, ressortait vraiment maintenant que la joie se lisait dans son expression.

Quelques jours plus tôt, lorsque Seth avait proposé qu'on se rende au barbecue d'Aiden et de Skye le week-end suivant, j'avais déjà prévu d'accueillir Penny du samedi au dimanche. Skye avait gentiment invité Penny à se joindre à nous.

— Vous savez faire la fête, dit ma jeune amie en s'adressant à Skye. Tout le monde rigole beaucoup !

Skye leva les yeux au ciel.

— Il faut bien qu'on rigole… Jade et moi sommes accablées par le taux élevé de testostérone et les blagues de mecs ! Et maintenant, la pauvre Riley doit supporter ça, elle aussi !

Depuis l'endroit où j'étais assise, face à Skye, je lui adressai un sourire en coin.

— Crois-moi, ça ne me dérange pas.

La fête chez les Sinclair, c'était vraiment sympa ; c'était tellement différent des soirées que j'avais connues !

— Mais j'ai quand même subi un interrogatoire de la part de Noah, ce soir !

Skye poussa un petit cri.

— Il n'a pas fait ça !?

Je hochai la tête.

— Oh que si !

— Ça ne lui ressemble pas du tout. D'habitude, tout ce qui l'intéresse, c'est de retourner dans son bureau.

— Il m'a donné l'impression de chercher à connaître mes intentions envers Seth.

Skye et Penny éclatèrent de rire.

— C'est le monde à l'envers, fit remarquer Penny. Comme s'il avait une fille qu'il essayait de protéger !

— Il n'était pas si protecteur que ça, dis-je, songeuse. Mais il se comportait vraiment comme s'il craignait que je brise le cœur de Seth ou quelque chose de cet ordre-là.

— Il le craint sûrement, dit Skye d'une voix douce. Seth n'est pas un séducteur et il est fou de toi, c'est évident.

— Il ne l'est pas ! dis-je précipitamment. On est plutôt comme des amis, vraiment !

— Alors, pourquoi est-il constamment en train de mater ton cul et tes jambes dans ton petit short ? taquina Penny.

— Je l'ai remarqué aussi, je dois bien le reconnaître, avoua Skye.

Je haussai les épaules.

— Peut-être que je lui plais physiquement, mais c'est tout.

— Riley, c'est plus qu'une simple attirance physique, répondit doucement Skye. Je pense qu'on l'a tous vu. Seth n'a jamais été un coureur de jupons et Aiden dit qu'il ne l'a jamais vu s'impliquer sérieusement avec une femme. Tu comptes pour lui.

Je soupirai.

— Je crois que j'ai déconné, Skye. Avant qu'on commence à se fréquenter, j'avais établi une règle stipulant *pas de sexe ni de main au cul*. On se touche à peine. Et maintenant qu'on s'est vus presque tous les jours pendant trois semaines, je le regrette un peu. Une partie de moi aimerait voir où toute cette histoire pourrait nous mener, mais... j'ai peur.

Skye hocha vigoureusement la tête.

— Je comprends. Vraiment. Les choses deviennent très intimes, une fois qu'on a franchi le pas.

Elle eut un moment d'hésitation avant de demander à Penny :

— Ça ne te dérange pas d'écouter parler de tout ça ?

Je lui avais brièvement raconté l'histoire passée de Penny avec Nolan et elle savait qu'il l'avait manipulée et avait abusé de sa naïveté.

Penny renifla d'un air offensé.

— Bien sûr que non ! Ce n'est pas comme si j'étais encore vierge, et puis j'ai presque dix-huit ans, maintenant ! Avec Riley, on a beaucoup parlé des choses déplaisantes qui se sont passées. Grâce à ça, je vais mieux. Elle m'a aidée à me détacher de mes parents. J'habite avec des cousins éloignés chez qui je vais rester jusqu'à mon départ pour Harvard, l'année prochaine.

Je tournai la tête pour regarder la belle jeune femme assise à mes côtés. Penny avait fait un sacré chemin en deux ans, grâce à un suivi thérapeutique et à l'ambiance plus affectueuse dans laquelle elle baignait avec ses cousins.

— Tu es une jeune femme remarquable, Penny. Et très courageuse, lui dit Skye pour l'encourager.

Penny me regarda.

— On m'a beaucoup aidée. J'en dois une belle à Riley pour les immenses services qu'elle m'a rendus. Je sais que je ne pourrai jamais lui rendre la pareille.

— On ne rend pas service pour avoir quelque chose en retour, dis-je sur un ton de réprimande. Je suis contente d'être avec toi, ici et maintenant, tout simplement. Je suis tellement fière de toi !

Mon cœur s'emballait chaque fois que je voyais Penny franchir un nouveau cap. Elle m'apportait plus que ce que je pourrais jamais lui offrir, elle n'en avait même pas idée ! Le simple fait de savoir qu'elle ne traverserait jamais le même enfer inspiré du monde adulte que j'avais connu me rendait heureuse ; et qu'elle n'aurait jamais à se marier à une pourriture comme Nolan.

Penny resta silencieuse un instant avant de dire :

— Tu ne m'avais pas dit que Seth jouait de la guitare. Aiden et lui se débrouillent super bien tous les deux !

— Je ne savais pas qu'il en jouait, avouai-je. Il ne m'en avait jamais parlé auparavant.

— Seth et Aiden ne crient jamais sur les toits leurs talents de musiciens, dit Skye. Ils sont principalement autodidactes et je pense qu'ils doutent de leurs compétences parce qu'ils n'ont pas pris de vraies leçons.

— Ce qui, en réalité, ne fait que souligner leur talent, répondis-je.

La plupart des membres de la famille et les quelques amis invités au barbecue étaient en train d'écouter à l'intérieur. Apparemment, il était rare que Seth et Aiden jouent.

— C'est aussi mon avis, dit Skye en soupirant. Mais je pense que le passé d'Aiden, Seth et Noah leur inspire encore un manque de confiance en eux.

Je tournai vivement la tête vers elle.

— Pourquoi ?

— Je sais qu'Aiden a toujours du mal à assumer le fait d'avoir grandi en étant si pauvre. De ne jamais avoir pu offrir à Jade, Brooke et Owen toutes les choses que devraient avoir des enfants. C'est absurde, vraiment, quand on sait les sacrifices qu'ils ont faits pour subvenir aux besoins de leur famille. Personne n'a souffert de la faim et ils sont toujours restés unis. Ils n'étaient peut-être pas pourris gâtés, mais ils avaient tout ce qui était essentiel.

Penny prit la parole.

— Parfois, je trouve ça vraiment préférable qu'ils n'aient pas été pourris gâtés. J'ai vu comment peuvent tourner les enfants qui ont tout. L'argent devient beaucoup trop important pour eux et ils s'attendent à être gâtés jusqu'à la fin de leurs jours. Les femmes feraient mieux d'apprendre à être indépendantes en comptant sur elles-mêmes, plutôt que de toujours épouser des maris fortunés.

— Parfaitement, grommelai-je.

— Tu fais preuve d'une grande sagesse pour ton âge, lui dit doucement Skye.

Elle haussa les épaules.

— Pas vraiment. J'ai été poussée tout à coup dans le monde, en quelque sorte, et je ne savais pas quoi faire. Riley m'a appris à être plus indépendante. Si elle ne l'avait pas fait, je serais mariée à un vieux type quelconque qui me traiterait comme si j'étais sa chose.

— Tu me donnes beaucoup trop d'importance, Penny, lui dis-je. Si tu n'avais pas fait le boulot toi-même, tu en serais encore exactement là où tu en étais il y a deux ans.

— Et à m'en lamenter ! ajouta-t-elle avec emphase. Je me réjouis que tu sois avec Seth, maintenant. Il est vraiment formidable. Je l'apprécie beaucoup. Aucun des Sinclair n'est prétentieux, bien qu'ils soient tous mégariches.

Je pris mon verre de vin sur la table basse devant nous et en avalai une bonne lampée.

Skye sourit.

— Aucun d'eux ne sera jamais snob ; je le garantis. Je suis une Sinclair aussi, maintenant. Avec eux, pas besoin de liens de sang pour faire partie de la famille.

Je devais donner raison à Skye. Noah avait vraiment les pieds sur terre, même s'il m'avait mise sur la sellette pour savoir si je n'allais pas faire de tort à son frère ; ce qu'il n'aurait pourtant pas dû avoir besoin de faire... je lui avais clairement dit que Seth et moi étions seulement amis.

Malheureusement, *maintenant*, je voulais aller plus loin ; mais ça me semblait irréalisable. Premièrement, Seth était très épanoui ; et si je travaillais à l'être tout autant, j'avais encore beaucoup de progrès à faire. Il *méritait* quelqu'un de bien mieux que moi. Une femme qui aurait déjà la tête sur les épaules et ne serait pas embourbée dans son passé.

Je me détendis en sirotant mon vin, écoutant la musique qui filtrait par la porte ouverte donnant sur le patio.

Seth et Aiden étaient doués. *Vraiment doués.* Qu'ils aient grandi sans prendre de cours était difficile à croire. À les entendre, on imaginait qu'ils avaient suivi des leçons pendant des années.

— Je ne sors pas *réellement* avec Seth, dis-je enfin. Je te l'ai dit, Penny. C'est un jeu. Une expérience.

Elle fit rouler ses yeux sous ses paupières.

— Arrête, Riley ! Je ne suis pas aveugle ! Comme Skye l'a dit, il est fou de toi. N'est-ce pas réciproque ?

Je me retrouvai tout à coup la cible de deux regards inquisiteurs qui attendaient ma réponse.

Je déglutis péniblement.

— Peut-être. Mais ça ne veut pas dire que je sois la femme qu'il lui faut. Je ne peux pas l'être.

— C'est à cause de ton père ? demanda Penny d'une petite voix. C'est pour ça que tu penses ne pas être à la hauteur ?

Je lui lançai un regard paniqué et secouai la tête. Même si une amitié naissait entre Skye et moi, je n'avais pas dit grand-chose de mon enfance à qui que ce soit, excepté à Penny ; et je m'étais uniquement confiée à elle dans l'espoir que ça puisse éventuellement l'aider.

— Non. Ce n'est pas ça !

J'avais beau nier, je savais bien que je mentais.

— Que s'est-il passé ? demanda Skye avec curiosité. C'est quelque chose dont je ne suis pas encore au courant ? Tu peux me le dire, Riley. Bon Dieu, par le passé, j'ai été mariée chez les mafieux ! J'ai vécu des années avec une de ces trouilles au ventre et avec tant de peine ! Mais j'ai appris qu'il est bien plus supportable d'en parler que d'essayer de cacher les choses au fond de soi.

— C'est une longue histoire, répondis-je sèchement.

— Pas si longue que ça, dit Penny d'une voix traînante.

— Sache simplement que je suis là, si tu as envie de parler, dit Skye avec gentillesse. Je ne veux pas te mettre la pression pour te faire évoquer des choses que tu n'as pas envie de partager. Quand tu seras prête, tu sauras où me trouver.

— Oh, mon Dieu ! s'exclama Penny. As-tu vraiment été mariée à un gars de la mafia, Skye ?

Quand Skye acquiesça et commença à raconter son histoire à Penny, j'étais presque jalouse.

J'enviais l'aisance et l'assurance avec lesquelles elle se confiait.

Skye était capable de parler de son passé sans le laisser vraiment impacter l'instant présent ni l'avenir.

Malheureusement, je ne pouvais pas en faire autant. Pas encore.

Quand Penny eut fini de poser des questions et d'exprimer son admiration envers le courage de Skye, elles se mirent à papoter de l'avenir de ma protégée.

— Quelle va être ta spécialité ? lui demanda Skye.

— L'informatique, répondit Penny avec enthousiasme.

— Elle est douée, confiai-je à Skye. Elle a appris la programmation toute seule, alors elle a une longueur d'avance.

— Tes parents te soutiennent ? demanda celle-ci.

Penny secoua doucement la tête.

— Non, pas du tout. Quand j'ai refusé de revoir Nolan et quitté la maison, ils m'ont proposé des millions de dollars si j'acceptais de ne plus remettre un pied dans leur monde. Ce qui, à mes yeux, ne représentait pas vraiment un sacrifice. Mais je suis malgré tout bien contente d'avoir l'argent, ça me permet de payer mes études, c'est déjà ça.

Je dus refouler mes larmes en écoutant Penny. Je savais très bien qu'elle se sentait toujours blessée qu'ils aient pu si facilement se passer d'elle.

Skye avait un regard inquiet, mais elle n'insista pas pour en savoir plus.

Mon amitié avec elle avait beau être très récente, je savais déjà qu'elle était une femme incroyablement intuitive et empathique. Elle savait quand il n'y avait rien d'autre à dire.

Personnellement, je pensais que Penny s'en sortirait mieux, finalement, *sans* ses parents. *Les conditions…* tout était soumis à conditions dans leur monde. Elle en avait assez bavé.

J'ouvris la bouche pour changer de sujet, mais la refermai instantanément au moment où j'entendis résonner dans mon dos une voix masculine que j'avais souhaité ne plus jamais entendre.

— Bonsoir, Margaret. C'est drôle de te voir ici. Je participais à une petite fête, plus bas, sur la plage. Je faisais juste quelques pas quand je vous ai vues assises ici, toutes les trois. Et te voilà ! Ainsi que Penelope ! Il est plaisant de vous revoir toutes les deux, je dois dire.

Le regard horrifié de Penny suffit à ce que je me lève pour m'interposer entre *la voix* et elle.

Affronter le regard aux yeux bruns de cet homme me donna des haut-le-cœur. Mais mon instinct protecteur était trop puissant pour que je puisse tourner les talons.

— Nolan, répondis-je d'un ton glacial. Il n'est pas du tout plaisant de te revoir. Va-t'en ! Maintenant !

CHAPITRE 16

Riley

Il était assez vraisemblable que Nolan soit effectivement venu participer à une fête sur la plage. Il était vêtu d'un pantalon simple et d'un polo, tenue qu'il n'avait pas l'habitude de porter, mais qui se pointerait à une soirée sur la plage habillé en smoking ?

— Vous m'avez manqué, Penelope et toi, dit Nolan avec cette voix nasillarde que je trouvais horripilante.

— Comment nous as-tu trouvées, *réellement* ? voulus-je savoir.

Je ne gobais pas ses conneries du genre : *je passais simplement dans le coin.*

Il haussa les épaules avec nonchalance.

— Il se peut que mon hôte ait mentionné qu'il avait une fête chez les Sinclair, des gens que je n'ai jamais eu le plaisir de rencontrer.

J'étais furieuse. Il se sentait visiblement froissé de ne pas avoir fait la connaissance de cette famille qui avait plus d'argent que lui. Donc, il avait décidé de voir s'il pouvait s'attirer leurs bonnes grâces. Les Sinclair n'assistaient peut-être pas aux fêtes des nantis, mais personne ne voulait énerver l'un d'entre eux pour autant.

Pas maintenant qu'ils étaient richissimes.

— Tu n'as pas été invité. Va-t'en, dis-je sans cacher ma colère.

La *dernière chose* dont Penny avait besoin était que ce connard se pointe. L'expression de frayeur sur son visage suffisait à me donner envie de mettre Nolan à terre.

— Et comment se fait-il que Penelope et toi ayez été invitées, au juste ? demanda-t-il de façon décontractée.

Je connaissais ce ton-là. Il était jaloux, ce qui n'était pas étonnant de sa part. Peu importait ce qu'il avait ; il voulait toujours plus.

Skye se leva.

— Ce sont des amies, dit-elle froidement. Contrairement à vous.

— Oh, je suis indéniablement *plus qu'un ami* pour ces deux femmes, dit-il froidement. Elles m'ont toutes les deux manqué. J'aimerais les voir... plus souvent.

Mon Dieu ! Ce connard pensait-il vraiment qu'on allait faire un plan à trois ou être comme deux femmes dans une sorte de harem ?

Il a perdu le peu de tête qu'il avait !

— Aucune de nous deux n'a envie de te voir ! lançai-je.

Il fit un pas vers nous, mais je tins bon.

— Allez, Margaret ! dit-il. Tu ne peux pas être heureuse ici, c'est impossible ! Ta mère m'a dit que tu avais une bicoque sur la plage et que tu ne te rendais quasiment plus à aucune soirée. As-tu vraiment envie de vivre plus longtemps comme une vieille fille en glissant vers un statut de pauvre ?

— Oui. Il se trouve que oui.

Je ne lui devais aucune explication supplémentaire.

Ma petite « bicoque » avait coûté une somme que quatre-vingt-dix-neuf pour cent de la population ne pouvait pas débourser ; et la maison était magnifique. Mais il était tellement obsédé par le fait d'avoir des « choses » qu'il voyait là de la pauvreté.

— Tu as toujours envie de moi, Margaret. Et toi aussi, Penelope. Vous avez toutes les deux trop peur de vous faire rejeter pour oser venir vers moi. Alors, c'est moi qui viens vers vous.

À l'entendre, il nous faisait une immense faveur !

— Tu es une ordure, dis-je sans ménagement. Et je suis sûre que Penny et moi, on est trop vieilles pour toi, vu que tu aimes les jeunes filles. *Très jeunes.*

Il fut choqué, puis son expression vira à la fureur.

Des rumeurs couraient peut-être à propos de détournement de mineures, mais personne n'avait jamais vraiment mis les pieds dans le plat devant Nolan.

— Tu es un pédophile, Nolan ! poursuivis-je, ma colère étant à présent trop forte pour être contenue. Une petite merde qui devrait être en prison, à l'heure qu'il est ! Et je ne traîne peut-être plus dans le milieu de tes fréquentations, mais crois-moi, je te surveille. Si jamais tu t'en reprends à une mineure, je le saurai. Je connais encore suffisamment de personnes correctes dans ton cercle pour pouvoir en être informée ; et alors, je m'assurerai que tu finisses derrière les barreaux !

— Là où a fini ton père ? répondit-il, plein de sarcasme. Penses-tu vraiment que ces rumeurs soient passées à l'as, Margaret ? Et il s'en est sorti en toute impunité pendant des années ! Personne ne pouvait l'atteindre. Les gens doivent porter plainte et personne ne le fera. Maintenant, parlons de nos retrouvailles. Penelope, toi et moi.

— Il faudra me tuer avant de pouvoir la toucher à nouveau ! grondai-je.

Nolan fit une embardée et vint me plaquer violemment contre le mur du patio.

Un instant, je vis des étoiles, puis tout devint noir ; mais ce fut momentané et quand je retrouvai mes esprits, tout ce que je pus sentir fut ses lèvres gluantes sur les miennes.

— C'est pas vrai, vous vous foutez de ma gueule… !

J'entendis le commentaire rageur de Seth, mais je ne le compris pas vraiment.

J'étais trop occupée à essayer de retrouver une vision normale.

— Lâche-la, putain ! cria Skye en tirant Nolan en arrière. Aiden ! Viens nous aider, je t'en prie !

Quand ma vue fut à peu près claire, voir qu'il avait eu le culot de me toucher me submergea de rage. Je devins incontrôlable, ce qui m'était bien égal.

Ma main s'abattit violemment et j'entendis le claquement satisfaisant de ma paume contre son visage. Profitant de l'étourdissement momentané de Nolan, je lui mis un coup de genou dans les testicules suffisamment fort pour les lui faire remonter dans la gorge. Puis je le fis à nouveau. Et à nouveau. Jusqu'à ce qu'il tombe au sol dans un hurlement pathétique.

— Lève-toi, enfoiré ! ordonnai-je, même si je me sentais chanceler.

Je n'en avais pas terminé avec lui et comptais bien lui faire suffisamment mal pour qu'il ne s'approche plus jamais de Penny à moins de cent kilomètres.

— Riley, non ! me dit Aiden à l'oreille d'une voix rauque, en me tirant en arrière par les épaules.

— Elle est blessée, Aiden, dit Skye, qui semblait dans tous ses états. Il lui a cogné la tête contre le mur en briques ! Elle a besoin de soins.

— Je vais bien, marmonnai-je. Il faut que je raccompagne Penny.

Je me retournai et vins m'asseoir près d'elle.

— Tu vas bien ? lui demandai-je.

Elle prit mes mains dans les siennes.

— Ce n'est pas moi qui viens d'être plaquée contre un mur ! Riley, il faut que tu ailles à l'hôpital.

— Je vais bien, la rassurai-je, même si ma vue était encore un peu brouillée.

Mon corps était encore secoué d'adrénaline et j'éprouvais toujours de la rage qui me faisait trembler.

Je pris une profonde inspiration et tentai de me calmer, tandis que Noah et Aiden s'occupaient d'emmener Nolan.

Ses gémissements retentissaient toujours entre les murs du patio et me tapaient sur les nerfs, alors j'étais bien contente qu'ils l'éloignent.

— Il venait d'une sorte de soirée, là, sur la plage, lançai-je aux frères d'une voix tremblante, mais assez forte pour couvrir ses plaintes.

— Je sais où c'est, dit Aiden à Noah. On était invités, mais on n'a pas grand-chose en commun avec ces gens-là. On a décliné.

— Je propose qu'on le raccompagne là-bas personnellement et qu'on laisse *son hôte* s'en occuper, dit Noah d'un ton plein d'une fureur que j'avais rarement entendue même venant de mon propre grand frère.

— Celui qui a organisé la fête lui a indiqué votre maison, dis-je à Aiden. Il ne venait pas pour Penny et moi, au départ. Il voulait faire votre connaissance, rencontrer votre famille. Je suppose qu'on était juste un bonus.

— Bonus, mon cul ! dit Aiden d'une voix éraillée. Je préviendrai son hôte que si cette pauvre merde remet un seul orteil sur cette plage, c'est *lui* qui sera le prochain à hurler.

— Où est Seth ? demandai-je d'une voix tremblante.

— Parti, répondit aussitôt Aiden. Il a dit qu'il devait partir parce qu'il n'allait pas rivaliser avec ton ex. Il a dit que tu l'embrassais. Je pense qu'il avait reconnu Easton… Dieu sait que cet idiot ne fuit pas les caméras !

Nolan était la putain des médias. Seth devait savoir à quoi il ressemblait, ça ne faisait aucun doute.

— Elle ne l'embrassait pas ! dit Skye en prenant ma défense. Elle était à demi inconsciente ! Si elle avait posé les mains sur ses épaules, c'était uniquement pour tenter de retrouver l'équilibre après que Nolan lui a cogné la tête. Mon Dieu, Aiden ! J'ai entendu le choc de son crâne contre le mur ! Seth croit-il vraiment qu'elle embrasserait quelqu'un d'autre ?

— Je ne ferais pas ça, dis-je en pleurant, mon cerveau ne fonctionnant encore que partiellement.

— Aucune chance qu'elle le fasse, intervint Penny. C'est un connard fini !

— Tu as parfaitement su comment lui botter le cul ! fit remarquer Noah d'une voix pleine d'approbation.

— J'étais... furieuse, tentai-je d'expliquer.

— Tu avais de quoi l'être ! grogna Aiden tandis qu'il aidait Noah à faire tenir Nolan debout. Rappelle-moi seulement de ne jamais t'énerver !

Il tourna la tête et m'adressa un clin d'œil espiègle.

— Appelle une ambulance pour Riley, s'il te plaît, dit Noah à Skye. On s'occupe de cette ordure.

Il fit un signe de la tête vers Nolan, qui beuglait toujours.

— Je n'ai pas besoin d'une ambulance, affirmai-je.

— Je vais l'emmener en voiture, répondit Skye avec fermeté. L'hôpital n'est qu'à quelques minutes d'ici.

— Je viens aussi, dit Penelope avec insistance. Et tu ne peux pas dire non, Riley. Moi, ça ira. Je serai avec toi. Je n'ai plus peur de lui. J'étais seulement... choquée. Mais je m'inquiète pour *toi*. S'il te plaît, fais-toi examiner. Pour moi. Je ne peux pas retourner à San Diego sans savoir que tu vas bien.

Ma plus grande peur était que Nolan parvienne à retrouver Penny. Compte tenu de mon état actuel, mes pensées n'étaient peut-être pas très rationnelles, mais il savait vraisemblablement où j'habitais.

Je fus soulagée de ne plus entendre les jérémiades de mon ex quand Noah et Aiden le traînèrent dans la maison pour rejoindre le garage.

— Tu peux marcher ? me demanda Skye en passant une main sous mon bras.

— Je suis sûre que oui, dis-je d'une voix beaucoup plus calme.

Maintenant que Nolan était parti, j'avais l'impression d'avoir presque retrouvé tous mes moyens.

Penny se leva, lâcha ma main et se plaça à mes côtés.

— J'aurais dû t'aider, dit-elle sombrement. Je suis restée... figée, Riley.

— Personne n'a eu le temps de lui venir en aide, ma chérie, dit Skye d'une voix chantante. Tout est arrivé trop vite ! Ne te prends pas la tête avec ça maintenant. Ça n'a pas d'importance. Il faut juste qu'on emmène Riley à l'hôpital.

Les deux femmes étaient si contrariées que je n'allais pas m'y opposer plus longtemps.

Penny serait avec moi, ce qui empêcherait Nolan de s'approcher d'elle. Il y avait de grandes chances qu'il ne nous approche plus jamais ni l'une ni l'autre.

Cette éventualité m'apportait une grande satisfaction.

Je marchai lentement vers la maison, une femme me soutenant par le bras de chaque côté. Quand on arriva devant la porte du garage, je m'arrêtai.

— Et Seth ? Il a vraiment pensé que j'embrassais Nolan ? Ça me fait mal qu'il puisse l'envisager comme une possibilité.

Skye m'encouragea à avancer et ne répondit que lorsqu'on fut toutes installées dans la voiture.

— Honnêtement, je crois qu'il n'a pas *pensé* du tout. Mais ça ne veut pas dire que j'approuve son comportement ridicule.

Elle ouvrit la porte du garage avant de poursuivre :

— Quand tu t'es évanouie, de son angle de vue, tu avais peut-être l'air de l'embrasser. Tu n'as pas pu te défendre tout de suite et tu as posé tes mains sur les épaules de Nolan.

— Il n'aurait pas pu attendre deux secondes pour comprendre ce qui se passait ? demandai-je tristement.

— Il aurait dû, murmura Skye. Il faut que tu lui parles à propos de son jugement hâtif. Aiden et moi avons déjà rencontré ce problème par le passé et ça n'apporte que des peines de cœur inutiles.

— Je ne suis pas sûre d'avoir encore envie de lui parler. Je croyais qu'il me faisait confiance.

Même si j'avais mis longtemps à lui accorder ma confiance, je croyais qu'on avait tous les deux passé ce cap.

— Les hommes sont bêtes quand ils sont jaloux. Parfois, ils se transforment en monstres aux yeux verts en quelques secondes. Et je suppose que les femmes peuvent en faire autant.

Des monstres aux yeux verts ?

Ne m'étais-je pas transformée en l'un d'entre eux quand j'avais trouvé des vêtements de femme dans le placard, chez Seth ?

Pour ma part, je ne m'étais pas enfuie.

Contrairement à Seth.

J'aurais très facilement pu partir de chez lui sans préparer une tasse de thé ni rester dans les parages le temps de voir s'il existait une explication ou une autre.

Il aurait pu en faire autant pour moi.

— Le truc, c'est que Seth est jaloux parce qu'il ne vous voit plus comme des amis, Riley, fit remarquer Skye en conduisant vers l'hôpital.

— Je ne suis pas sa chose, répondis-je.

— Je suis d'accord avec toi. Et je ne crois pas une seule seconde qu'il te voie comme ça. Il a eu l'air anéanti, avant d'être en colère.

J'eus un pincement au cœur.

— S'il a éprouvé la moindre déception, ce n'était pas intentionnel de ma part. Je ne le ferais jamais délibérément.

— Je le sais. Une fois que Seth aura pu se raisonner, il le saura lui aussi. Les hommes, chez les Sinclair, réagissent parfois avant de réfléchir. Et ensuite, ils s'en veulent tellement que c'en est presque agaçant !

Elle se tut un instant avant d'ajouter :

— Ne t'occupe pas de Seth pour l'instant. Occupons-nous de toi.

— Je vais bien, grommelai-je. Je ne fais ça que pour Penny et toi.

— Ça me va, tant que ça t'amène à l'hôpital, dit gaiement Penny depuis la banquette arrière.

— Pareil pour moi, reconnut Skye, un sourire aux lèvres, en se garant devant l'entrée des urgences.

Je leur adressai à toutes les deux un faible sourire.

Elles n'imaginaient pas à quel point je me sentais réconfortée d'avoir de *vraies* amies.

CHAPITRE 17

Seth

Mais que lui est-il passé par la tête, bordel !? Elle ne peut pas retourner avec ce connard !

J'étais totalement épuisé, mais pas suffisamment pour réfréner ma colère et ma frustration.

Vlan ! Vlan ! Vlan !

Après être sorti faire un grand tour de course à pied, j'étais à présent chez moi, dans ma salle de sport, en train de me défouler contre un sac de frappe accroché au plafond.

J'étais peut-être lessivé physiquement, mais sur d'autres plans, j'étais toujours si furieux qu'aucune des activités sportives ne parvenait à éloigner de moi l'image de Riley embrassant Easton de son plein gré.

Vlan ! Vlan ! Vlan ! Vlan !

— Fils de pute ! jurai-je en frappant le sac du poing une fois de plus avant de me plier en deux pour reprendre mon souffle.

J'ôtai mes gants en me redressant et cherchai quelle sorte de torture m'infliger après ça.

Je jetai un coup d'œil vers mon vélo d'intérieur, un Peloton, et décidai qu'il serait le prochain sur ma liste. Je pouvais sacrément transpirer avec ça, quand je m'y mettais !

À l'heure qu'il était, j'aurais utilisé tous mes équipements de sport jusqu'au dernier, si seulement l'épuisement et les douleurs pouvaient me faire sortir Riley de la tête.

Je ne pourrais jamais effacer de ma mémoire la vision d'Easton bouffant la bouche de la femme que je désirais, c'était certain, mais j'espérais de toutes mes forces pouvoir la rendre moins… douloureuse.

Je l'avais vue.

C'était tout frais dans ma mémoire.

Riley avait été pleinement partie prenante dans leur étreinte.

Si ça n'avait pas été le cas, j'aurais tué cet enfoiré !

La vérité, c'était que je désirais trop le bonheur de Riley pour ne pas vouloir qu'elle obtienne ce qui pouvait la rendre heureuse.

Mais il va la rendre malheureuse, putain !

C'était ce qui me tuait le plus.

Peut-être qu'elle ne cesserait jamais de chercher l'approbation de sa mère.

Peut-être qu'elle en était incapable.

Merde ! Je savais bien que je finirais par me retrouver sur son pas de porte, à essayer de la convaincre qu'elle n'avait pas besoin d'être avec ce minable pour trouver sa place.

En vérité, sa place était avec moi !

Dès la première fois où je l'avais vue, Riley était la femme qu'il me fallait. Je n'en avais peut-être pas eu conscience alors, mais je le savais *maintenant*. Sans le moindre doute.

Je pouvais la rendre heureuse. Pendant le barbecue, elle avait été souriante, joyeuse, elle avait bien rigolé jusqu'à ce que ce rat apparaisse.

L'avait-elle invité ?

Il n'y avait aucune autre explication plausible à la présence d'Easton.

— Mais qu'est-ce que tu fous là ?

Je reconnus la voix de mon frère dans mon dos. Je fis volte-face.

— Je *vis ici*, putain ! répondis-je du tac au tac.

Je n'étais pas d'humeur à écouter le moindre conseil patriarcal de Noah. Je savais déjà que je ne devrais même pas envisager de parler à Riley après qu'elle eut embrassé un autre mec.

— Que fais-tu ici ? Comment es-tu entré ?

Il brandit un trousseau de clés.

— Tu m'as donné une clé ! Et j'ai frappé à la porte, mais tu ne répondais pas. Ton Range Rover était dans le garage, alors j'en ai déduit que tu devais être quelque part par-là.

— Je fais du sport. Je n'ai pas le temps de discuter pour le moment, grommelai-je.

Il me fixa, me jaugeant délibérément.

— J'ai l'impression que tu l'as déjà fait, ton sport. Tu es en nage !

— J'en ai rien à foutre ! dis-je d'une voix rauque. Ça m'aide à me sentir mieux.

Noah se dirigea vers le petit frigo dans l'angle du mur en m'ignorant. Il en sortit une bouteille d'eau, l'ouvrit et me la tendit.

— Bois ou tu vas te déshydrater.

Je lui pris la bouteille des mains. J'avais tout fait à une telle cadence que je n'avais pas eu le temps de réaliser à quel point j'étais assoiffé.

Je vidai toute la bouteille d'un trait, l'écrasai dans ma main et la jetai dans la poubelle.

— Tu veux visiblement quelque chose, Noah. Tu n'es jamais passé juste comme ça, pour papoter entre frères.

Il fallait d'habitude qu'on aille le chercher.

— Je vais te reposer la question… que fais-tu ici ? répéta-t-il.

— Et je t'ai déjà répondu que je vivais ici.

Il me lança un regard noir et agacé.

— Tu devrais être à l'hôpital !

Je relevai la tête d'un coup, toute mon attention virant en un instant. Si quelqu'un de notre famille était blessé ou malade, je voulais évidemment être à ses côtés.

— Qu'est-il arrivé ? C'est Aiden ?

Noah secoua la tête.

— Vu combien tu sembles attaché à Riley, j'aurais cru que tu voudrais être avec elle pendant qu'elle se faisait soigner.

Riley ?

Qu'est-ce que c'est que cette histoire !?

— Es-tu en train de me dire qu'elle est à l'hôpital ?

Il se contenta de hocher la tête.

— Easton n'est pas avec elle ? demandai-je sèchement.

Noah fronça les sourcils.

— Pourquoi y serait-il ? Après ce qui s'est passé, je doute fort qu'il l'approche encore assez près un jour pour risquer de s'en prendre une !

— Ils étaient bien collés l'un à l'autre, au barbecue, et ils s'embrassaient, lui fis-je remarquer d'une voix grave. Ils s'entendaient sacrément bien !

Noah parut déçu.

— Tu sais, pour un mec suffisamment malin pour avoir réussi à bâtir une entreprise de commerce immobilier aussi rapidement que tu l'as fait, tu es parfois capable d'être vraiment totalement stupide. Comme en ce moment. Elle n'embrassait pas ce connard de son plein gré !

Mon cœur s'emballa.

— Ça en avait tout l'air.

— Tu as raté le moment où Easton l'a placardée contre le mur, lui cognant la tête. Pour l'amour de Dieu, Seth, cette femme était quasiment inconsciente au moment où il l'a embrassée ! D'accord, elle avait peut-être les mains posées sur lui, mais uniquement parce qu'il l'avait sonnée. Tu as aussi raté l'épisode où elle lui a foutu une raclée, après qu'elle s'est détachée de lui. Elle avait entrepris de protéger Penny pour une raison ou une autre, mais je peux t'assurer qu'elle n'a pas eu de scrupules à lui mettre son genou dans les couilles plusieurs fois d'affilée, suffisamment fort pour s'assurer qu'il chante chez les sopranos pour le restant de ses jours. Personnellement, elle m'a impressionné. Elle sait se battre ! Je l'aime bien.

Je revis mentalement la scène, qui n'avait duré que quelques secondes, mais ne pus en supporter l'image plus longtemps.

Elle avait les mains posées sur ses épaules.

Easton était collé à elle.

Mais... elle avait le dos contre un mur en briques.

Et... elle ne se débattait pas, mais n'avait pas l'air frénétiquement impliquée pour autant.

Je secouai la tête pour tenter de chasser la scène de mon esprit. *Mon Dieu !* Et si Noah disait vrai ?

Je le regardai avec un air soupçonneux.

— Tu en es sûr ?

— Évidemment que j'en suis sûr ! Aiden et moi avons été témoins de la dernière partie, quand elle lui a mis une trempe. Elle lui a foutu une gifle qui lui a presque dévissé la tête, avant de lui faire remonter les couilles dans les amygdales ! Elle était hors d'elle et elle aurait continué si Aiden ne s'était pas interposé. Je ne sais pas exactement ce qui s'est passé entre eux, mais apparemment, elle éprouvait beaucoup de colère refoulée à son égard. Aiden a dit qu'elle avait de quoi lui en vouloir parce qu'il a entendu dire qu'il l'avait trompée et je le crois. Mais je pense qu'il y a même plus que ça dans cette histoire puisqu'elle protégeait Penny.

— Tu n'en as pas idée, marmonnai-je tandis que mes pensées s'emballaient. Donc, tout ça n'était pas consenti ?

— Ça a déclenché sa rage, précisa Noah. Non seulement ce n'était pas consenti, mais elle a fait déferler sur lui toute la colère de l'enfer, alors même qu'elle avait reçu un sacré coup au crâne. Comme je l'ai dit, je l'aime bien... et je n'aime pas grand monde en dehors de ma famille. Cette femme a une grande force d'âme et elle a du cran. Je ne voudrais surtout pas la mettre en colère !

Je secouai la tête.

— Je n'ai jamais vu Riley comme ça.

— Dieu merci ! répondit Noah d'une voix traînante. Ça foutait un peu les jetons !

— Comment va-t-elle ?

Mon cœur battait à tout rompre. Il fallait que je sache si elle n'était pas gravement blessée.

— Dis-moi la vérité.

— J'ai eu Skye au téléphone. Ils gardent Riley en observation cette nuit. Elle a une contusion, mais par chance, elle ne s'est pas ouvert le crâne. Skye m'a dit qu'elle avait entendu quelque chose craquer en percutant le mur.

Tout en finissant sa phrase, Noah retourna jusqu'au frigo et me tendit une autre bouteille d'eau.

— Bois. Il faut que tu te réhydrates. T'as une sale gueule !

Je bus une énorme gorgée.

— Il faut que j'aille retrouver Riley. Mais qu'est-ce que j'ai fait, Noah ? Je l'ai… laissé tomber. Easton lui faisait du mal et tout ce que j'ai fait, c'est tourner les talons !

Je fus pris de nausée et dus prendre une autre gorgée pour ne pas vomir. Je commençais à croire l'explication donnée par mon frère. Ce devait bien être la vérité ; et à ce moment-là, j'eus l'impression qu'en matière de salauds, je pouvais détrôner Easton.

Comment avais-je pu simplement… partir quand Riley avait des ennuis et qu'elle avait été blessée ?

— Tu ne savais pas. Et crois-moi, cette femme peut se défendre toute seule, dit Noah d'un air grave. Ne commence pas à te fustiger pour ta réaction. Tires-en une leçon. Si tu t'étais arrêté deux secondes, tu aurais réalisé que tes pensées ne tenaient pas la route. Riley déteste Easton. Pourquoi retournerait-elle se blottir contre lui ?

Pour faire plaisir à sa mère ?

Bon sang, maintenant que j'avais retrouvé mes esprits, même cette excuse-là ne tenait pas la route !

Je connaissais Riley.

Je savais qu'elle se détachait de cette vie qu'elle détestait, où tout était soumis à conditions.

— J'ai déconné, dis-je d'une voix rauque.

Cette femme peut se défendre toute seule. C'était ce que Noah venait de dire ; et en effet, je ne doutais pas une seconde que Riley était capable de s'en sortir toute seule, parce qu'elle l'avait toujours fait.

Seulement, j'aurais dû être là pour l'aider. Il était temps que Riley sache que quelqu'un était là *pour elle*.

Et… je ne l'avais pas été.

— Alors, va arranger les choses ! suggéra Noah. Et ne fonce pas tête baissée, la prochaine fois. Elle n'a aucune famille à Citrus Beach. Elle va probablement avoir besoin d'aide jusqu'à ce que sa tête soit remise d'aplomb. Skye est à son entière disposition, tout comme Aiden. Ils essayent tous les deux de convaincre Penny de rentrer chez elle, parce qu'elle a école demain.

— Je vais m'occuper d'elle.

Je ne supportais pas l'idée que Riley puisse se croire seule.

Noah eut un sourire en coin.

— Je m'en doutais. Si seulement tu pouvais arrêter de penser avec ton cul !

J'avais beau me haïr d'avoir tourné le dos à Riley quand elle avait eu besoin de moi, je n'allais pas aggraver mon erreur ni refaire la même un jour.

— Tu es sûr qu'elle va bien ? demandai-je une fois de plus à Noah.

— T'ai-je déjà raconté des conneries ? demanda-t-il.

— Jamais, admis-je.

— Alors, crois-moi sur parole. Elle a une migraine de chien et elle est un peu sonnée. Mais le médecin a dit que tout irait bien. S'ils la gardent cette nuit, c'est par simple précaution, uniquement pour assurer sa surveillance. Ils ne s'attendent à aucune complication.

Je regardai mon grand frère dans les yeux.

— Elle va peut-être me haïr de m'être conduit comme un con, mais je ne vais plus la quitter.

Noah haussa les épaules.

— Je ne peux pas prétendre comprendre ce que tu ressens. Je ne comprends pas le fait de s'investir dans une relation avec une femme. Mais je pense qu'elle mérite qu'on prenne soin d'elle.

— Elle le mérite vraiment, lui dis-je avec emphase. Il faut que j'y aille. Je veux me rendre à l'hôpital au plus vite.

— Finis cette bouteille d'eau et, je t'en prie, prends une douche ! Si Riley n'a pas déjà la nausée, elle l'aura à cause de toi. Tu pues !

Tout ce qui m'importait, c'était de rejoindre Riley ; mais Noah avait raison. Dans son intérêt à elle, je devais m'enlever cette puanteur.

— Je m'en occupe ! dis-je en partant vers l'escalier à petites foulées.

— Seth ! cria Noah.

Je m'arrêtai sur la troisième marche, impatient.

— Oui ?

— Si elle est vraiment en colère, apporte-lui un chaton, m'informa Noah. Ça pourrait l'aider à se calmer.

Je regardai mon frère comme s'il était fou.

— Quoi !?

— Riley a toujours voulu avoir un chat, mais ses parents ne le lui ont jamais permis. Elle me l'a dit au cours d'une conversation aujourd'hui. Elle a l'intention d'en adopter un, mais elle n'a pas encore cherché. Donc si elle est furax, trouve-lui un chaton. Ça peut peut-être marcher, dit-il en essayant de faire celui qui ne se sentait pas concerné, mais je savais que c'était loin d'être le cas.

Je lui souris.

— Merci pour le tuyau !

Il haussa les épaules.

— C'est à ça que servent les frères, non ?

Sans un mot de plus, je montai les marches quatre à quatre.

Parti trop vite, je n'eus pas l'occasion d'entendre Noah grommeler :

— Je me raccompagnerai moi-même…

Ni de voir le sourire narquois sur son visage quand il remonta l'escalier d'un pas plus calme que moi.

CHAPITRE 18

Riley

J e ne pouvais pas dire que j'avais vraiment *envie* de voir Seth quand il entra dans ma chambre à l'hôpital.

Maintenant que j'avais les idées plus claires, j'étais assez furieuse contre son jugement hâtif.

Même si l'expression d'inquiétude sur son visage me fit fléchir un tout petit peu.

J'avais accepté à contrecœur de passer la nuit à l'hôpital, parce que ç'avait été le seul moyen de convaincre Penny de retourner à San Diego afin qu'elle puisse aller à l'école le lendemain.

Aiden et Skye étaient assis à mon chevet, et quand Seth entra dans la chambre, ils l'accueillirent tous les deux.

Je ne me montrai pas aussi cordiale.

— Que veux-tu ? marmonnai-je quand il vint se poster près de mon lit.

Il tendit un bras et me caressa doucement les cheveux.

— Je sais que tu es fâchée, Riley. Et tu as de quoi l'être. J'ai émis un jugement rapide…

— Bien trop rapide, intervins-je.

Aiden et Skye se levèrent.

— Je pense qu'on ferait mieux d'y aller, dit Aiden.

— Je comptais rester avec Riley cette nuit, protesta Skye.

— Je vais rester. Je ne compte pas quitter cette chambre une seule seconde cette nuit, dit Seth d'un ton ferme.

— Il faut que Riley soit d'accord, insista Skye.

Oh, mon Dieu ! J'avais vraiment envie de dire que je refusais, que je voulais que Seth s'en aille. Mais alors, Skye devrait rester auprès de moi toute la nuit parce qu'elle pensait que quelqu'un devait me veiller. Rien ne la ferait changer d'avis ; les infirmières lui avaient dit qu'elles me surveilleraient de près, en vain.

Je lui souris.

— Ça va. Rentre chez toi. Merci d'avoir été là pour moi.

— Appelle-moi si tu as besoin de quoi que ce soit, répondit-elle. On habite si près que je peux revenir en un rien de temps !

Aiden prit Skye par la main et l'entraîna vers la sortie.

Seth tira une chaise pour s'asseoir juste à côté de mon lit.

— Écoute-moi, Riley. Je sais que j'ai déconné…

— Tu m'as blessée, lui dis-je sans ménagement.

J'étais fatiguée de toujours devoir dire ce qu'il fallait. J'apprenais petit à petit qu'il était bien plus simple de dire la vérité telle qu'elle était.

Il eut un regard lourd de regrets.

— Je sais. Je suis désolé. J'aurais dû être là pour toi et je ne l'ai pas été. Je croyais que tu embrassais Easton. L'idée de te perdre n'était pas agréable. J'ai tout bonnement… pété les plombs.

Je croisai les bras sur ma poitrine.

— Le fait que tu n'aies pas eu suffisamment confiance en moi pour rester et voir ce qui se passait réellement m'a tapé sur les nerfs. J'imagine que tu as eu la *bonne* version des faits, entre-temps ?

Quelqu'un avait dû tout lui raconter, puisqu'il était ici… et plein de remords, exactement comme Skye l'avait prédit.

Il acquiesça.

— Noah est passé chez moi. Je jure de tuer Easton pour ce qu'il a fait !

— Non, tu ne le feras pas. Tu ne t'approcheras pas de lui. Il ne vaut pas la peine de se retrouver derrière les barreaux et j'ai su m'en débarrasser moi-même.

OK, j'étais *un peu* affolée par la fureur dans l'expression de son visage.

Seth semblait revenir des enfers. Il avait les cheveux en bataille, comme s'il était tombé du lit. Il portait un vieux jean et un sweat apparemment usé. Plus alarmants encore étaient les traits de son visage et ses yeux troubles.

Sans parler du fait qu'il semblait totalement épuisé et à bout.

— Si j'accepte de *ne pas* le tuer, me laisseras-tu rester ici auprès de toi ?

Je le fusillai du regard.

— Du chantage, maintenant ?

— Ce n'est pas du chantage. C'est un compromis.

Je levai les yeux au ciel.

— Je suppose que tu peux rester, mais je n'ai besoin de personne, vraiment ! Je suis à l'hôpital, bon sang ! Il y a plein de gens qui me surveillent. C'est pour ça que je suis là.

— Tu peux me considérer comme ton infirmier personnel, suggéra-t-il.

— Il est hors de question que tu m'emmènes aux toilettes ! lui dis-je, affligée rien qu'à cette idée.

Il hocha la tête.

— J'appellerai la vraie infirmière pour ça.

— D'accord. Maintenant, dis-moi pourquoi tu t'es conduit comme un con à ce point. La vérité. Tu sais ce que j'éprouve envers Nolan et ce qu'il a fait à Penny. Qu'est-ce qui pourrait te faire croire une seconde que je puisse retourner avec lui ? Mon Dieu, je ne peux même pas supporter de voir sa tête et encore moins de le laisser me toucher *d'aucune façon* ! déclarai-je.

— Je n'ai pas réfléchi de façon rationnelle, quand je vous ai vus ensemble, dit-il, comme se parlant à voix haute. Tout ce qui m'est venu à l'esprit, c'est que tu retournais avec lui.

— Tout ça n'est même pas censé être réel, dis-je doucement.

— Il n'est plus question de faire semblant, Riley. Je pense que tu le sais déjà, mais que tu refuses de l'avouer.

Je savais bien que je ne pouvais pas mentir. Grâce à Seth, les semaines qu'on avait passées ensemble avaient été les plus heureuses de ma vie.

— Je ne veux pas parler de notre relation, insistai-je. Pas maintenant.

— On n'y est pas obligés, dit-il en me prenant la main avant d'emmêler ses doigts aux miens. Tout ce que tu dois faire, c'est te rétablir.

— Je vais bien. Pourquoi personne ne me croit quand je le dis ? demandai-je, contrariée.

— Probablement parce que les gens se soucient de toi, répondit-il. D'après ce que j'ai compris, tu as reçu un assez gros coup à la tête quand l'autre enfoiré t'a jetée contre le mur.

— C'est le cas, expliquai-je. Je me suis retrouvée inconsciente pendant quelques instants et c'est là que tu as vu ce qui ressemblait à un baiser consenti de part et d'autre ; mais il ne l'était pas. J'ai failli vomir quand j'ai compris ce qui se passait. Il avait sa langue au fond de ma bouche !

— Noah dit que tu lui as foutu une raclée, dit Seth.

— La plus grosse que j'aie pu, avouai-je. Je pense lui avoir déplacé les testicules ! Ce comportement ne me ressemble pas ; et le pire, c'est que je ne pouvais plus m'arrêter. Je voulais qu'il se relève pour recommencer à le frapper. Mais il est tombé à terre et s'est mis à gémir jusqu'à ce qu'Aiden et Noah finissent par l'éloigner. Je suppose que, d'une certaine façon, je n'avais plus toute ma raison moi non plus. Je ne pouvais penser à rien d'autre qu'à Penny et à tout ce qu'elle avait traversé par sa faute.

— Ça n'avait pas été tout rose pour toi non plus, fit-il remarquer.

Je haussai les épaules.

— Peut-être… mais Penny n'était encore qu'une enfant. Moi, j'étais adulte.

— J'aurais dû être là pour toi au lieu de me conduire comme un idiot ! dit-il. Tu étais blessée, bon sang !

Seth semblait bouleversé et j'eus pitié de lui.

— Je m'en suis sortie. Je n'attendais pas que qui que ce soit vienne à mon secours. Personne ne l'a jamais fait. Ce n'est pas toi qui m'as fait du mal. C'est Nolan.

— J'aurais quand même voulu être là, gronda-t-il.

J'observai à nouveau son visage.

— Je pense que tu devrais aller dormir. Rentre chez toi, Seth. Je suis entre de bonnes mains.

— Je ne vais pas encore te laisser tomber, Riley. Je vais rester ici au cas où tu aurais besoin de moi, cette fois-ci. Et toutes les autres fois ! dit-il en grognant.

— Alors, tu peux t'installer sur le siège inclinable ou sauter dans l'autre lit. L'infirmière m'a déjà informée qu'ils ne mettraient personne d'autre dans la chambre.

— Je vais prendre le fauteuil. Je serai plus près de toi, si tu as besoin de quoi que ce soit.

En regardant son corps immense et complètement fourbu, je me demandai s'il n'aurait pas mieux fait de choisir le lit.

— Ça ne va pas être confortable.

— Je ne mérite pas de confort pour le moment, dit-il d'une voix grave.

Oui, j'avais été en colère, mais malgré tout, je n'avais pas envie de le voir souffrir. Je soupirai.

— Mais si.

— Tu as dit que je t'avais blessée.

— J'ai juste été franche. Je ne veux plus avoir peur. Je veux dire ce que je pense vraiment.

J'avais passé des années à essayer d'être conciliante avec tout le monde.

— Je *veux* que tu sois franche, dit-il en insistant. Je pense qu'il faut qu'on se parle vraiment, quand tu te sentiras mieux. Je tiens à toi, Riley. Beaucoup. Je jure que je ferai tout mon possible pour me faire pardonner.

Je ne voulais pas qu'il croie devoir se racheter. J'aurais seulement aimé qu'il ait eu foi en moi.

— Je ne sais pas ce que je veux pour le moment, Seth.

Je me sentais confuse et j'avais besoin de temps pour réfléchir. De préférence quand j'aurais l'esprit clair.

Un bâillement m'échappa.

— Tu es fatiguée, dit-il.

Je hochai la tête ; je tombais de sommeil.

— C'est sûrement l'effet des antidouleurs. J'en ai pris juste avant que tu arrives.

Il serra ma main dans la sienne.

— Dors, Riley. Je reste auprès de toi.

Je bâillai à nouveau et regardai Seth installer le fauteuil dans la position la plus allongée possible.

J'abaissai la tête de lit parce que j'ignorais combien de temps mes yeux pourraient encore rester ouverts. Mes paupières étaient tout à coup très lourdes.

Seth entreprit de trouver les interrupteurs des lumières ; il éteignit celle du plafond et laissa allumée la petite lampe.

— Je peux te poser une question ? demanda Seth de sa voix grave de baryton.

— Quoi ? demandai-je.

— Me pardonneras-tu un jour ? Je veux dire… on n'a pas besoin de parler de notre relation maintenant. Mais je veux regagner ta confiance. J'en ai besoin. Je veux juste savoir si tu me donneras une autre chance d'y arriver.

Je finirais probablement par ne plus lui en vouloir. Un jour. Mais je n'allais pas lui faciliter la tâche.

— Je vais y réfléchir, répondis-je tandis que mes yeux se fermaient en papillonnant.

Il émit un léger rire.

— C'est déjà bon à prendre !

CHAPITRE 19

Riley

Les jours passant, je trouvai *vraiment* difficile de rester en colère contre Seth.

Premièrement, il s'était obstiné à me ramener chez lui plutôt que chez moi, soutenant que le médecin avait insisté pour que quelqu'un garde un œil sur moi pendant encore un jour ou deux.

Deuxièmement, il s'était mis en télétravail pour pouvoir le faire.

Troisièmement, il m'avait pourrie gâtée. Il faisait fondre mon fichu petit cœur chaque fois qu'il m'apportait un *chaï mocha latte* avant de sortir. Ou un déjeuner. Ou le dîner.

Depuis des jours, je n'avais pas levé le petit doigt, excepté pour travailler à mon ordinateur.

En résumé, il avait été tout simplement formidable !

Évidemment, il était fort probable que j'aie encouragé ce comportement, n'ayant pas admis avoir tourné la page de son jugement hâtif.

— Je suis pardonné, maintenant ? demanda-t-il depuis son bureau.

J'étais confortablement installée dans un siège inclinable, essayant de rattraper un peu de boulot.

— Je vais y réfléchir, répondis-je pour ce qui devait être environ la millième fois depuis ma sortie de l'hôpital.

Skye n'avait pas exagéré en disant que les hommes de la famille Sinclair étaient vraiment éperdus de remords quand ils avaient fait une erreur.

Il avait beau recueillir la même réponse depuis des jours, ça ne semblait pas le décourager. En réalité, c'était devenu une blague entre nous plus qu'autre chose, vu que j'avais déjà pris la décision d'être indulgente envers lui.

— Je continuerai d'essayer, dit-il avec douceur

— Pendant combien de temps ? demandai-je, le cœur léger.

Il haussa les épaules.

— Pendant le temps qu'il faudra.

Il n'avait pas levé les yeux de son ordinateur et j'en profitai pour observer cet homme que je n'arrivais certainement pas à comprendre, mais que j'adorais profondément.

Je n'essayais plus de me mentir à moi-même en prétendant qu'il n'était que le sujet d'une expérience. Cependant, pour le moment, je ne savais pas exactement ce que nous étions l'un pour l'autre.

Je tenais beaucoup à lui et je commençais à me demander si je serais vraiment capable de lui tourner le dos dans un mois, quand notre contrat arriverait à terme.

J'avais remarqué qu'il était bien plus détendu que lors de sa venue à l'hôpital. Pour travailler chez lui, il ne s'embarrassait pas d'un costard ; il portait un jean et un sweat bleu marine qui faisait ressortir ses yeux à chaque regard qu'il me lançait.

Il était très beau, mais assez brut de décoffrage, chose que j'aimais beaucoup chez lui, en fait.

D'accord, j'aurais pu me passer de certaines de ses idées butées, comme son obstination à refuser de me laisser rentrer toute seule chez moi. On s'était disputés à ce propos, mais j'avais fini par céder. Non parce qu'il m'avait harcelée, mais à cause de la profonde inquiétude que je lisais dans ses yeux gris captivants.

D'habitude, on travaillait en silence, à l'aise en compagnie l'un de l'autre. Mais aujourd'hui, j'avais l'esprit ailleurs.

Je fermai les yeux et pris une profonde inspiration, savourant la touche que son parfum semblait toujours laisser flotter dans l'air de son bureau, un espace clos placé à l'extrémité de sa maison.

Quand je les rouvris, il me demanda en me regardant fixement :

— Que fais-tu ?

Démasquée !

— Rien ! répondis-je sèchement en rabaissant les yeux sur mon ordinateur.

Avait-il la moindre idée de la difficulté que représentait pour moi le fait de travailler au milieu des phéromones érotiques qu'il dégageait, alors même qu'il n'essayait pas vraiment de capter mon attention ?

Maintenant que j'allais mieux, il m'était de plus en plus difficile d'ignorer l'incessante attirance, la puissante alchimie qui existait entre nous.

— Je me disais qu'il serait peut-être judicieux pour moi de retourner à mon propre bureau, chez moi.

Je levai les yeux pour le regarder à nouveau. Il haussa un sourcil.

— Pourquoi ?

— Je travaillerais mieux là-bas.

— Tu n'es pas bien, là ?

Il avait l'air inquiet.

— Si. Mais je ne peux pas travailler ici indéfiniment, Seth.

— Tu restes, dit-il d'une voix gutturale.

On aurait vraiment dit un homme des cavernes qui m'aurait sans hésitation ramenée dans sa grotte en me tirant par les cheveux si j'avais essayé de mettre un pied en dehors de la maison.

Ce qui aurait dû être terrifiant ; pourtant, ça ne l'était pas. Je commençais à m'habituer aux attentes déraisonnables de Seth quand il s'inquiétait pour moi.

Je ne comptais pas le lui dire en face, mais la façon dont il m'avait traitée ces quelques derniers jours avait considérablement simplifié ma capacité à tourner la page après qu'il avait fait preuve de faiblesse, un court instant, dans sa confiance envers moi.

J'inspirai profondément.

— Je te pardonne, lui dis-je. Tu n'as vraiment plus besoin de veiller sur moi. Je vais bien depuis que tu m'as amenée chez toi. Je n'ai pas l'habitude qu'on s'occupe de moi, Seth.

— Habitue-toi, grogna-t-il. Puisque tu m'empêches de tuer Easton, la seule solution est que je te garde à l'œil… même si tu me pardonnes et que je t'en suis reconnaissant, au passage.

Je soupirai, exaspérée.

— Tu ne pourras pas me surveiller indéfiniment !

Il se leva et se dirigea vers mon fauteuil. Il prit mon ordinateur portable et le posa au sol. Je poussai un petit cri quand il me souleva ; il s'assit et m'attira sur ses genoux.

— Je ne peux pas non plus te laisser seule. Et s'il revenait ?

Il caressa mes cheveux et je me laissai aller contre son corps puissant et musclé. C'était si bon que je ne pus résister ; et franchement, ça faisait des jours que j'éprouvais l'envie d'être contre lui comme ça. Je passai spontanément mes bras autour de son cou et me mis à caresser sa nuque, savourant la douceur de ses cheveux au bout de mes doigts.

— Il ne reviendra pas, dis-je pour essayer de le rassurer. Il est tombé sur Penny et moi par hasard. Sa venue à Citrus Beach n'était pas un complot pour nous retrouver. Mais, je l'avoue, j'ai été bien contente d'avoir l'occasion de lui mettre une raclée, même si je me suis cogné la tête !

— Tu ne t'es pas *cogné la tête*, dit-il d'un ton ferme. Cet enfoiré te l'a frappée contre un mur de briques !

J'eus un pincement au cœur. Seth était en colère… encore.

— Je n'ai pas l'habitude qu'on prenne soin de moi. Personne ne l'a jamais vraiment fait. Je suis seule depuis longtemps. Même enfant, j'étais indépendante.

Seth resserra ses bras autour de moi et passa l'une de ses grandes mains de haut en bas dans mon dos. Je frissonnai.

— Laisse-moi prendre soin de toi, Riley. Je le fais déjà, mais j'aimerais que tu le considères comme un dû, quelque chose que tu mérites. Je ne peux pas faire marche arrière, ne pas te toucher et prétendre qu'on est amis. Je deviendrais fou !

Sa voix était rauque et convaincante.

Et j'étais loin d'arriver à me résoudre à dire *non*.

— Que va-t-il arriver si l'on change tout ?

J'étais vraiment tentée, mais en même temps, j'avais peur.

— Ce qu'on voudra qu'il arrive, ma belle, répondit-il. On n'a pas besoin de prévoir les choses. On n'a qu'à découvrir où ça nous mène. Pour ma part, je sais ce que je veux. J'ai eu envie de toi dès la première fois où tu t'es assise à ma table au *Coffee Shack*.

Je me sentais fléchir. J'avais peut-être encore peur, mais Seth et moi avions construit ensemble depuis des semaines ce qui existait entre nous à ce moment précis, inutile pour moi de le nier.

Je l'avais senti.

Il l'avait senti.

Et revenir à notre relation initiale serait affreusement douloureux.

— J'ai ressenti la même chose, avouai-je en passant mes mains dans ses cheveux. Mais je refusais de pactiser avec l'ennemi, dis-je pour le taquiner.

Il prit mon visage entre ses mains pour m'encourager à le regarder dans les yeux.

Ce que je fis.

Et je fus dès lors complètement perdue.

La gravité de son expression et son regard brûlant laissaient transparaître une telle sincérité que je sentis une vague de chaleur entre mes cuisses. Mes tétons se durcirent douloureusement, tandis qu'on resta les yeux dans les yeux si longuement que je perdis la notion du temps.

Enfin, il dit d'une voix rauque :

— Tu ne seras jamais mon ennemie, mon cœur. Ça n'arrivera jamais.

Je frémis. Je sentais sa violente érection sous mes fesses et mesurais, dans son regard tourmenté, son désir déchirant.

Moi. Ce bel homme me désire, moi.

— Que veux-tu ? murmurai-je, comme hypnotisée.

— Je veux que tu m'embrasses avant que je devienne fou ! gronda-t-il.

Et parce que je ne pouvais pas attendre plus longtemps, je m'exécutai.

Il plaça une main derrière ma tête et j'abaissai ma bouche vers la sienne.

Je gémis contre ses lèvres ; le soulagement de pouvoir enfin exprimer corporellement mes émotions m'offrit un répit, l'antidote à une souffrance qui m'avait rongée depuis notre première rencontre.

Sa langue pénétra dans ma bouche. D'une main, il immobilisait ma tête comme s'il avait peur que je m'en aille.

Je n'irai nulle part. J'en serais incapable. Ça fait bien trop longtemps que j'ai envie de cet homme !

Notre étreinte devint plus avide, vorace, débordant d'un désir qui ne saurait être assouvi avant qu'on soit tous les deux nus et l'un contre l'autre.

— Seth, murmurai-je quand sa bouche plongea dans mon cou et se mit à goûter chaque millimètre de ma peau délicate.

Il explorait mon corps comme s'il voulait découvrir tout ce qui allait m'exciter.

— Seth, répétai-je d'une voix plus forte.

Il leva la tête.

— Qu'y a-t-il, Riley ? Que veux-tu ?

Toi. Toi et rien d'autre ! Je veux que tu me prennes jusqu'à plus soif. Jusqu'à ce que je ne sois plus submergée par les revendications inflexibles de mon corps.

Je me reculai légèrement, bien que mon corps rechigne à exécuter la manœuvre.

— Il faut que je te dise quelque chose. Quelque chose d'important.

On s'enflammait, Seth et moi, alors je devais lui faire part d'une vérité que j'avais besoin d'exprimer avant de ne plus être en mesure de le faire.

Ma bouche s'ouvrit et, par réflexe, se referma. Je refoulai des larmes de frustration.

— Nom de Dieu ! pestai-je, furieuse que quelque chose vienne toujours me mettre en échec quand je voulais raconter la vérité concernant mon enfance.

Non pas que j'aie mis d'autres gens que Penny et mon thérapeute au courant, mais même le leur raconter à eux avait été difficile.

Je le présentai donc d'une autre façon :

— Je ne suis pas très expérimentée sexuellement ! lançai-je tout à trac. Bon... je ne suis pas vierge, hein, mais ça n'a jamais été... agréable.

— Avec moi, ça va être agréable, Riley, promit-il d'une voix sensuelle de baryton.

Je pris une profonde inspiration.

— J'ai connu un mec à la fac, mais il a fini par me quitter parce qu'il s'intéressait à quelqu'un d'autre. Au fond de moi, je sais que c'est parce que je ne réagissais pas bien... sexuellement. Ça ne me plaisait pas vraiment. Et je ne fais pas de... fellations. *Au grand jamais.*

Comme il restait silencieux, je poursuivis :

— Ensuite, il y a eu Nolan.

Des larmes commencèrent à couler sur mes joues tandis que j'expliquais :

— C'était horrible chaque fois, sans exception, mais je pense qu'il s'en fichait. Je restais allongée en priant pour que ça se finisse. Alors, ce que je ressens avec toi est… inattendu. Je ne sais pas ce qui va se passer.

À mon grand désespoir, je me mis à sangloter sans pouvoir me contrôler, ce qui ne m'était jamais arrivé de toute ma vie.

Seth attira ma tête contre son épaule.

— Laisse-toi aller, Riley. Laisse-toi simplement aller.

Je commençai à pleurer à chaudes larmes sans pouvoir me retenir et il se contenta de me caresser le dos en maintenant mon corps contre le sien.

À chaque respiration, à chaque pleur convulsif qui sortait de ma bouche, j'avais l'impression d'évacuer des années de tourment et de souffrance.

Impossible de savoir combien de temps je passai à sangloter contre son épaule comme une enfant, mais il fut à mes côtés tout le long.

Je pouvais *sentir* sa compassion ; et je pouvais entendre sa peine se mêler à la mienne quand il murmurait :

— Tout va bien se passer, ma douce. Je te le promets. Je sais qu'il y a un problème. Tu peux m'en parler. Quel qu'il soit, on s'en sortira.

— C'est bien ça, le problème, dis-je en pleurant sur son épaule. Je n'ai jamais réussi à m'en sortir jusqu'à maintenant. Même après la thérapie intensive que j'ai suivie pendant deux ans.

Mes pleurs s'étaient calmés, mais mes larmes coulaient toujours, trempant son tee-shirt de leur flot incessant.

Je sentis le corps de Seth se tendre sous le mien.

— Dis-moi. Crache le morceau !

Je voulais le lui dire.

J'en avais besoin.

Notre relation ne pourrait pas aller plus loin sans qu'il sache, même s'il allait être difficile d'en parler.

Je mobilisai tout ce que j'avais appris durant les deux ans de thérapie que j'avais suivis pour traiter mes problèmes. Mais me lancer fut la chose la plus difficile que j'aie jamais faite.

— Je pense que je n'ai jamais aimé les rapports sexuels parce que mon père a abusé de moi pendant trois ans quand j'étais enfant. Depuis l'âge de six ans et jusqu'à ce que j'approche de mes dix ans. Je crois qu'il faut que tu saches que je suis très abîmée émotionnellement à cause de ça, Seth. Je ne suis pas sûre de pouvoir être la femme qu'il te faut. *Au grand jamais.*

CHAPITRE 20

Seth

J'aurais été moins surpris si Riley m'avait raconté qu'elle était un alien infiltré venant d'une planète dans une autre galaxie.

J'aurais probablement pu y faire face.

Malheureusement, je ne savais pas du tout comment appréhender de manière rationnelle ce qu'elle venait de me dire.

Tout ce que je savais, c'était qu'il fallait que je trouve une façon d'arranger les choses pour elle. Sa détresse émotionnelle me déchirait.

Elle se remit à pleurer à chaudes larmes et chacune de ses respirations irrégulières était comme un coup de poignard dans mon âme.

Je me sentais détruit.

Un élan protecteur exacerbé me submergea au point que mes bras se resserrèrent autour d'elle comme pour la protéger des choses qui s'étaient déjà passées dans son enfance.

Mais c'était impossible. Je ne pouvais pas lui servir de bouclier contre ce qui lui était arrivé quand elle était petite.

Tout ce que je pouvais faire, c'était lui faire comprendre qu'à présent, j'étais prêt à la protéger pour le restant de ses jours ou des miens.

J'étais conscient de la difficulté qu'avait représenté pour elle le fait de me confier une chose pareille et j'avais été ému de la voir s'efforcer courageusement à déballer la vérité.

Je me levai en la portant dans mes bras, gravis l'escalier et l'allongeai doucement sur le lit pour nous coller l'un contre l'autre jusqu'à ce que nos membres soient si emmêlés qu'elle ne puisse plus savoir où finissait son corps et où commençait le mien.

Elle frotta sa tête contre mon épaule.

— Seth, murmura-t-elle d'un ton hésitant.

— Je ne t'ai pas amenée là pour coucher avec toi, Riley, lui promis-je. Je veux seulement que tu te reposes. Et je veux te garder dans mes bras pendant ce temps. Si tu veux parler, on peut parler. Mais je ne veux surtout pas te mettre de pression.

— Tu n'as sûrement plus envie de faire l'amour avec moi, pas vrai ?

— Faux, répondis-je d'une voix rauque. J'ai tellement envie de toi que c'en est douloureux. Mais ce n'est pas ma priorité. Ça ne l'a jamais été. Ma belle, mes boules ne vont pas tomber si on ne couche pas ensemble, même si elles me donnent l'impression d'être prêtes à le faire ! À partir de maintenant, tout ce qui compte, c'est ce que *tu* veux. On ira à ton rythme.

— Je crois que tu devrais trouver une femme qui soit... entière, chuchota-t-elle près de mon oreille.

— J'ai la femme que je veux, dis-je d'une voix éraillée. Et je déplacerais des montagnes pour l'aider à prendre conscience qu'elle est déjà entière. Je suis si profondément désolé de ce qui t'est arrivé quand tu étais enfant, putain, mais ça ne change rien à celle que tu es *aujourd'hui*. Ce n'était pas ta faute, Riley. Ça ne le sera jamais. Tu étais une petite fille ; et un adulte a abusé du pouvoir que sa position lui donnait sur ta vie. Tu dois le savoir, maintenant.

— Intellectuellement, oui, répondit-il d'une voix faible en se blottissant contre moi. Mais il y a encore des restes de la culpabilité et de la honte que j'ai portées depuis mon enfance, même après avoir fait une thérapie pendant deux ans. Mon père est mort depuis dix ans et je me souviens encore de tout. Je n'ai jamais été capable de prendre du plaisir dans un rapport sexuel. Je me sentais… sale.

— Tu n'es pas sale, répondis-je, envahi par une colère que je refoulais.

Devoir gérer mes émotions dues à ce qui lui était arrivé était la dernière chose dont Riley avait besoin !

— Tu es belle à l'intérieur et à l'extérieur, ma chérie.

— Je n'ai jamais eu l'impression de l'être, murmura-t-elle. J'ai cru que j'oublierais, Seth. C'est arrivé il y a longtemps. Mais plus tard, j'ai commencé à revoir des scènes et, à l'époque où je finissais mes études de droit, j'ai sombré dans la dépression et l'anxiété. Je sombrais, prise dans une spirale infernale, et je pense que c'est ce qui m'a amenée à accepter la demande en mariage de Nolan. J'ai pensé que peut-être, si j'arrivais simplement à… m'intégrer, je m'en sortirais. Sauf que ça a eu le résultat opposé, d'après moi. Je me suis sentie… prise au piège. Et plus anxieuse encore ! Ce n'est qu'après avoir commencé un suivi avec un thérapeute ici, à Citrus Beach, que j'ai pris conscience d'être sûrement atteinte de symptômes de stress post-traumatique. J'ai commencé à comprendre que ce genre de choses ne peut pas être enterré. Jamais. J'ai dû apprendre à l'affronter avant que ça ne prenne le dessus sur mon existence. Il faut que j'en parle.

— Tes frères sont au courant ? Ta mère ?

— Non, répondit-elle d'une petite voix. Je ne le leur ai pas dit. Je ne sais pas vraiment si ma mère l'a su, mais je suis sûre qu'elle a entendu les rumeurs. Mes parents avaient des employés et une nuit, l'un d'entre eux a surpris mon père se glissant dans mon lit. Le bruit s'est propagé. Beaucoup de gens se sont mis à en parler tout bas, mais comme des lâches, ils n'ont jamais confronté mon père à ses actes parce qu'il était milliardaire. Il était presque intouchable. Je n'ai su que les gens l'avaient soupçonné qu'une fois plus grande. Je pensais que c'était *ma faute*. Que j'avais fait quelque chose pour mériter ça. Je ne l'ai jamais dit à personne parce que je ne savais même pas si les gens me croiraient.

— Maudits soient les gens qui savent et se taisent ! dis-je, les dents serrées. C'est pour ça que tu as sorti Penny d'une telle situation, pas vrai ? Je ne dis pas que tu ne l'aurais pas fait de toute façon, mais ça te rappelait ce que tu avais vécu ?

— Oui, répondit-elle à voix basse. Je ne voulais pas qu'une autre enfant traverse ce que j'avais traversé. Tout comme moi à l'époque, je pense qu'elle n'a vraiment compris qu'on abusait d'elle qu'une fois qu'elle est sortie de leur petit univers. L'aider m'a peut-être aussi réconfortée un peu. Je me relevais enfin pour lutter contre ce qui m'était arrivé, même si c'était trop tard pour moi. Mais Penny est au courant et elle mesure les actions de Nolan pour ce qu'elles sont vraiment. Elle a pu me parler et elle n'a rien refoulé. Penny est la seule personne dans ma vie qui soit au courant. Je voulais qu'elle sache que je serais toujours là pour la soutenir parce que ça m'était arrivé à moi aussi.

J'enfouis mon visage dans ses cheveux. J'avais beau tenter de comprendre comment quelqu'un avait pu faire du mal à Riley quand elle était petite, je n'y parvenais pas.

— Tu es si courageuse, ma belle ! Incroyablement courageuse. Ce qui t'est arrivé ne devrait pas te faire ressentir la moindre honte. Tu étais toute seule. Personne n'a été là pour venir à ton secours comme tu l'as fait pour Penny. Je comprends que tu n'en aies pas parlé à ta mère. Je doute qu'elle se soit montrée compatissante.

— Elle m'aurait probablement traitée de menteuse, répondit-elle. Elle n'a jamais aimé mon père. Elle n'en avait qu'après son argent. Elle ne vient pas d'une famille riche, alors le statut social et l'argent étaient des choses auxquelles elle se serait cramponnée à n'importe quel prix.

— Ton père avait ta confiance ; mais il l'a trahie. En fait, je suis ravi qu'il soit mort, parce que sinon j'aurais voulu le tuer, lui aussi, peut-être même *avant* d'éliminer Nolan.

J'entendis un petit rire s'échapper des lèvres de Riley et ce fut le son le plus doux que j'aie jamais entendu.

Le fait qu'elle ne riait pas souvent n'était pas étonnant…

J'allais remédier à ça.

— Vas-tu toujours avoir envie de commettre des meurtres dès que quelqu'un me fera du mal ?

— Oui, répondis-je avec sincérité (je n'allais pas mentir). J'ai un instinct de protection démesuré dès qu'il s'agit de toi, mon cœur. Je l'aurai sûrement toujours.

— J'ai toujours eu envie de me sentir en sécurité, mais ça n'est jamais arrivé, expliqua-t-elle. C'est très agréable de savoir que quelqu'un veille sur moi, mais tu ne pourras pas toujours me protéger. Et j'ai pas mal appris à me débrouiller toute seule.

— Tu peux être indépendante tout en ayant quelqu'un qui veille à ta sécurité, ma chérie.

— Tu as peut-être raison, dit-elle. Je suis assez certaine d'être accro à toi.

— Idem, dis-je d'une voix rauque.

La sourde douleur dans ma gorge devint plus vive parce qu'elle semblait, au ton qu'elle employait, prévoir de devoir m'affronter.

— Je suis désolée de t'accabler avec tout ça, mais si on veut aller plus loin tous les deux, il faut que tu saches toute la vérité. J'ai des… limites. Je ne suis pas ce qu'on appelle un bon coup. Il faut que tu le saches, dit-elle d'une voix hésitante.

Vraisemblablement, le père de Riley l'avait forcée à le prendre dans sa bouche, ce qui expliquait pourquoi elle ne pouvait supporter de faire des fellations. Comme si j'en avais quelque chose à foutre ! Pour elle, je pourrais probablement faire vœu de chasteté, si ça pouvait lui garantir un sentiment de sécurité.

— Riley, tu es la femme la plus incroyablement réactive, la plus sexy que j'aie jamais rencontrée. La balle est dans ton camp. Rien n'arrivera que tu ne désires pleinement. Et je n'aurais jamais insisté pour que tu fasses quelque chose qui t'aurait mise mal à l'aise, dis-je en toute sincérité.

Je ne désirais pas uniquement *le corps* de Riley. Je la voulais, elle. Si je ne pouvais pas l'avoir tout entière, j'étais plus que prêt à attendre. Je savais que ça en vaudrait la peine.

Si je dois continuer à me branler, qu'à cela ne tienne !

— Veux-tu vraiment faire preuve d'autant de patience ? demanda-t-elle, semblant étonnée.

— Que dois-je faire pour te faire comprendre que tout ce que je veux, c'est toi, mon cœur ? Depuis notre première rencontre. Je préfère être ici, comme ça, avec toi, plutôt que de coucher avec n'importe quelle *autre* femme.

Quand je finirais par prendre Riley, et je savais que ça arriverait, elle serait aussi fiévreuse que moi.

Honnêtement, même si je l'avais voulu (ce qui était loin d'être le cas), je n'étais même pas certain d'être capable d'aller avec une autre femme qu'elle.

— Mon thérapeute dit que je suis prête, mais j'ai un peu peur. Et s'il s'avère, au bout du compte, que je ne suis pas la femme que tu veux, Seth ?

Ça me tuait de l'entendre parler comme ça.

— Arrête, Riley. Tu es la femme la plus courageuse que je connaisse. Tu as seulement besoin de réaliser que c'est comme ça que *je te vois*, et que je te verrai toujours. Tu *es* la femme que je veux. Pas de peur, OK ? On résoudra tout ça ensemble.

— D'accord, concéda-t-elle. Mais ne viens pas me dire que je ne t'avais pas prévenu.

Je pouffai.

— Dûment prévenu, mais pour autant, pas effrayé le moins du monde de plonger de tout cœur dans cette relation !

— Tu es quand même un petit peu fou, tu sais, répondit-elle. J'ai des problèmes.

— On a *tous* des problèmes, mon cœur. Pourquoi crois-tu que j'aie eu envie de démolir ce ponton, sur cette plage, et d'y construire une superstructure ? Les choses qui nous arrivent quand on est enfant peuvent foutre en l'air notre vie entière.

Je la comprenais bien mieux qu'elle ne le saurait jamais. Même si ma petite enfance était loin d'être comparable à la sienne parce que j'avais toujours eu ma mère, je mesurais à quel point une personne pouvait porter le fardeau de ses mauvais souvenirs pendant toute une vie.

Cependant, j'étais *déterminé* à aider Riley à dépasser le traumatisme qu'elle avait enduré dans son enfance. Ses souvenirs ne disparaîtraient peut-être jamais complètement de son esprit, mais je n'allais sûrement pas les laisser interférer avec ses joies actuelles.

Elle se recula un peu et je reçus comme un coup de poing dans le ventre en voyant ses yeux gonflés.

— Ne laisse plus ces choses-là t'atteindre, Seth. Vraiment. Rien de ce qui s'est passé avec ton père biologique n'est ta faute non plus. Il aurait dû être là pour toi, mais c'était un con. Toi, tu méritais d'être aimé. C'est lui qui était incapable d'aimer parce qu'il était narcissique. Il ne pouvait aimer *personne*.

Que Riley essaye de *me* consoler alors même que c'était elle qui avait vraiment besoin d'être écoutée et comprise me fit mal au cœur.

Je repoussai une mèche de cheveux qui tombait devant son visage.

— Je ne ferais pas démolir ce ponton, à présent, même si je le pouvais. J'ai un merveilleux souvenir de toi là-bas, maintenant. Je sais que mon père était incapable de s'occuper d'un seul d'entre nous. Je suppose que j'ai été poussé par un peu de colère qui me restait de mon enfance, mais il n'y a aucune chance que je le laisse gâcher mon avenir. Je pense que fabriquer de nouveaux souvenirs qui prennent le pas sur les mauvais est quelque chose qui a fonctionné pour moi. Ces conneries referont surface de temps en temps, mais jamais pour longtemps.

— J'aimerais pouvoir en dire autant, dit Riley d'un ton mélancolique.

— Sois patiente, suggérai-je. Tu y arriveras. Sois indulgente envers toi-même.

Elle hocha lentement la tête.

— J'essaye. J'ai fait du chemin, en deux ans.

Pour avoir une salope au cœur de pierre comme mère et un connard cruel comme père, Riley était vraiment incroyable !

— Sans aucun doute, lui assurai-je. Et même si tu n'en es pas encore consciente, Riley, tu *es* entière.

Elle haussa un sourcil.

— Comment ai-je pu me retrouver avec un mec comme toi dans ma vie ? Tu as l'air de m'accepter simplement telle que je suis.

— Tu ne vois pas que tu me donnes la même impression ?

Elle secoua la tête.

Je poursuivis :

— Tu vois en moi qui je suis, Riley. Tu ne t'intéresses pas à mon compte en banque. C'est assez rare. C'est pour ça que tu m'as plu, au début. Tu n'as pas hésité à me houspiller ni à te battre pour ce que tu voulais. Avoir de l'argent m'a rendu très prudent. Je n'irais pas jusqu'à dire que ça m'a changé, mais être riche, c'est tout nouveau et ça a modifié ma façon de regarder les gens autour de moi. Je me demande ce qu'ils veulent, parce qu'ils veulent généralement *quelque chose*. Quand tu as débarqué dans ma vie, tu as changé la donne.

— J'étais comme un défi ? me demanda-t-elle, attentive.

— Tu étais *vraie*, la corrigeai-je. Et il se peut que j'aime qu'une femme me défie.

— D'accord. Je pense que j'aime mieux ça plutôt que d'être un défi à relever, dit-elle, taquine. Mais il est vrai que j'ai de l'argent, de mon côté.

— J'en ai plus, dis-je en essayant de paraître arrogant. Est-ce vraiment important que tu aies ton propre argent ? Il semblerait que beaucoup de riches en veuillent toujours plus.

Je vis à la petite ride qui se forma sur son front qu'elle réfléchissait.

— En général, oui, finit-elle par dire. Du moins, dans mon monde, c'est véridique. Personnellement, je m'en fiche. J'ai assez d'argent pour m'offrir plusieurs vies de dépenses luxueuses. À quoi bon avoir plus ?

Je hochai la tête.

— Parfaitement ! Je ne travaille pas à l'essor de *Sinclair Immobilier* pour l'argent, tu sais. Je le fais parce que c'est un challenge qui me plaît. L'argent n'est qu'une conséquence du succès que je rencontre.

— Presque tout le travail que je fais est bénévole, dit-elle avec réticence. Ça paraît peut-être un peu dingue, sachant que je suis diplômée d'Harvard. Mais je fais quelque chose qui me tient vraiment à cœur.

— Ce n'est pas dingue. Tu te fais plaisir et au passage, tu aides de nombreux amis à plumes ou à fourrrure.

J'étais enchanté que Riley fasse ce qui la passionnait. Je ne pouvais pas l'imaginer faire autre chose.

Elle se blottit contre mon épaule.

— Je suis si… fatiguée. Et ce n'est même pas encore l'heure du dîner !

Je savais *parfaitement* pourquoi elle était épuisée. Elle était émotionnellement épuisée. Elle avait évacué beaucoup de peine et de souffrance qu'elle portait en elle depuis bien trop longtemps.

— Faire une sieste n'est pas un crime, Riley.

— Je n'en fais jamais. *Au grand jamais.*

Je souris en coin dans ses cheveux flamboyants.

— Tu devrais essayer.

— C'est inenvisageable, dit-elle, apparemment contrariée. Je dois travailler, aujourd'hui, Seth.

En entendant sa respiration régulière quelques instants plus tard, j'eus le sourire aux lèvres.

Riley s'était assoupie.

CHAPITRE 21
Riley

Quand j'ouvris les yeux, il faisait noir et je me sentis désorientée.

Je mis quelques minutes à retrouver mes esprits.

J'ai raconté à Seth les abus sexuels de mon passé.

J'ai pleuré comme une gosse hystérique.

Je lui ai dit que je ne m'endormirais pas.

Après quoi, je me suis écroulée.

Je plissai les yeux vers le réveil posé sur la table de nuit.

Quatre heures.

Depuis quand n'avais-je pas fait un tour de cadran presque entier ? Vu que j'étais plutôt une couche-tard et que je me levais relativement tôt, ça faisait très longtemps que je n'avais pas dormi *autant.*

Je réalisai lentement qu'il y avait derrière moi un corps très épais, solide et incroyablement chaud. Je savais parfaitement à qui il appartenait. Si je ne l'avais pas su, j'aurais été terrifiée, en cet instant.

En fait, on se tenait tous les deux… en cuillère. Ses bras étaient enroulés autour de moi et ses mains étaient posées juste en dessous de mes seins.

Je me trémoussai légèrement pour essayer d'être encore plus près de lui que je ne l'étais déjà.

Mon Dieu, comme c'était agréable d'être collée à lui !

Et tellement tentant !

À ce moment précis, penchée en arrière contre lui, je me sentais… en sécurité pour la première fois de ma vie. J'avais aussi le cœur bien plus léger qu'avant. Comme si ma tête était enfin libérée d'un énorme poids.

Seth m'avait écoutée sans me juger et m'avait rassurée sur le fait que les actes de mon père n'avaient pas entaché mon pouvoir de séduction. Il avait ajouté que ce n'était pas ma faute, mais celle de mon père qui avait trahi *ma* confiance.

C'étaient des choses que je savais déjà et que j'avais désespérément tenté d'ancrer dans mes pensées et dans mes émotions. Malgré tout, une certaine honte avait toujours subsisté.

Mais elle semblait plus petite, moins importante.

En parler à Seth m'avait aidée, bien qu'au moment de le faire, ça ait été terrifiant. J'aurais dû savoir qu'il comprendrait, je suppose.

Mis à part la lumière qui filtrait au travers des stores, la chambre était plongée dans l'obscurité. Je me retournai en me dandinant lentement pour faire face à Seth. Malheureusement, une fois sur mon autre flanc, il s'avéra que je ne pouvais pas le voir si bien que ça.

Toutefois, j'étais déjà ravie de pouvoir sentir la peau douce et chaude de son épaule et de son dos.

Il est torse nu.

Je fermai les yeux en caressant sa peau de velours, en savourant chaque centimètre carré sous le bout de mes doigts.

— Que fais-tu ? grommela Seth d'une voix endormie.

Sa question me fit sursauter, mais je ne pouvais apparemment pas m'arrêter de le toucher.

— Je suis en train de te peloter, murmurai-je. Je suis désolée. Je me suis réveillée et tu étais… là. Je n'ai pas pu résister.

Désolée-pas-désolée.

Ce n'était pas comme si je regrettais vraiment ce que je faisais. J'avais attendu bien trop longtemps de pouvoir le toucher de cette façon.

— Ma belle, si tu veux me peloter, il y a de bien meilleurs endroits à tripoter auxquels je pense... dit-il d'une voix grave et ensommeillée.

— Je pourrais t'embrasser, proposai-je.

Mon cœur se mit à battre un peu plus vite.

J'avais envie de cet homme. Énormément. Seulement, je ne savais pas vraiment comment prendre des initiatives et lui, visiblement, il attendait.

Il avait dit que tout pourrait se faire quand je serais prête.

Eh bien, *j'étais* prête !

Maintenant plus que jamais.

Seulement, je ne savais pas vraiment quoi faire.

— Bien sûr que tu pourrais m'embrasser, dit-il d'une voix grave et sensuelle. Je suis tout à toi, mon cœur.

Tout à moi.

Cette pensée était grisante et terrifiante à la fois.

Je passai mes bras autour de son cou et l'embrassai, essayant d'exprimer exactement ce que je ressentais sans parler.

Il ne resta passif qu'un instant, puis il prit le contrôle. Sa langue parcourut ma bouche en tous sens, avec tant d'assurance et de passion que mon ventre fut comme inondé d'une chaleur liquide.

— Seth... dis-je, le souffle court, tandis qu'il se détachait de ma bouche pour aller explorer le lobe de mon oreille.

— Mon Dieu, Riley ! J'ai tellement envie de toi que je ne suis pas sûr de tenir longtemps comme ça, me dit-il à l'oreille d'une voix rauque.

Je sentais la tension dans son corps et les bouffées de son souffle chaud sur mon oreille ; j'entendais à sa voix qu'il était sur le point de disjoncter.

Quelque chose dans le fait de savoir qu'il me désirait autant que je le désirais me fit craquer.

— Je n'en peux plus, moi non plus, avouai-je. Je ne peux pas attendre. Je veux que tu me prennes, Seth ; je t'en prie ! suppliai-je. J'en meurs d'envie. Depuis longtemps. Mais il va falloir que tu m'aides ; au moins pour cette fois.

Il s'écarta de moi en roulant sur le côté et le manque que j'éprouvai me fit presque pleurer. Il alluma une petite lampe de son côté du lit, puis revint vers moi en roulant dans l'autre sens.

Il me poussa doucement sur le dos.

— Regarde-moi bien, Riley, dit-il avec insistance. Je veux être sûr que tu le fais parce que tu en as vraiment envie. Je ne veux pas précipiter les choses. Je ne tenais pas vraiment à dire les choses que j'ai dites. Je peux attendre.

Je le toisai d'un air de défi.

— Je ne fais rien que je ne veuille pas faire. *Au grand jamais.* D'accord, *avant* peut-être, mais plus maintenant. Je ne peux pas être avec toi sans avoir envie de plus. D'être plus près de toi. Ça me fait mal, à moi aussi. Mais je ne sais pas vraiment quoi faire, je ne sais que compter les minutes qui passent jusqu'à ce que ce soit fini. Je ne sais pas quoi faire de ces sensations que tu provoques chez moi, Seth.

— Ma chérie, il n'y a aucune chance que tu comptes les minutes jusqu'à ce qu'on ait fini, me dit-il d'une voix rocailleuse.

Sa bouche fondit sur la mienne presque immédiatement et je laissai échapper un gémissement de soulagement contre ses lèvres. Le besoin d'être connectée à lui était tel qu'il me coupait le souffle.

Je m'appliquai à participer au lieu de simplement laisser faire, pour qu'il sache à quel point j'avais envie de lui.

Je frémis lorsqu'il mordilla ma lèvre inférieure pour ensuite la soulager avec sa langue.

— Tu dois être sûre que c'est ce que tu veux, Riley. Parce qu'une fois qu'on aura franchi le pas, il n'y aura plus de retour en arrière possible. Pas pour moi, grogna-t-il.

Il n'y a pas de retour en arrière pour moi non plus.

J'avais peut-être toujours su qu'avec cet homme, ce serait tout ou rien ; et j'en avais été effrayée.

Jusqu'à maintenant.

Jusqu'à ce soir.

Jusqu'à ce que je lui fasse confiance.

Je sus à ce moment-là que j'étais amoureuse de Seth. Totalement. Entièrement. Irrévocablement.

Je ne pouvais pas encore le verbaliser. Je n'étais pas prête à me montrer aussi vulnérable parce que c'était nouveau pour moi.

— Je ne veux pas revenir en arrière, murmurai-je. J'ai besoin qu'on soit tous les deux nus.

— Je ne vais pas protester, dit-il avec un grand sourire qui fit bondir mon cœur.

On s'observa un moment, les yeux dans les yeux, communiquant sans dire un mot. Puis, il roula hors du lit.

Je passai ma langue sur mes lèvres sèches en voyant son corps tout entier. Il ne portait qu'un pantalon de survêt qu'il put retirer en tirant d'un coup sec sur le cordon qui l'avait maintenu en place sur ses hanches.

Mon Dieu !

Même dans mes *fantasmes*, il n'avait jamais été aussi excitant ! Il déchirait tout, mais pas dans le genre des pousseurs de fonte gonflés à bloc. Seth avait dans ses bras et ses cuisses des muscles puissants, et six paires d'abdominaux devant lesquels n'importe quelle femme se serait extasiée.

Mon regard finit par descendre sur une énorme érection qui me rendit presque méfiante.

Quand je relevai les yeux, il avait un sourire au coin des lèvres.

Cet homme assumait sans la moindre honte son corps tout entier. Et ça me plut beaucoup.

Je lui renvoyai son sourire tout en m'asseyant. J'attrapai le bord de mon tee-shirt et le passai par-dessus ma tête. Je le jetai plus loin ; savoir où il atterrirait ne m'importait guère.

Avant que j'aie pu dire « ouf ! », Seth fut sur moi.

— Je m'en occupe, ma beauté, gronda-t-il en fouillant mon dos avec ses doigts jusqu'à trouver les attaches de mon soutien-gorge.

Il le dégrafa et le lança dans la même direction que mon tee-shirt.

Il prit mes seins nus au creux de ses mains, puis frotta entre ses pouces et ses index mes tétons durs et sensibles.

Je retombai en arrière, la tête sur l'oreiller, avec un gémissement étouffé de plaisir.

Il prit son temps, explorant avec sa bouche chaque centimètre de ma poitrine. Il mordit doucement l'un de mes tétons avant de l'apaiser avec sa langue. Puis il fit de même avec l'autre.

Il bougeait d'avant en arrière, me mettant au supplice jusqu'à me donner l'impression de devenir folle.

— Seth… Je t'en prie ! dis-je en gémissant.

Je le sentis détacher le bouton de mon jean et abaisser la fermeture éclair. Je soulevai mes hanches pour l'aider à retirer mon pantalon. Il enleva ma culotte en même temps.

Quand ce fut fait, il ne quitta pas sa position agenouillée.

Il se contenta de… me regarder.

— Tu es diablement belle, Riley, lâcha-t-il.

À entendre sa voix, on aurait dit que ses cordes vocales avaient été frottées au papier de verre.

J'aurais sûrement dû me sentir mal à l'aise qu'il observe en détail mon corps nu, mais ce n'était pas le cas.

— Prends-moi, Seth ! exigeai-je, sur les nerfs d'impatience.

— J'y viendrai, tu peux me croire, me prévint-il. Est-ce que ton aversion pour la fellation s'applique au cunnilingus ?

Il allait…

Il voulait…

Oh, mon Dieu !

— Je ne crois pas, avouai-je. Mais personne ne m'a jamais fait ça.

— Alors, je me ferai un plaisir d'être le premier, dit-il d'une voix rude et féroce.

Il me fit trembler en écartant mes jambes, puis fit glisser ses mains vers le haut de mes cuisses. Cette simple caresse légère de ses doigts si près de l'endroit où j'avais envie de lui me fit basculer les hanches.

Quand il s'abaissa pour enfouir sa tête entre mes cuisses, le choc de la sensation et du désir charnel provoqués en moi me fit pousser un cri.

Il étala sa langue entre les plis de mon sexe, qu'il lécha sur toute la longueur.

— Oh, mon Dieu ! m'exclamai-je à voix basse, n'ayant pas l'habitude de sentir la bouche d'un homme m'embrasser là.

Mais c'était si bon que j'avais envie de crier !

Il explora mon sexe en prenant son temps et avec une telle minutie que des halètements de minuscule amplitude commencèrent à sortir de ma bouche.

— Encore ! ordonnai-je en ferrant mes mains dans ses cheveux et en serrant les poings comme pour me cramponner.

Ensuite, il mordilla doucement mon clitoris et provoqua enfin l'explosion de plaisir dont je mourais d'envie en passant sa langue encore et encore, fermement, sur le petit paquet de nerfs qui suppliait d'avoir toute son attention.

La grosse boule qui s'était formée dans mon ventre commença à se déployer et je m'arc-boutai. Je poussai mon bassin vers lui, avide d'obtenir de sa langue toutes les caresses que je pouvais.

— Seth... oui ! Encore ! criai-je en m'abandonnant, alors que le poids quittait mon ventre pour déferler le long de mon corps avant d'exploser dans mon cœur sans relâche.

Je lâchai prise et autorisai mon corps à profiter de la satisfaction de cet orgasme intense.

Avant que je redescende du septième ciel, Seth vint sur moi et s'enfonça en moi de toute la longueur de son sexe.

C'était exactement ce que je voulais, ce dont j'avais besoin.

— Oui ! lançai-je en m'agrippant à son cou.

— C'est encore mieux que dans tous les fantasmes que j'ai eus avec toi, Riley. Et de loin ! grogna Seth.

Je n'eus pas le temps de contempler l'excitation qui déferla en moi en apprenant que je lui avais inspiré des fantasmes érotiques. Il m'empêchait d'avoir la moindre pensée rationnelle.

Il se retira presque entièrement, puis s'enfonça à nouveau.

Je sentais qu'il m'étirait et que les muscles de mon vagin se détendaient pour accueillir un sexe d'une telle taille.

Un cri de plaisir m'échappa tandis que Seth commençait à rythmer la cadence, chaque coup de reins plus puissant que le précédent.

Mon Dieu, ce que j'avais pu en avoir envie, de sa férocité, de son instinct sauvage qui semblait nous dépasser tous les deux !

Grâce à lui, je me sentais vivante ; et c'était bienvenu !

Levant timidement les hanches, j'adoptai son rythme et poussai vers lui pour augmenter la force de chaque impact.

J'enroulai mes jambes autour de son bassin, cherchant désespérément un soulagement commun.

L'effort physique rendait nos corps moites et nos peaux nues glissaient ensemble avec érotisme, son torse frottant mes tétons à chacun de ses mouvements.

Mon corps était surchargé de sensations. Rien n'aurait pu me préparer à ressentir tout ça.

À me sentir affamée.

Sauvage.

Prête à tout pour assouvir le désir avide qu'on avait l'un de l'autre.

Et alors, ça eut lieu… je fus submergée par le plaisir le plus vif et le plus savoureux jamais ressenti.

— Seth… oh, mon Dieu ! criai-je.

Je pus sentir mon orgasme déferler vers moi tandis que Seth s'abaissait sur ma bouche et utilisait sa langue pour imiter les mouvements de son énorme verge.

J'enfonçai mes ongles courts dans la peau nue de son dos et me mis à la griffer en sentant le premier spasme dans mon ventre. Puis, je me noyai dans la puissance de mon orgasme.

Je ne pouvais plus penser.

Je ne pouvais plus rien faire.

Je ne pouvais que ressentir, surfant sur chaque vague de jouissance qui secouait mon corps.

Mon orgasme était si explosif que mes muscles internes sanglaient son sexe avec force.

Il poussa un grognement haut et fort. Seth plongea sa verge en moi une fois de plus et laissa s'écouler sa propre décharge de jouissance tout au fond de moi.

Nous étions tous deux haletants et sans voix, mais il s'arrangea pour rouler sur le dos en m'emportant avec lui et je me retrouvai affalée sur son corps.

— Je parie que tu n'as pas regardé ta montre, dit-il, sa poitrine continuant à se soulever.

Quand ma respiration ralentit et que mon cœur commença à retrouver un rythme normal, je répondis enfin :

— Non, je me fous complètement de l'heure qu'il est ! J'ai bien l'impression que mes problèmes sexuels sont quasiment guéris.

Honnêtement, j'avais passé tellement de temps en thérapie que j'avais résolu la plupart d'entre eux. J'étais seulement méfiante à l'idée de passer de la théorie à la pratique.

J'entendis les notes graves de son rire malicieux.

— Je suis ravi de te l'entendre dire, ma belle ! Je suis sûr qu'après d'autres *nombreuses* expérimentations, tu te sentiras encore mieux.

Le ton espiègle de sa voix grave et sexy était provocateur, mais j'y perçus une note sérieuse.

Seth prit mon visage entre ses mains et m'embrassa lentement dans une délicieuse étreinte qui me fit retrousser les orteils.

D'autres nombreuses expérimentations ? Oh oui ! J'étais vraiment partante pour ça !

CHAPITRE 22

Riley

— On n'a même pas parlé de contraception, hier soir, dit Seth plus tard dans la matinée, l'air de rien.

J'avais décidé de le prendre en pitié et de lui préparer un petit déjeuner, vu qu'on était tous les deux affamés après avoir couché ensemble au lit, puis sous la douche. Ah oui, et puis juste avant de s'habiller ! Ce qui nous avait renvoyés sous la douche.

Je n'étais pas allée jusqu'à m'envoyer en l'air après la douche… *une autre fois*.

Je ne pouvais pas nier avoir été tentée, mais une femme a des limites pour être à même de marcher droit.

Je l'avais chassé de la chambre avant que ça ne dégénère à nouveau et j'étais allée préparer à manger.

Il était presque midi et nous n'avions toujours pas eu ni l'un ni l'autre notre dose de caféine matinale.

Seth s'activait pour remédier à notre manque de remontant. Il préparait mon thé et son café pendant que je m'occupais des œufs au bacon.

— Ne t'inquiète pas, lui répondis-je. Je prends la pilule. Je n'ai pas arrêté de la prendre après ma rupture avec Nolan. On ne peut pas dire que je sois pressée d'avoir un enfant. Je ne l'ai jamais été.

Je retins mon souffle un instant ; je ne savais pas vraiment comment il allait prendre la franchise de mon commentaire.

Il haussa les épaules en poussant ma tasse de thé vers moi.

— Ça me va, dit-il d'une voix grave. J'ai passé la plus grande partie de ma vie à élever mes frères et sœurs, puis à veiller à leurs études.

Je voyais bien ce qu'il voulait dire. Seth n'avait jamais eu de temps *pour lui*. Il n'était encore qu'un gamin lui-même quand il avait commencé à assumer ses jeunes frères et sœurs. Il était tout à fait compréhensible qu'il n'ait pas envie d'élever en plus des enfants à lui.

Ma peur d'avoir des enfants venait de mon enfance. Je ne savais même pas si j'avais les capacités requises pour être une bonne mère. Je n'avais pas ce qu'on pouvait appeler de bons exemples parentaux, alors la seule idée d'avoir un enfant et de mal faire était suffisante pour que je prenne religieusement et quotidiennement mes pilules contraceptives.

Je lui dis en me tournant vers lui :

— Je ne sais pas pourquoi on n'en a pas parlé avant de coucher ensemble… plusieurs fois.

Je ne faisais jamais ce genre d'erreurs concernant des sujets aussi essentiels. *Au grand jamais.*

Il m'adressa un faible sourire qui me tordit le cœur.

— Moi, je sais pourquoi, dit-il d'une voix traînante et coquine.

Je lui souris en retour. C'était plus fort que moi.

En toutes circonstances, Seth était irrésistible ; mais il l'était doublement quand il se tenait dans sa cuisine, torse nu, seulement vêtu d'un pantalon de jogging.

Pourquoi était-il si diablement… attirant ? Même après avoir exploré chaque centimètre carré de son torse massif et de ses six paires d'abdos, j'avais encore envie d'en suivre chaque muscle avec ma langue.

— J'imagine que c'est là que tu me dis pourquoi ? demandai-je, essoufflée rien qu'en reluquant son corps magnifique à demi nu.

Il marqua un temps d'arrêt avant de répondre :

— Je n'ai jamais fait ça, avant. Ne pas parler de contraception avant d'aller au lit avec une femme, expliqua-t-il en s'approchant à pas de loup.

Je reculai jusqu'à ce que mes fesses touchent le plan de travail et qu'il envahisse mon espace.

Il ajouta :

— Mais toi... tu n'es pas comme les autres femmes que j'ai connues, Riley. Je pense que je ne savais plus comment je m'appelais, cette nuit ! Tout ce qui m'importait, c'était d'être en toi avant de perdre la boule !

Il était si près de moi que je pouvais sentir son souffle sur mes lèvres.

— Vraiment... ? demandai-je en passant mes bras autour de son cou.

— C'est ta faute, gronda-t-il. Tu m'as rendu fou !

Je ris et attirai sa tête vers moi pour l'embrasser.

Il y avait quelque chose d'extrêmement séduisant dans le fait de savoir que je pouvais faire tout oublier à ce bel homme si parfait, tout sauf... moi.

Il m'embrassa tendrement, avec application, et je fermai les yeux pour savourer le goût de sa bouche.

Je ne m'habituerais jamais à être aussi déstabilisée que je l'étais à cause de lui. Mais je lui faisais suffisamment confiance pour savoir qu'il me rattraperait en cas de chute.

Je n'avais jamais éprouvé ce genre de confiance envers aucun homme, par le passé ; mais bon, je n'en avais jamais connu qui m'ait embrassée comme lui, comme si sa vie en dépendait.

Je fus déçue qu'il cesse de m'embrasser pour relever la tête.

— Tu vas bien ? me demanda-t-il en baissant les yeux vers moi. Je veux dire… après ce qui t'est arrivé avec ton père…

Je posai un doigt sur ses lèvres.

— Je vais bien. Si je t'en ai parlé, c'est uniquement parce que je pensais que tu avais le droit de savoir. Je n'avais jamais apprécié l'intimité avec un homme, avant, et je ne savais pas du tout ce qui allait se passer. J'avais toujours toléré les relations sexuelles, mais sans jamais aimer ça.

Que je puisse tout à coup avoir des orgasmes avait été une surprise. D'accord, j'étais super attirée par Seth ; mais j'avais eu peur qu'il soit déçu (ou de l'être moi-même), une fois qu'on serait passés à l'acte.

— Et tu as aimé ça ? demanda-t-il avec un léger froncement de sourcil.

Je pouffai.

— Si tu n'as pas trouvé la réponse à cette question cette nuit, alors, j'ai du souci à me faire !

Il parut soulagé.

— Je suppose que j'avais envie de te l'entendre dire.

— Tu m'as complètement chamboulée, avouai-je. Je suis heureuse de me sentir enfin normale.

Il repoussa une mèche de mes cheveux derrière mon oreille.

— Tu es tout sauf *normale*, Riley. Tu es exceptionnelle !

Mon cœur sautilla dans ma poitrine ; je vis en regardant dans ses yeux gris une telle sincérité que j'eus envie de pleurer. Dans son regard, je pouvais voir la façon dont il me voyait.

Avec Seth, je me sentais désirée, adorée. Même si parfois, sa façon de me regarder me mettait mal à l'aise, elle me donnait aussi des ailes.

Je m'habituerais peut-être un jour à sortir avec quelqu'un aux yeux de qui j'avais de la valeur, mais je ne le tiendrais jamais pour acquis.

Je répondis enfin :

— Tu es assez extraordinaire, toi aussi, beau mec…

Il me sourit.

— Je suis prêt à te ramener au lit !

— Ah, ça non ! dis-je avec un rire ravi. J'ai mal ! Je n'avais couché avec personne depuis quelques années, et maintenant qu'on a fait un marathon sexuel, je peux à peine marcher !

— Tu as mal… dit-il tristement. Pardon, ma beauté. J'aurais dû y penser.

Je lui adressai un sourire espiègle.

— Je ne me plains pas, mais j'ai juste besoin de faire une pause. Au moins pendant quelques heures.

— On prendra tout le temps dont tu auras besoin.

— Ce ne sera pas long, lui assurai-je en levant la main pour caresser dans ma paume sa barbe naissante.

Bizarrement, ce côté mal rasé lui allait très bien.

— Il n'y a pas que le sexe qui m'intéresse, Riley, dit-il d'une voix rauque. Tu devrais le savoir.

— Que veux-tu d'autre ? demandai-je d'une voix à peine plus forte qu'un murmure.

— Tout, répondit-il comme pour me mettre en garde. J'aime me réveiller à tes côtés dans mon lit. J'aime te voir à la fin de la journée, simplement pour qu'on puisse se raconter ce qu'il s'est passé quand nous n'étions pas ensemble. J'aime te retrouver au *Coffee Shack* quand on a besoin de faire une pause. J'aime te voir rire. J'aime tout chez toi, même ton mauvais caractère.

— Je n'ai pas mauvais caractère ! lui dis-je en feignant l'indignation.

— Tu parles ! répondit-il pour me provoquer. Tu as défoncé les couilles d'Easton ! J'aurais aimé voir ça…

Je levai les yeux au ciel.

— Tu n'as pas raté grand-chose. Il a pleuré comme un bébé. Et j'avais une bonne raison de lui mettre une raclée. Je n'allais pas le laisser s'approcher de Penny ! J'avais peut-être aussi, c'est vrai, une légère colère refoulée après ce qu'il m'avait fait…

— Si ce n'était qu'une petite colère résiduelle, je n'aimerais pas te voir furieuse !

— Si tu restes dans mes parages un certain temps, tu finiras par voir ça.

— Je ne compte m'en aller nulle part.

Je fouillai son regard, essayant de voir s'il disait la vérité. Maintenant que j'étais consciente d'être complètement dingue de lui, toute cette relation était assez flippante !

Seth pouvait me détruire, mais j'allais devoir apprendre à mettre mes peurs de côté.

— Donc, c'est une relation monogame ?

— Tu plaisantes ? demanda-t-il d'une voix grave. Évidemment qu'elle l'est ! Je ne peux même plus imaginer aller avec une autre femme. Alors oui ! Il s'agit de monogamie et d'engagement.

D'engagement ?

Avais-je envie de m'engager ?

Avec Seth, j'étais plutôt certaine de le vouloir. Je hochai la tête.

— D'accord. J'imagine que tu voulais simplement savoir ce qu'on faisait exactement.

— N'est-ce pas ce que tu veux aussi ? demanda-t-il, une légère appréhension dans la voix.

— Si, m'empressai-je de répondre. J'ai couché avec toi, Seth. Si je n'avais pas voulu m'engager, je n'aurais pas fait ça. Mais j'ai un peu peur. Je n'ai eu qu'un seul homme dans ma vie. Celui de la fac ne compte pas vraiment. Et regarde ce que ça a donné…

J'avais fini par n'être rien d'autre qu'un bibelot aux côtés de Nolan.

Mais cette fois-ci, tout était différent.

Seth était *différent*.

— Je ne suis pas Easton, gronda-t-il.

— Je le sais.

— Je ne vais pas essayer de prétendre ne pas être un compagnon éventuellement un peu jaloux ; et surprotecteur, aussi, parce que je ne supporte pas que tu souffres encore. Mais je serai fidèle. Toujours.

Je réfléchis un instant avant de répondre :

— Alors, j'imagine qu'on est monogames.

— Ravi que tu l'aies compris, répondit-il comme s'*il* n'avait jamais envisagé d'autre réponse de ma part.

Je haussai les épaules.

— Moi non plus, je n'ai pas envie d'aller avec quelqu'un d'autre.

— Dieu merci ! dit-il d'une voix rauque. S'il en avait été autrement, je doute de pouvoir m'y faire.

Mon attention fut momentanément détournée par une odeur dans l'air.

— Oh, mon Dieu ! Le bacon !

L'odeur toxique que j'avais sentie était de la fumée.

Je repoussai la silhouette massive et intimidante de Seth pour me précipiter vers la cuisinière et éteindre rapidement le gaz, tout en remuant ma main en l'air, au-dessus du bacon, pour dissiper l'épaisse fumée.

— Il est foutu ! dis-je, la voix lourde de déception, en retirant à la fourchette le morceau cramé dans la poêle.

Seth posa les mains sur mes épaules.

— Ça n'a pas d'importance, ma beauté ; ne t'en fais pas.

— Bien sûr que ça en a ! marmonnai-je. On meurt de faim tous les deux. C'est ta faute, c'est toi qui m'as distraite.

Il pouffa.

— T'avais-je déjà dit que j'aimais mon bacon ultra-grillé ?

J'étais toujours contrariée d'avoir fait quelque chose d'aussi débile, mais je ne pus me retenir.

J'eus un petit rire amusé.

Puis je laissai franchement libre cours à mon hilarité.

CHAPITRE 23

Riley

Chère mademoiselle Montgomery,

J'aimerais vous faire une proposition.

Vous avez beau être l'avocate la plus sexy sur laquelle j'aie jamais posé les yeux, me voilà intéressé par autre chose que vos compétences juridiques.

En fait, il se pourrait tout à fait que mon intérêt implique des mains au cul et du sexe passionné, choses auxquelles vous vous étiez opposée dans notre précédent accord.

Faites-moi savoir si vous seriez volontaire pour continuer à rompre cet ancien contrat... dès que possible.

Sincères salutations,

Seth Sinclair.

— Je suis tout à fait volontaire pour *détruire* cet ancien contrat pour toujours ! dis-je en riant à la lecture de l'e-mail de Seth.

Plus d'une semaine s'était écoulée depuis notre premier rapport intime et l'on semblait incapables de passer une journée de travail sans trouver un moyen de communiquer tous les deux.

Pathétique, non ?

Je me renversai contre le dossier de ma chaise, à mon bureau, un sourire aux lèvres.

En l'embrassant ce matin-là pour lui dire au revoir avant de retourner travailler chez moi à mon propre bureau, je savais très bien qu'*un de nous deux* craquerait et appellerait l'autre, lui enverrait un SMS ou même un e-mail (le moyen de communication dont il s'était servi *aujourd'hui*).

Je poussai un long soupir, me sachant bonne à rien pour le reste de la journée. Mon esprit s'était maintenant focalisé sur toutes les cochonneries que je pourrais faire pour continuer à rompre mon contrat initial avec Seth. Par chance, l'après-midi était largement entamé et j'étais venue à bout de tout le travail que je devais vraiment faire pour mes clients.

Je semblais devenir plus folle de Seth de jour en jour. Curieusement, cette situation ne m'effrayait plus autant qu'avant. J'étais persuadée qu'il était aussi investi que moi dans notre relation.

Je vivais quasiment chez lui maintenant, ne revenant chez moi que pendant mes heures de travail. Quand il rentrait de son bureau, si je n'étais pas là, il venait me retrouver chez moi.

Est-ce normal ? Est-ce vraiment sain d'être fusionnels au point de vouloir être ensemble en quasi-permanence en dehors de nos heures de travail ?

N'ayant que très peu d'expérience en matière de *normalité*, je n'étais pas sûre de ce qu'un couple était censé faire ensemble.

Est-ce vraiment important de savoir ce que font les autres ?

Probablement pas. Avec Seth, continuer à faire comme on faisait nous convenait plutôt bien.

Je me penchai en avant et relus les quelques lignes de son e-mail.

Il m'apparut que Seth était celui qui, généralement, prenait l'initiative de me contacter dans la journée. Non pas que je n'aie pas envie de le faire, mais j'attendais d'habitude qu'il le fasse.

Sachant parfaitement ce que je comptais faire, je me levai, attrapai mes clés et me dirigeai vers la porte du garage.

— Bonjour, Edie ! dis-je en saluant la secrétaire de Seth en passant la porte.

Edie, assise à son bureau, me sourit.

— Mademoiselle Montgomery en personne ! Je suis ravie de vous voir !

Je n'étais passée au bureau de Seth qu'une seule fois, quand on avait prévu de sortir dîner après son travail. Toute communication avec Edie en dehors de cette fois-là s'était faite par téléphone.

Je souris à cette femme, qui était mon aînée.

— Contente de vous voir également ! Je vous ai apporté un café. Je ne sais pas si ça vous tente.

Elle s'illumina.

— Oh oui, j'adore tout ce qui vient du *Coffee Shack* ! C'est tellement gentil de votre part !

Je posai le *mocha latte* sur son bureau.

— Il est là ?

Edie acquiesça.

— Il est en entretien avec votre frère, Hudson.

— Seulement Huston ? demandai-je.

Edie hocha la tête en prenant son café.

— Oui.

Je lui fis un grand sourire.

— Dans ce cas, je vais les interrompre !

— Je doute que ça les dérange. Je sais que monsieur Sinclair n'y verra absolument aucun inconvénient ! dit-elle, taquine. Faites comme chez vous, mademoiselle Montgomery !

— Riley ; s'il vous plaît.

Mademoiselle Montgomery sonnait bien trop comme le titre que portait ma mère.

— Riley, reprit-elle. Je vais vous ouvrir la porte. Vous avez les mains pleines.

Comme je portais un café dans chaque main, je lui fus reconnaissante de m'ouvrir la porte du bureau de Seth.

— Livraison ! dis-je d'un ton enjoué en refermant la porte avec mes fesses. Vu que, d'habitude, c'est toi qui m'apportes ma dose, j'ai voulu te rendre la pareille.

Mon cœur s'emballa quand Seth quitta immédiatement Hudson des yeux pour me regarder avec un grand sourire.

Il était d'une beauté à couper le souffle dans son costard bleu qui faisait encore plus ressortir ses yeux gris que d'habitude.

Et ce regard si séduisant était braqué… sur moi !

C'était l'une des nombreuses choses que j'adorais avec lui ; quand j'étais dans la pièce, c'était comme si personne d'autre n'existait à ses yeux. Il m'accordait toute son attention.

— Salut, beauté ! dit-il d'une voix rauque en se levant.

— Salut ! répondis-je, en apnée. Je ne voulais pas vous interrompre. Je voulais seulement faire un geste, après tous les cadeaux du *Coffee Shack* que tu m'as offerts.

J'avançai pour poser son café sur son bureau.

Il m'attrapa par la taille et m'embrassa comme si Hudson n'était pas assis juste devant lui. L'étreinte fut brève, mais je pus ressentir toute la passion qu'il mit dans cette courte preuve d'affection.

— Tant de suavité dans la même pièce, ça me file la nausée ! dit Hudson d'une voix traînante.

Je me tournai vers mon grand frère, consciente d'avoir le rouge aux joues.

— Je crois que je commence à savourer le plaisir d'avoir quelques mignardises dans ma vie.

— Je ne peux pas t'en vouloir, dit Hudson en se levant pour me prendre dans ses bras. Tu n'en as certainement pas eu dans notre famille !

Il eut un moment d'hésitation avant de demander :

— Pas de café pour moi ?

— Je ne savais pas que tu étais là. Que fais-tu à Citrus Beach ?

— J'essayais de convaincre ton petit ami qu'il a besoin des frères Montgomery comme investisseurs.

Mon regard passa de mon frère à Seth.

— Et ça a marché ?

Hudson acquiesça.

— Je pense qu'on a fait le tour de la question… et comme j'ai un autre rendez-vous à San Diego, je vais vous laisser seuls tous les deux.

— Excellente idée, répondit Seth.

Hudson plissa les yeux et lui lança un regard de mise en garde.

— N'oublie pas ce que je t'ai dit qu'il arrivera si tu fais du mal à ma petite sœur.

— Et qu'arrivera-t-il si elle me brise le cœur ? s'enquit Seth en feignant l'innocence.

Hudson se dirigea vers la porte en haussant les épaules.

— Je m'en fous complètement ! Si ça arrive, tu l'auras sûrement mérité. Je t'appellerai demain, après avoir parlé à Jax et Cooper.

Quand Hudson quitta la pièce, Seth ricana.

— On ne peut pas dire que ton frère y aille par quatre chemins ! dit-il en s'appuyant contre son bureau de façon décontractée, au moment où la porte se refermait.

Je bus une gorgée de mon *chaï* avant de répondre.

— Mes frères sont tous comme ça. Mais au moins, avec eux, tu sais à quoi t'attendre !

Il prit son café et souffla dessus.

— Je préférerais savoir à quoi m'en tenir avec toi…

— Je pense que tu le sais déjà, dis-je d'un air provocateur. Je t'apporte du café avant même que la journée de travail soit terminée. J'ai reçu ton mail…

Il haussa un sourcil.

— Tu es venue rompre le contrat… à nouveau.

— Je suis venue t'apporter du café.

Il reposa sa tasse sur son bureau.

— Ce que j'apprécie beaucoup, vu que je n'ai pas pu sortir aujourd'hui. Mais le café n'est qu'un bonus. Ce qui me fait *vraiment* plaisir, c'est de te voir.

Je finis mon *chaï* et jetai le gobelet en carton dans la poubelle.

Une fois de plus, il me laissait sans voix. Plaisanter entre nous était facile, mais j'avais du mal à savoir quoi dire quand il prenait un ton si sérieux.

Seth était… comme ça, tout simplement.

Il pouvait sortir un compliment ou verbaliser ses émotions tellement plus facilement que moi…

— Tu m'as manqué, marmonnai-je d'un ton embarrassé.

Il passa son bras ferme autour de ma taille et me fit relever le menton.

— Eh, tu ne vas faire la timide avec moi ! N'hésite pas à venir ici quand je te manque. Tu m'as manqué, toi aussi, ma belle.

Je souris. Seth savait s'y prendre pour que je me sente… importante. Et désirée. En sa compagnie, je ne pouvais pas être mal à l'aise bien longtemps.

J'étais venue ici tout à fait spontanément, alors que je ne faisais d'habitude rien qui ne soit planifié. *Au grand jamais.*

Après être parvenue à prendre cette liberté, il était agréable de sentir que j'étais la bienvenue.

Je passai mes bras autour de son cou et mon corps fut imprégné de chaleur.

J'essayai de ne pas repenser à toutes les choses qu'on avait faites la nuit précédente dans l'intimité, mais j'échouai lamentablement.

Il baissa la tête et m'embrassa ; ce fut une version bien plus longue de son étreinte précédente.

Je savourai le plaisir de le sentir prendre le contrôle avec cette soif féroce dont il ne manquait jamais de faire preuve chaque fois qu'il me touchait.

Je m'abandonnai à son baiser. Il caressa mon dos avec sensualité, puis fit descendre ses mains pour empoigner mes fesses.

— Seth ! m'écriai-je quand il se détacha de ma bouche.

— Bon Dieu, Riley ! dit-il, presque douloureusement. Il suffit que je te voie pour que je me mette à bander ! Alors quand je te touche, je suis foutu !

L'entendre dire que le simple fait de me voir l'excitait me rassura ; peut-être parce que j'aimais autant savoir que je n'étais pas la seule à vivre un truc pareil !

J'émis un léger couinement quand il mordilla la peau de mon cou pour ensuite l'apaiser avec sa langue.

— J'ai besoin de te voir, avouai-je. De te toucher...

Il poussa un grognement.

— Je pense ressentir la même chose chaque minute de chaque jour, Riley.

— Tu crois que c'est de la folie ? demandai-je en haletant, tandis que ses lèvres douces et chaudes caressaient la base de mon cou, juste au-dessus de mon épaule.

Il passa ses doigts dans mes cheveux.

— Si ça l'est, je suis absolument certain de ne plus jamais vouloir être sain d'esprit ! répondit-il d'une voix rauque.

Je m'agrippai à ses cheveux. La sensation de ses cheveux épais entre mes doigts était si agréable que j'en fermai les yeux.

Cet homme me faisait complètement perdre la tête et je me faisais une joie qu'il le fasse.

Je n'avais jamais rien ressenti de tel.

Je n'avais même pas soupçonné d'en être capable.

Seth empoigna mes fesses à travers mon jean et m'attira brusquement contre lui pour me faire sentir l'effet que je lui faisais.

Quand je sentis son érection contre mon bas-ventre, je gémis.

— Seth, il faut qu'on arrête, dis-je faiblement, mais sans rien faire pour le repousser, tout simplement parce que... j'en étais incapable.

J'avais besoin de sentir son corps immense contre moi. J'étais empêtrée dans une toile de désir dont je ne pouvais m'échapper.

— Je ne veux pas arrêter, beauté, dit-il de façon bourrue. Au grand jamais !

Sa bouche fondit sur la mienne avec une force qui me coupa le souffle. J'attirai sa tête vers moi et tentai de retirer le maximum de plaisir possible de son baiser.

Il plongea sa langue profondément dans ma bouche, qu'il prit comme si elle lui appartenait.

De la lave inonda l'intérieur de mon corps. Je ne voulais plus rien d'autre que me fondre en cet homme et ne plus jamais m'en détacher.

Il mordilla ma lèvre inférieure avant de passer à nouveau sa langue là où il m'avait légèrement mordue, ce qui me rendit complètement folle.

— Seth, s'il te plaît… suppliai-je sans savoir exactement ce que je voulais.

J'étais dans son bureau, pas à la maison dans son lit !

J'étais éperdue de désir ; mais je n'étais pas au bon endroit pour y remédier.

Je sentis mon dos plaqué contre le mur ; pourtant, je n'avais même pas réalisé que Seth m'avait fait reculer jusque-là !

Quand il s'écarta de moi, je gémis presque à cause du manque que provoquait la perte de contact.

Il saisit la fermeture éclair de mon jean et l'abaissa après avoir rapidement défait le bouton au-dessus.

— On ne peut pas, Seth ! Pas ici ! dis-je, prise d'une légère panique.

— Ici, parfaitement ! Tout de suite, gronda-t-il. Aucun de nous n'a envie d'attendre. Tout l'immeuble est à moi, alors, je peux y faire tout ce que bon me semble !

— Et Edie ? demandai-je, le souffle irrégulier.

— Ne bouge pas ! répondit-il avant de se diriger vers la porte de son bureau.

Il ferma le verrou et revint avant que j'aie pu dire *ouf !*

— Elle ne peut pas entrer. Alors maintenant, la seule chose qui pourrait nous retenir serait que *tu* aies envie d'arrêter.

Il plongea ses yeux dans les miens et soutint mon regard, son expression intense reflétant ce que je ressentais à ce moment-là.

Sa mâchoire finement ciselée était tendue et son regard me dévisageait avec application.

— La balle est dans ton camp, Riley, pas dans le mien. Si ça ne tenait qu'à moi, je serais déjà en train de te prendre debout contre ce mur jusqu'à ce que tu me supplies d'avoir pitié !

Oh, mon Dieu, oui !

Je voyais déjà la scène, lui me percutant de l'intérieur et moi, les jambes enroulées autour de sa taille… tous les deux perdus dans l'effort, cherchant à assouvir notre désir.

Sans prendre le temps de la réflexion, je tirai d'un coup sec mon tee-shirt au-dessus de ma tête et le jetai par terre. J'ôtai ensuite mon soutien-gorge et le balançai également au sol.

— Je-ne-peux-pas-attendre ! dis-je en abaissant brusquement mon jean, retirant ma culotte au passage pour les pousser de côté. Prends-moi, Seth ! Fais ce qu'il faut pour que mon corps arrête de brûler de désir pour toi !

Sa poitrine se soulevait ; il plaqua ses mains de part et d'autre de ma tête, me piégeant entre elles.

— J'ai failli faire une crise cardiaque, à cause de toi, Riley ! Mais quand es-tu devenue aussi audacieuse, bon sang !?

J'avais toujours été très réactive avec lui, mais de là à savoir à quel moment j'avais décidé de m'enhardir, je n'en avais aucune idée !

Il avait toujours pris les devants, mais j'en avais marre d'attendre ; et si j'avais l'opportunité de me rapprocher de cet homme, je me foutais complètement de savoir où et comment.

Moi.

Riley Montgomery.

La femme qui planifiait tout.

J'attrapai sa cravate pour l'attirer brusquement vers moi.

— À l'instant, répondis-je enfin. Ça te pose un problème ?

Il baissa les yeux vers moi en souriant.

— Là, tu me plais… Aucun problème, bien sûr ! Tu peux te déshabiller dans mon bureau absolument quand bon te semble ! Je ne m'en plains pas !

CHAPITRE 24

Riley

Seth changea d'expression quand je sortis son sexe de son pantalon.

Je le caressai doucement, puis enroulai mes doigts autour.

— Il est tellement dur… murmurai-je.

Il saisit mon poignet.

— Tu vas vraiment te rendre compte de sa dureté dans quelques instants, grogna-t-il. Si tu continues à me toucher comme ça, je vais devenir fou !

Je passai mes bras autour de son cou.

— Peut-être que j'ai *envie* de te voir devenir fou…

Rien ne m'excitait plus que de voir un homme aussi puissant que Seth renoncer à tout contrôle.

— Ma belle, tu vois ça toutes les nuits !

Franchement, je le voyais bien. J'adorais le moment où Seth perdait la raison.

Il me tint tendrement la tête pour m'embrasser pendant que son autre main descendait sur mon corps langoureusement.

Je frémis quand ses doigts effleurèrent les lèvres de mon sexe ; sa caresse me fit l'effet d'un éclair faisant grésiller chacun de mes nerfs.

Ses caresses étaient lentes et sensuelles ; ses doigts glissaient sur mon clitoris en faisant de longues et légères allées et venues.

Je m'accrochai à ses cheveux, le corps tendu.

— Tout de suite, putain ! insistai-je, les dents serrées.

— Tu es vraiment en train de devenir sacrément autoritaire ! grogna-t-il. Ce que tu es mouillée, Riley ! C'est parfait… on dirait que tu as été faite pour moi.

Il caressa mon clitoris un peu plus fort, mais pas suffisamment pour me combler, et je me mis à gémir.

Le désir me rongeait et semblait prêt à m'anéantir tout entière.

Je sautai pour enrouler mes jambes autour de sa taille.

— Arrête de me torturer ! insistai-je. Prends-moi, avant que je pète les plombs !

— Je veux que tu sois prête, beauté, me murmura-t-il à l'oreille d'une voix rauque. Je veux que tu prennes ton pied autant que moi. Et je veux t'entendre dire que tu as envie de moi autant que j'ai envie de toi, ce qui veut dire vraiment beaucoup !

Pense-t-il que je ne le désire pas autant qu'il me désire ? Impossible !

J'inspirai profondément son odeur musquée qui m'enveloppait.

— Je n'en peux plus, Seth, lui dis-je. Aide-moi ! J'ai déjà tellement envie de toi que c'en est insupportable !

Il glissa ses mains sous mes fesses pour me soutenir et, l'instant d'après, il était enfoncé en moi de toute sa longueur.

— Oui ! lançai-je, mes muscles internes se détendant lentement pour accueillir son énorme sexe.

— Ça va être quelque chose ! grogna-t-il.

Je savais très bien ce qu'il voulait dire, parce que mon corps était vraiment prêt.

Il n'y eut pas de lent crescendo, de mouvements tranquilles pour nous amener à décoller ensemble.

On était fougueux, déchaînés ! Il me percutait violemment et je me projetais vers lui, cherchant à l'unisson et de toutes nos forces le soulagement dont nous avions désespérément besoin.

Il y avait quelque chose d'incroyablement érotique à être entièrement nue, alors que Seth était toujours vêtu d'un costard chic. Mes tétons sensibles frottaient contre sa veste quand j'ondulais contre lui et chaque mouvement me rapprochait d'un orgasme trop longtemps différé.

— Seth, dis-je en gémissant.

J'avais envie de pousser des cris, mais je me mordais la lèvre pour faire le moins de bruit possible, sachant qu'on n'était pas seuls dans le bâtiment.

J'avais envie de clamer haut et fort à quel point je l'aimais, mais je ravalai mes mots.

Ma tête bascula en arrière et se cogna au mur, mais ça m'était égal.

Tout ce que je voulais, c'était suivre le rythme frénétique qu'il me proposait.

— On s'appartient l'un à l'autre, Riley, dit-il avec autorité. Tu... es... à... moi.

Je resserrai mes bras autour de lui tandis qu'il me percutait avec une force qui ébranlait délicieusement mon corps.

— Je sais, dis-je en haletant. Et tu es à moi, toi aussi.

Il n'y avait rien d'autre à dire.

Pas pour l'instant.

Peut-être plus tard.

Seth Sinclair me possédait corps et âme et je ne doutais pas qu'on soit faits l'un pour l'autre.

Il y avait entre nous plus que du désir charnel.

Je t'aime. Je t'aime tellement !

J'avais envie de dire ces mots, mais je me sentais encore trop vulnérable.

— Oui ! dis-je d'une voix forte, mon corps se tendant sous le rythme endiablé que Seth continuait de suivre.

Je savourais chacune des fortes plongées de son sexe en moi, tout en sentant l'orgasme prêt à déferler dans mon corps.

J'enfouis mon visage dans son épaule pour essayer d'étouffer le son de mes gémissements d'euphorie au moment où je jouis si fort que tout mon corps se mit à trembler.

— Bon Dieu, Riley ! C'est si bon d'être en toi, je voudrais que ça ne finisse jamais ! gronda Seth.

Mes muscles se contractèrent si violemment autour de son sexe qu'il ne put résister à la puissance de son propre soulagement.

— Putain ! grinça-t-il sans ménagement, sa poitrine se soulevant alors qu'il se contentait de me tenir serrée contre lui, ses doigts plantés dans mes fesses.

Je ne sais pas vraiment combien de temps on resta là, figés dans cette position, son corps me plaquant contre le mur tandis que j'essayais de reprendre mon souffle en haletant. Mon cœur battait tellement fort que j'aurais juré pouvoir l'entendre !

Quelques minutes plus tard, Seth finit par dire :

— Je t'écrase... Tu peux tenir debout ?

Mon corps tout entier semblait aussi mou que de la gelée, mais j'acquiesçai malgré tout.

— Oui.

Je n'étais pas tout à fait sûre de pouvoir tenir debout ; par contre, j'avais l'impression d'être capable de voler !

Il me reposa sur mes pieds, puis me souleva dans ses bras pour me porter jusqu'à un fauteuil en cuir posé dans un angle de son bureau. Il s'assit et me prit sur ses genoux. Il me tint là, tendrement, et repoussa d'un geste doux quelques mèches de cheveux tombant devant mon visage.

— Ce que tu es belle, Riley ! dit-il d'une voix rauque.

Je ne m'étais jamais sentie attirante auparavant, mais Seth me donnait l'impression d'avoir un grand pouvoir de séduction.

— Tu es toi-même assez attirant, répondis-je. Trop attirant ! Tu es dangereux.

Je caressai quelques mèches des cheveux légèrement humides qui lui tombaient sur le front.

— Dans quel état on est… ! lui dis-je. J'ai comme l'impression qu'on a l'air d'avoir fait un petit cinq à sept dans ton bureau !

Mon cœur fit un bond quand il m'adressa un regard diabolique.

— Sûrement parce que c'est le cas ! répondit-il en caressant mon dos nu de haut en bas.

— Tu n'aurais pas dû m'envoyer ce mail, dis-je en feignant la contrariété. Ça m'a donné envie de chercher concrètement le moyen de continuer à rompre cet ancien contrat.

— Ma belle, ce contrat n'existe plus, dit Seth d'une voix traînante. Je l'ai déchiré depuis longtemps. J'ai largement dépassé le stade de l'expérimentation. Ce qui se passe est réel, Riley. Pour moi, je pense que ça l'a toujours été. Je serais totalement détruit si tu me quittais maintenant.

Mon cœur sembla serré dans un étau, tandis que je contemplais la gravité de son regard. Mon Dieu, j'aurais aimé pouvoir exprimer mes sentiments aussi bien que lui. Être capable de me montrer aussi vulnérable.

— Je ne compte aller nulle part.

— Tu as intérêt ! Si tu t'en vas, je te retrouverai, gronda-t-il en attirant mon visage vers lui pour m'embrasser.

Je soupirai contre sa bouche, me délectant de ses lèvres si douces qui échauffaient les miennes.

C'était une étreinte pleine d'émotions et de promesses ; une découverte sensuelle et indolente.

J'aurais pu me perdre dans un baiser pareil ; et l'espace de quelques instants, c'est ce que je fis.

Enfin, je pris du recul pour le regarder.

— J'ai encore des séquelles, tu sais, avouai-je avec candeur. Parfois, je doute d'être normale un jour. Mais je commence à me sentir beaucoup mieux. Et c'est parce que je découvre enfin qui je suis vraiment. Grâce à *toi*, Seth. Grâce à *nous*.

Il me regarda comme s'il n'y avait pas la moindre chose qui aille de travers chez moi et répondit :

— Alors, je t'aiderai à guérir de tes blessures, Riley, si c'est ce que tu souhaites. Mais à mes yeux, tu seras toujours la seule femme que je veux.

J'essayai de refouler les larmes qui me montaient aux yeux, en vain. Une lourde goutte roula sur ma joue. Puis une autre.

— Je ne sais même pas vraiment ce qu'est la normalité, Seth. J'ai réalisé ça, aujourd'hui. Tout ce qui m'est arrivé dans ma vie était tellement anormal que j'ignore ce que ça fait d'être entière, totalement, dis-je stoïquement.

— Tu n'as pas à correspondre à une normalité qui serait définie par quelqu'un d'autre, Riley. Tu dois simplement être toi-même. Je vois bien que parfois, tu n'as pas conscience d'être extraordinaire, mais tu es la femme la plus intelligente, la plus forte, la plus courageuse que je connaisse. Je donnerai tout pour effacer ce qui t'est arrivé et qui te donne l'impression d'être brisée. Parce qu'il n'y a vraiment rien qui déconne chez toi.

Du doigt, il essuya doucement les larmes sur mon visage.

— D'accord ; alors, peut-être que je ne suis pas totalement brisée. Mais parfois, j'ai des difficultés à m'exprimer. Pas dans le boulot ni dans le domaine juridique, mais dans le privé, lui confiai-je.

Il secoua la tête.

— Bon sang, on ne peut pas dire que tu aies été encouragée à être démonstrative, ni dans ton enfance ni dans ta vie d'adulte ! J'ai rencontré ta mère, Riley. Et ton père était un salaud de pédophile ! Tu as appris à tout intérioriser. Mais ça finira par changer, maintenant que tu as changé d'environnement. Donne-toi du temps, beauté…

Je lui adressai un faible sourire.

— Peut-être que parfois, je me dis simplement que tu mérites d'être avec une femme qui soit complètement sûre d'elle.

Il haussa les épaules.

— Je n'en voudrais pas.

Je haussai un sourcil.

— Pourquoi ?

— Parce qu'elle ne serait pas toi, répondit-il avec le plus grand sérieux. Ce serait vraiment nul d'être avec une femme qui se croirait parfaite ! À qui pourrais-je parler de mes propres défauts ?

— Parce que tu en as ?

— Tu sais bien que oui, répondit-il. Je t'ai dit la raison pour laquelle je voulais démolir ce ponton et construire une superstructure sur ce terrain. La plupart des gens ont des casseroles qu'ils traînent derrière eux. Ça aide d'avoir quelqu'un qui puisse comprendre sans juger pour autant.

J'eus un pincement au cœur ; je pris Seth dans mes bras et le serrai tellement fort que je fus étonnée qu'il ne proteste pas.

Qu'un homme aussi beau, intelligent et empathique que Seth ait encore un quelconque manque d'assurance était difficile à croire, mais c'était pourtant le cas, à cause de la pauvreté qu'il avait connue et de son enfance en général.

— Tu pourras toujours me parler, dis-je avec passion.

— Idem pour toi, dit-il en me serrant plus fort. Je suis là pour toi, ma belle. Tu peux me dire les choses.

— Je le ferai, promis-je. C'est juste difficile, parfois. J'imagine que je redoute toujours le retour de bâton si je dis quelque chose d'inacceptable.

— Je pense que tu devrais peut-être dire à ta mère d'aller au diable, dit-il d'un air songeur.

— J'ai voulu le faire, lui confiai-je. Vraiment. Mais je suppose que j'entretiens encore l'espoir de la voir un jour m'accepter tout simplement comme je suis. Ma raison sait que ça n'arrivera pas, mais j'imagine que la petite fille au fond de moi a toujours envie qu'elle m'aime.

— Je pense qu'elle est capable de t'aimer dans une certaine mesure, Riley.

— Mais c'est toujours soumis à conditions ! Je n'ai jamais pu atteindre une valeur suffisante à ses yeux pour mériter son amour, dis-je, songeuse. Je sais devoir accepter qu'elle soit tout simplement incapable d'aimer une personne dépourvue d'une sorte de perfection que nul n'est en mesure d'atteindre. Mais j'espère bien y arriver.

— Tu y arriveras, me dit-il d'un ton encourageant.

Je lui souris.

— Tu es un type assez extraordinaire, tu sais...

J'aurais aimé avoir les mots pour lui dire à quel point il se démarquait de tous les hommes que j'avais rencontrés.

— Je n'ai rien de spécial, Riley. C'est juste que tu as connu de vrais salauds. J'en jette, en comparaison ! lança-t-il sur le ton de la plaisanterie.

Je ris en me tortillant sur ses genoux.

— Je dois m'habiller. Je n'arrive pas à croire qu'on parle de ça, assis là, alors que je suis toute nue dans ton bureau !

— Je ne sais pas... j'aime bien ces conversations de nudistes, dit-il d'une voix traînante.

Je levai les yeux au ciel et me mis debout.

— Autant que je sache, il n'y a que moi qui suis nue ! lui rappelai-je.

Il eut un sourire en coin.

— C'est vrai. Personnellement, ça me va !

— Quel pervers ! l'accusai-je en plaisantant tout en allant ramasser mes vêtements par terre.

— C'est toi qui t'es déshabillée sans la moindre hésitation, répondit-il. Non pas que ça me pose le moindre problème... En fait, tu pourrais le faire plus souvent !

Je pouffai.

— J'apprends peut-être à me débarrasser de mes inhibitions.

— Je t'en prie, n'hésite pas à les dégager, toutes autant qu'elles sont ! Toutes ces prises d'initiative sont très sexy !

J'enfilai ma culotte et mon jean en riant.

— Je me jetterai peut-être à l'eau plus tard, dis-je d'un ton provocateur.

Seth se leva, se redressa et referma son pantalon.

— Mon Dieu, j'espère bien ! dit-il avec enthousiasme.

J'éprouvai dans mon cœur une bouffée de joie et je sus que, entre l'instant où j'avais mis un pied dans son bureau et maintenant, j'étais tombée encore un peu plus amoureuse de Seth Sinclair.

CHAPITRE 25
Seth

—Je veux demander Riley en mariage, dis-je à Noah, une semaine plus tard, assis chez lui devant un café.

Aiden n'avait pas pu passer chez mon frère aîné ce jour-là, mais j'avais ressenti le besoin pressant de parler.

Comme d'habitude quand il s'agissait de sujets très importants dans ma vie, je me tournais vers Noah. On était trop proches en âge pour que je le considère comme une figure paternelle, mais il avait toujours été à la tête de notre fratrie. Sa tendance à être accro au travail mise à part, mon frère aîné avait toujours été là pour nous tous quand on avait besoin de lui.

Il me lança un regard dubitatif.

— Seth, réfléchis bien avant de faire quelque chose que tu pourrais regretter plus tard. Tu ne connais Riley que depuis un mois ou deux. Je pense que ce n'est pas assez pour savoir si tu veux passer le restant de ta vie avec elle.

Je secouai la tête.

— Je sais que c'est ce que je veux. Bon sang, je crois que je l'ai su quasiment tout de suite quand on s'est rencontrés ! Il n'y a pas une autre femme au monde comme elle, Noah. Entre nous, c'est juste… évident. Je ne peux pas vraiment l'expliquer, mais je ne peux plus imaginer ma vie sans elle.

— Pourquoi se précipiter ? Riley sera toujours là dans un an ou deux.

Je haussai les épaules.

— Je ne peux pas l'expliquer non plus. Tout ce que je sais, c'est qu'il faut qu'elle soit ma femme.

D'habitude, je n'étais pas aussi impulsif, surtout quand il s'agissait de grandes décisions comme le mariage. Cependant, mon besoin de faire de Riley ma femme était acharné !

Noah se renversa en arrière dans son fauteuil et se contenta de me fixer.

— Riley me plaît. Elle a du cran. À en juger par ce qui est arrivé pendant le barbecue, on peut dire qu'elle est très protectrice envers les gens qu'elle aime ; et elle est très intelligente. Je pense simplement que tu n'as pas besoin de précipiter les choses.

— Il ne s'agit pas de précipiter les choses, en fait. Je sais ce que je veux, tout simplement ; et ça me bouffe de ne pas chercher à l'obtenir !

Noah secoua la tête.

— Tu as toujours été comme ça, je suppose. Je me rappelle encore à quel point tu étais déterminé à trouver des vélos d'occasion pour Jade et Brooke quand elles étaient petites, alors qu'on n'avait pas de quoi les acheter. Du coup, en plus de ton travail de maçon, tu avais décidé de bosser dans le magasin de vélos et d'y faire des réparations à Noël en échange de ces deux vélos d'occasion dont Jade et Brooke avaient très envie. Tu es têtu comme une mule, quand tu veux vraiment quelque chose !

— Les filles étaient folles de joie, ce Noël-là, expliquai-je. Ça valait le coup, rien que pour les voir sourire. Elles n'ont pas eu grand-chose, petites.

— Nous non plus, me rappela Noah. Mais tu t'es démené pour y remédier. Alors, la dernière chose que je voudrais maintenant serait de te voir gâcher ta vie. Tu as la belle vie, Seth, à présent. Tout ce que tu as toujours voulu.

— Sauf elle, lui dis-je. Peut-être que tu ne comprends pas vraiment ; Riley est la femme dont j'avais toujours rêvé, mais que je n'avais jamais pu trouver. Elle se fout complètement de mon argent. Elle veut être avec *moi*. Je sais qu'elle ne m'aurait pas traité différemment si j'avais été pauvre, Noah.

Mon frère expira longuement.

— Je suis d'accord. Elle se montre extrêmement loyale quand elle s'engage envers quelqu'un. Mais ce n'est pas la question. J'aimerais juste que tu attendes un peu plus longtemps avant de foncer dans le mur la tête baissée.

Je le regardai avec un rictus aux lèvres.

— M'as-tu vu faire ça une seule fois ?

— Jamais, heureusement… jusqu'à ce que tu rencontres Riley.

Je croisai les bras sur ma poitrine.

— Un jour, tu rencontreras une femme qui te fera tomber à la renverse. Et tu sauras exactement ce que je ressens. Je pense que quand les Sinclair tombent amoureux, c'est intense et instantané. Regarde le reste de la famille.

Il grimaça.

— Ça n'arrivera pas. Je ne laisse pas, n'ai jamais laissé et ne laisserai jamais une femme me faire tourner la tête. Je n'ai ni le temps ni les prédispositions pour foncer dans un mur tête baissée.

Je regardai son air sombre sans piper mot. Noah avait toujours tout sacrifié pour sa famille. Il travaillait trop. Toute son attention et son inébranlable détermination avaient été braquées vers un seul but : faire en sorte qu'on ait ce dont on avait besoin. Bien sûr, Aiden et moi avions participé, mais Noah avait pris la responsabilité de nous tous sur ses propres épaules.

— Tu sais que tu n'as plus besoin de travailler aussi dur, pas vrai ? Au cas où tu ne l'aurais pas remarqué, on est tous milliardaires, Noah. Et on est tous adultes !

Il me regarda, l'air décomposé.

— Et que pourrais-je faire d'autre ?

— Te détendre ? suggérai-je.

— Je ne suis pas sûr de savoir faire ça et je suis persuadé que ça ne me plairait pas.

Il m'apparut tout à coup que, bien que les circonstances aient changé, Noah faisait toujours ce qu'il savait faire de mieux. Travailler jusqu'à épuisement.

Peut-être qu'être à la tête de notre famille n'était pas une si bonne chose. Mon grand frère était conditionné pour travailler et veiller sur nous. Il l'avait fait depuis ses dix-huit ans. Que pouvait-il faire d'autre de sa vie d'adulte ? Il n'en avait aucune idée !

— Tu n'es pas habitué à souffler un peu, c'est tout, lui dis-je. Tu as toujours été là pour nous. Laisse-nous être là pour toi, maintenant.

Il était l'aîné, c'était un fait auquel je ne pouvais rien changer, mais je pouvais essayer de lui faire prendre conscience que tout avait changé. On pouvait enfin être une fratrie normale. Il n'avait plus besoin d'être une figure paternelle.

— Je vais bien, grommela-t-il. J'aime ce que je fais. Développer de nouveaux programmes m'apporte une grande satisfaction.

— Pas quand ça t'obsède totalement ! lui fis-je remarquer. Putain, tu nous manques, Noah !

— Je suis là. L'un ou l'une d'entre vous a besoin de quelque chose ? Brooke, Jade ? Que faut-il faire ?

Si j'avais obtenu l'entière attention de Noah, c'était uniquement parce qu'il avait mal interprété mes paroles et croyait que l'un d'entre nous avait besoin de lui. Telle n'avait pas du tout été mon intention.

— On va tous bien. On a seulement envie que tu rejoignes la famille, à présent. Non pas que tu n'aies pas été ultra-responsable. Mais ce qui nous manque, c'est de t'avoir avec nous quand on passe *du bon temps*.

Ça changerait un peu, sachant qu'il n'avait connu que les *moments difficiles*.

— Contrairement à vous, je ne vais pas rencontrer une sorte de partenaire de vie ou d'âme sœur, dit-il d'une voix grave. Ça ne colle pas avec ma personnalité. Tu n'es pas le seul avec qui les femmes se sont conduites comme si tu n'existais pas, quand on était fauchés. Quelle femme aurait voulu d'un mec avec les responsabilités que j'avais ? Je ne m'en plains pas, tu peux me croire. Si c'était à refaire, je renoncerais encore aux filles pour vous voir tous heureux. Je ne veux pas d'une femme maintenant que je suis plus riche que dans mes rêves les plus fous. Je préfère continuer à bûcher sur mes projets.

— Depuis quand tu n'as pas couché avec quelqu'un ? demandai-je.

— Sans commentaires, répondit-il sévèrement. Laisse tomber, Seth. Et revenons-en à Riley et toi. Je suis très heureux comme ça.

Non, il ne l'était pas.

Noah était désabusé, exactement comme je l'avais été avant de rencontrer Riley. Nos places dans la famille étaient peut-être un peu différentes. Au début, Noah avait été le seul à avoir l'âge de faire les sacrifices nécessaires pour nous permettre de rester tous ensemble. Mais je le comprenais mieux qu'il ne le croyait.

Je n'allais pas le laisser tomber. Aucun d'entre nous ne le ferait. Il fallait simplement qu'on ait l'opportunité de lui prouver qu'on pouvait être une famille, sans qu'il ait encore besoin d'endosser toutes les responsabilités.

Non pas qu'on n'ait plus besoin de lui. On avait besoin de lui ! Mais on n'avait plus besoin qu'il résolve tous nos problèmes.

— Il n'y a pas grand-chose d'autre à dire, déclarai-je. Riley est faite pour moi, Noah.

Il me transperça des yeux. Je connaissais ce regard et je n'avais jamais été à l'aise avec. Avec cette expression, Noah avait toujours été à même de nous faire marcher droit.

— Je ne suis pas en train de te dire de *ne pas* l'épouser, dit-il d'une voix posée. Je te sais capable de prendre tes propres décisions. Je dois juste me faire l'avocat du diable. Dieu sait combien je veux ton bonheur ! Et je pense que Riley est une femme exceptionnelle. Je ne veux pas te voir faire quelque chose que tu regretterais plus tard, c'est tout. Tu auras besoin d'un contrat de mariage, si elle accepte.

— Pas question ! rétorquai-je. Si elle accepte de m'épouser, je ne la quitterai jamais. En plus, l'argent n'a jamais été si important que ça à mes yeux. Ça a changé ma vie professionnelle et ma vie personnelle, mais ça n'a rien changé à qui je suis, Noah. Si Riley devait me quitter, je me foutrais complètement de l'argent. Ça me ferait une belle jambe d'être riche, si j'étais malheureux !

— Tu es fou, grommela Noah tristement.

— Est-ce que Jade a fait un contrat de mariage ? Ou Brooke ?

— Elles ont épousé des hommes qui étaient déjà riches !

— Riley n'a pas besoin d'argent. C'est une Montgomery. Comme dans *l'exploitation minière Montgomery*. Jaxon, Hudson et Cooper Montgomery sont ses frères. Ils lui ont racheté ses parts de la société parce qu'elle n'en voulait pas. Elle est heureuse en tant qu'avocate défendant la cause des espèces en voie de disparition.

J'expliquai brièvement tout ce que je savais de Riley sans trahir sa confiance. Il y avait certaines choses de son histoire que je n'aurais jamais pu raconter, mais j'essayai de faire comprendre à Noah que son enfance, autant que sa vie d'adulte, avait été tout sauf heureuse.

Il resta silencieux un moment avant de parler.

— Donc, ce n'était pas une coïncidence qu'elle se retrouve fiancée à un con comme Easton ?

— Non. Elle a quitté l'élite depuis quelques années, mais elle en faisait partie. Elle est riche et indépendante, mais elle déteste tout ce monde-là. Elle avait l'impression de devoir faire rentrer une forme ronde dans un trou carré. Rien de ce qu'elle faisait ne plaisait jamais à sa mère. Riley s'est démenée pour obtenir son approbation, en vain.

— Quel parent ne serait pas fier d'une jeune femme sortie diplômée d'Harvard avec mention très bien ? marmonna tristement Noah.

— Je n'arrive pas à comprendre, moi non plus, dis-je pour appuyer son propos. Mais le fait qu'elle s'est détournée de la voie tracée pour elle et qu'elle était censée suivre toute sa vie m'inspire un putain de respect ! Elle a jeté Easton pour tout recommencer à zéro ici, à Citrus Beach.

— Ses frères, ils sont comment ? s'enquit Noah.

— Protecteurs, dis-je avec un grand sourire. Mais ils seront de bons investisseurs dans *Sinclair Immobilier*. Et ils tiennent à Riley. Ils sont assez rebelles, eux aussi.

— Comment vont-ils réagir si tu demandes Riley en mariage si rapidement après l'avoir rencontrée ?

Je haussai les épaules.

— Je m'en fous complètement !

La seule chose qui m'importait vraiment, c'était de voir Riley heureuse jusqu'à la fin de ses jours. Par bonheur, j'étais sûr d'être celui qui pourrait y veiller, puisque j'en avais fait ma mission à vie. Elle avait connu bien trop de peine et de souffrance jusqu'ici. Je ne voulais plus jamais la voir pleurer. Ça me fendait le cœur.

— Tu es sûr de toi ? demanda Noah, apparemment toujours sceptique.

J'acquiesçai.

— Oui ! Je ne suis pas venu demander ta permission. Je voulais simplement que tu sois le premier à le savoir, j'imagine.

— D'accord, dit-il, résigné. Que puis-je faire pour t'aider ?

— Rien, vraiment. Je ne sais même pas si elle dira oui. Mais je dois quand même lui poser la question. Si c'est prématuré pour elle, j'attendrai.

Je n'étais pas surpris le moins du monde que Noah propose son soutien ou son aide si j'en avais besoin. Il l'avait toujours fait.

— Tiens-moi au courant, dit-il. Si elle te brise le cœur, je ne te rappellerai pas que je t'avais prévenu.

Je bus la dernière gorgée de mon café et me levai. Riley finirait par devenir ma femme. Il ne pouvait en être autrement.

Noah se mit debout et me donna de petites tapes dans le dos.

— Bonne chance !

Je lui souris. Mon frère semblait peut-être détaché la plupart du temps, mais c'était une façade. Il écoutait et retenait tout.

— Merci !

— Seth… me dit-il quand je me dirigeai vers la porte.

Je me retournai.

— Oui ?

— Après tout ce que cette famille a traversé, personne ne mérite d'être heureux autant que toi.

Je fis un rapide hochement de tête et m'en allai.

Même si je n'étais peut-être pas d'accord, je n'ajoutai rien.

Celui qui méritait vraiment de trouver son bonheur, c'était Noah ; et un de ces jours, je m'assurerais qu'il y parvienne.

CHAPITRE 26

Riley

J'étais assise dans mon canapé à regarder Seth jouer avec le chaton qu'il m'avait rapporté quelques jours plus tôt. J'avais nommé le petit félin « Bandit ». Seth et lui étaient actuellement par terre dans le salon.

Je ne savais pas vraiment pourquoi Seth m'avait offert cette adorable boule de poils. C'était arrivé à l'improviste. Il avait fait allusion au fait que j'en avais toujours voulu un, mais n'en avait pas dit plus.

J'étais raide dingue de cette peluche noire dont les taches blanches sur la tête le faisaient vraiment ressembler à un bandit et m'avaient inspiré ce nom peu après son arrivée chez moi.

Le chaton venait de la S.P.A., ce qui m'amenait à aimer Seth encore un peu plus (si c'était possible).

— Tu es cruel ! accusai-je Seth en riant.

Il provoquait Bandit avec une ficelle accrochée à un bâton qu'il ne le laissait jamais attraper.

Toujours par terre, Seth m'adressa un grand sourire.

— Il adore ça !

Il avait probablement raison, je devais bien l'admettre. Le chaton ne cessait de faire des bonds dans tous les sens à la poursuite de cette ficelle inaccessible, visiblement fou de joie.

Je baissai les mains et soulevai Bandit de terre au moment où il passait près de moi.

— C'est un chaton… je pense qu'il est fatigué.

Seth vint se laisser tomber à côté de moi dans le canapé.

— Il ne m'avait pas l'air si fatigué, dit-il, sceptique. Je crois plutôt que tu avais envie de le prendre, c'est tout !

— C'est possible, avouai-je en sentant le chat minuscule se mettre à ronronner.

Bandit se blottit sur ma poitrine et ça me fit chaud au cœur.

— Quel veinard, ce chat ! dit Seth sur un ton faussement plaintif.

Je lui lançai un regard amusé.

— Comme si tu n'en profitais pas assez toi-même… !

Il secoua la tête.

— Je n'en ai jamais assez !

J'étais avec l'homme que j'aimais depuis suffisamment longtemps pour savoir qu'il était insatiable sexuellement. Cependant, j'étais loin de m'en plaindre !

— Pourquoi n'as-tu jamais pris de chat, si tu en voulais un ? Je ne comprends pas, observa Seth.

— Enfant, j'ai toujours eu envie d'avoir un chaton. Désespérément. Mais évidemment, ma mère s'y était formellement opposée. Elle détestait les animaux en général et les chats en particulier, parce qu'ils pouvaient faire leurs griffes sur ses meubles. À la fac, je ne pouvais pas en avoir, évidemment. Je vivais dans un dortoir !

— Et ces deux dernières années ? Tu vivais seule…

Je haussai les épaules.

— J'avais envie d'en adopter un, mais j'hésitais.

— Pourquoi ?

— Peut-être parce que je n'étais pas sûre d'être prête. J'étais plutôt dans un sale état, au début, quand j'ai emménagé ici. Récemment, par contre, j'ai eu l'intention d'en avoir un. Je me suis sentie prête à tourner la page.

— Quelque chose t'a blessée, un jour... quelque chose en rapport avec les chats.

Ses mots n'étaient pas une question, mais une affirmation. Il semblait toujours savoir quand une histoire en cachait une autre.

Je hochai la tête en resserrant Bandit un peu plus contre moi.

— Quand j'avais seize ans, mon père a travaillé sur un projet minier en Floride. Il était rare qu'il nous emmène, ma mère et moi. Mais cette fois-là, il l'avait fait. Il exploitait des mines de phosphore, ce que mes frères ont cessé de faire en choisissant de se focaliser sur les pierres précieuses et les diamants. Il faut que tu comprennes que mon père n'avait aucun scrupule quand il s'agissait de faire ce qu'il fallait en temps et en heure pour en retirer un maximum de profit. Quand le projet minier a été prêt à être concrétisé, l'un de ses chefs d'équipe est venu lui dire qu'une panthère de Floride avait été aperçue sur le terrain de la mine.

— Elles sont en voie de disparition, commenta Seth.

— Exactement, répondis-je. Et le nombre des individus restants est critique, encore aujourd'hui. Mon père, inquiet que la panthère puisse être vue et que la mise en œuvre de son projet puisse être perturbée, l'a prise en chasse et l'a abattue. Il l'a enterrée et a fait jurer le secret au chef d'équipe. Pour une raison inconnue, il m'a embarquée dans cette chasse. J'ignorais son plan jusqu'à ce qu'il le mette à exécution. Je l'ai vu tuer un animal rare et magnifique dont la race était presque éteinte. Il l'a fait sans l'ombre d'un remords. J'avais le cœur brisé et j'étais traumatisée. Cet incident est à l'origine de ma passion actuelle pour la protection des espèces en voie de disparition.

— Bon Dieu, ma belle ! Je suis tellement désolé ! Sachant à quel point tu aimes les animaux, ça a dû quasiment te détruire à cet âge-là, dit-il, compatissant.

— Je suis restée assise près du félin, à simplement le caresser jusqu'à ce que mon père m'oblige à le lâcher pour qu'il puisse l'enterrer. J'ai pleuré jusqu'à épuisement toutes les nuits pendant les deux semaines qui ont suivi. Non seulement la panthère était belle, mais je savais qu'il y en aurait une de moins pour participer à leur reproduction. C'est de là qu'est née mon obsession d'essayer de sauver tous les animaux menacés d'extinction.

Il m'arrivait encore parfois de faire des cauchemars à propos de cet horrible incident avec mon père, mais savoir que j'avais aidé à survivre des douzaines d'autres espèces en voie de disparition m'aidait considérablement.

Comme Seth restait silencieux, je poursuivis :

— C'est du passé, maintenant. Je travaille à protéger les animaux sauvages et ça me fait du bien. Je ne fais pas ce travail pour réparer ce qui est arrivé à cette panthère, mais parce que ça me semble… juste, tout simplement.

— Ce n'est pas *toi* qui avais quelque chose à réparer, gronda Seth. Mais je sais quel adversaire têtu et coriace tu es !

Je souris.

— Je peux l'être. Je n'y suis pas allée trop fort avec toi parce que j'étais sûre que Jade allait te convaincre de renoncer à ce terrain, au bout du compte. Elle y serait parvenue, n'est-ce pas ?

— Ma belle, on ne peut pas dire que tu y sois allée mollo avec moi cet été ! Tu t'es montrée sans pitié. Et oui, j'aurais donné le terrain à Jade. Sinon elle aurait eu de la peine et elle aurait pleuré. Je n'ai jamais supporté ça. Comme nous tous.

— Donc, ne pas voir ta sœur pleurer vaut de renoncer à une affaire pouvant rapporter des millions ?

Il hocha la tête.

— Sans hésitation. J'aime croire que j'ai appris à me montrer intraitable en affaires. Mais il n'était pas question de projet professionnel, là. Il était question de famille. La famille passe toujours en premier.

J'en prenais bien plus la mesure aujourd'hui que je ne l'avais fait quelques mois plus tôt. Seth se serait coupé les deux mains plutôt que de voir ses frères et sœurs souffrir pour une raison ou une autre.

— Alors, pourquoi as-tu montré de la résistance après qu'elle a découvert ton projet ?

Il m'adressa un sourire espiègle.

— Si tu n'as pas encore compris pourquoi, j'imagine que je vais devoir te l'expliquer. Il a toujours été question de toi, Riley. Si j'avais facilement cédé le terrain à Jade, je n'aurais plus eu de raison de communiquer avec toi. Peut-être qu'au début, je ne voulais pas admettre quelle était ma vraie motivation, mais je n'ai pas tardé à regarder les choses en face.

Mon cœur tressaillit dans ma poitrine.

— Donc, tu voulais continuer à te battre avec moi ?

Il haussa les épaules.

— Je pense que je préférais me battre avec toi plutôt que tu disparaisses de ma vie. J'étais quasiment sûr que renoncer tout simplement au terrain et te demander de sortir avec moi n'était pas une option envisageable.

— Probablement pas, dis-je avec regret. Je n'étais pas dans l'état d'esprit propice pour accepter de fréquenter un homme. Et je savais que tu étais source d'ennuis.

— Comment savais-tu ça ? demanda-t-il, curieux.

— Parce que tu m'attirais, et ce depuis notre première rencontre. Et puis, de toute façon, tu *étais* mon adversaire, en ce temps-là, dis-je, taquine. Comme je le disais… source d'ennuis. Normalement, il n'est même pas question pour moi de parler à un ancien adversaire après lui avoir botté le cul au tribunal !

— J'imagine, dit-il d'une voix triste et lente.

Je me mis à rire. À mes yeux, il était presque incompréhensible qu'une personne telle que Seth soit prête à se compliquer la vie à ce point pour apprendre à me connaître. J'aurais peut-être dû être contrariée qu'il se soit joué de moi, mais je ne pouvais m'empêcher de lui en être reconnaissante. S'il ne l'avait pas fait, nous ne serions pas ensemble aujourd'hui.

— On mange ici, chez moi ou dehors ? demanda-t-il.

— Ici, répondis-je. Mes frères viennent dîner. Tu restes ?

— Je ne savais pas qu'ils venaient, répondit-il.

— On est samedi, il n'est pas question d'affaires ! plaisantai-je. Ils viennent me voir, tout simplement. On a beaucoup de temps à rattraper, vu qu'on n'a pas passé beaucoup de temps ensemble.

— Je pensais que c'était seulement pendant ton enfance.

Je secouai doucement la tête.

— Ils ont presque toujours été loin, sauf cette dernière année. Encore maintenant, ils partent souvent. Mais au moins, je les vois un peu plus. Mes trois frères sont surdoués. Ils ont été internes dans une école pour surdoués et ils sont tous sortis diplômés de la fac à vingt ans. Ensuite, ils se sont engagés comme militaires dans les forces spéciales. Je sais qu'aucun d'entre eux ne voulait quitter le service ; mais ils n'ont pas vraiment eu le choix. Après la mort de mon père, ils ont laissé *Montgomery Mining* aux mains d'un PDG immoral et malhonnête qui a petit à petit dégradé la société. Ils ont failli la perdre à cause de lui. Maintenant, ils sont tous de retour et l'entreprise est à nouveau prospère.

— Je ne savais pas qu'elle avait été en difficulté.

— Ils ont dû se dépêtrer de nombreux problèmes qui s'étaient aggravés pendant neuf ans environ. Je doute qu'ils tentent à nouveau un jour de confier l'entreprise à qui que ce soit.

— Je vais rester dîner, sans l'ombre d'une hésitation ! J'aimerais beaucoup les voir dans un moment de détente. Ils sont tous trop sûrs d'eux, mais je les aime bien. Ils sont vraiment intelligents et très forts en affaires. Et Riley... il n'y a pas qu'*eux* qui sont d'une intelligence hors norme. *Vous êtes tous* surdoués. Tu es la femme la plus intelligente que je connaisse. J'aurais aimé aller à la fac, mais il n'en a pas été question pour moi.

Je posai une main sur la sienne et il entremêla nos doigts.

— Ça n'a pas d'importance, Seth. Tu es tout aussi intelligent que moi, mais tu as fait tes apprentissages par un biais différent. J'ai eu une opportunité ; toi non. Ça ne veut pas dire que tu n'es pas brillant.

Je ne voulais surtout pas voir Seth souffrir d'un sentiment d'infériorité parce qu'il n'avait pas eu la chance d'aller à la fac.

— J'apprends beaucoup avec Eli et Hudson, admit-il.

— Tu absorbes les informations comme une éponge, lui dis-je. Ce n'est pas une question de temps que tu as passé à l'école. La volonté et l'expérience, voilà ce qui est vraiment important.

— J'en suis conscient, répondit-il. Je ne changerais aucune des décisions que j'ai dû prendre dans ma vie. J'ai peut-être quelques regrets par-ci, par-là, mais je ferais les mêmes choses si c'était à refaire.

Évidemment ! Seth était un homme qui protégerait sa famille coûte que coûte.

Au moment où je me penchais pour l'embrasser, mon téléphone sonna.

Je jetai un coup d'œil à mon portable sur la table basse.

— Ma mère, dis-je, le cœur soudain lourd.

— Décroche, dit Seth. Ne la laisse affecter ta vie d'aucune manière, Riley. Elle a assez gâché ton bonheur comme ça ! Ne le sacrifie plus jamais pour elle !

Ses mots me frappèrent, mais pas dans le mauvais sens. Simplement, je n'avais jamais pensé aux actes de ma mère de la sorte.

Il avait raison.

Je ne devais plus être une enfant apeurée.

Elle m'avait peut-être volé mon passé, mais je n'allais certainement pas la laisser me prendre mon présent ni mon avenir. Pas maintenant que j'étais plus heureuse que je ne l'avais jamais été.

— Bonjour, mère, dis-je avec fermeté en prenant son appel.

— Margaret ! Où étais-tu ? Ça fait des jours que j'essaye de te joindre !

— J'étais occupée, répondis-je.

— Trop occupée pour ta propre mère ? demanda-t-elle d'un ton amer. Je voulais te parler de Nolan. Je pense qu'il envisage peut-être de te reprendre.

Cette idée me fit frémir. Je pris une profonde inspiration.

— Comment peux-tu croire ne serait-ce qu'une seconde que je puisse avoir envie de passer ma vie avec un pédophile, mère ? J'aurais cru que tu voudrais plutôt que je me tienne à l'écart de tout ça. *Et* de lui.

On n'avait jamais vraiment parlé de ce que Nolan avait fait à Penny, mais il était *plus que temps* !

— Tsst, tsst, fit ma mère. Penelope était un peu jeune, mais Nolan est toujours un bon parti. Il est riche et sa famille est extrêmement bien vue depuis des générations.

Un élan nauséeux remonta dans ma gorge.

— Penny avait quinze ans. Ce n'est pas *un peu jeune*. C'était une enfant !

— Grandis un peu, Margaret ! Parfois, une femme doit fermer les yeux sur ce genre de chose pour gagner du pouvoir. C'est comme ça que ça marche, dans notre monde.

Je déglutis péniblement. Même si je n'avais pas envie d'affronter cette peur en particulier, je devais lui poser la question.

— De la même façon que tu as dû fermer les yeux sur ce que père me faisait quand j'étais enfant ?

Il y eut un long silence au bout du fil et dans ce laps de temps de mutisme absolu, je compris qu'elle *savait*. Elle avait *toujours su*. Elle n'avait rien fait pour l'empêcher parce qu'elle aimait sa réputation plus qu'elle ne m'avait jamais aimée.

Seth serra ma main dans la sienne. J'appréciai son soutien, mais c'était quelque chose que je devais affronter moi-même.

Elle finit par renifler de façon hautaine.

— Ça n'a pas duré longtemps et tu as survécu, Margaret.

La fureur me gagna.

— Ça n'a pas duré longtemps ? Ça a duré DES ANNÉES ! Et même quand ça s'est arrêté, j'ai dû vivre avec la honte de ce qui s'était passé !

— Tu dramatises, Margaret.

Je pétai les plombs.

— Tu n'es pas une *mère*. Tu es un *monstre* ! Toutes ces années, je t'ai accordé le bénéfice du doute. J'espérais que tu aies ignoré la vérité, mais *tu savais* ! Comment as-tu pu laisser faire ça ?

— Ça n'a pas d'importance, répondit-elle d'un ton cassant. Nolan…

— Je n'en ai absolument rien à foutre, de Nolan ! dis-je avec colère, d'une voix encore plus forte. C'est un individu malade, tordu, avec qui je ne supporte plus de me trouver dans la même ville, encore moins dans la même pièce !

Je bouillonnais d'une rage d'une férocité sans précédent à laquelle j'étais apparemment incapable de mettre le holà. Je n'allais pas la contenir. Plus maintenant.

— Margaret, je serais très heureuse si…

— *Rien* ne te rendra *jamais* heureuse. Jamais ! Je me suis pliée en douze pendant des années pour que tu sois contente de moi, ne serait-ce qu'un peu. Aucun enfant ne devrait jamais avoir à faire ça. L'amour pour son enfant devrait être inconditionnel.

— Margaret… commença-t-elle sur un ton de réprimande.

Je l'arrêtai.

— Je m'appelle *Riley*. Riley Montgomery. Je n'ai aucune envie d'être Margaret. Elle, c'était l'enfant abusée sexuellement par son père. C'était l'enfant qui n'a jamais pu obtenir l'approbation de sa mère. C'était l'enfant qui n'a jamais trouvé sa place dans *ton* monde. Il n'y a plus de Margaret. Cet enfant n'existe plus !

— Tu aurais pu y trouver ta place, si tu avais vraiment voulu…

— Je ne *veux* plus y trouver ma place ! Ma place, je sais parfaitement où elle ! Je sais aussi parfaitement qui je suis, et j'aime celle que je suis. Je l'aime beaucoup. Mais toi… je ne t'aime pas.

Pour une fois, ma mère ne dit rien.

Je poursuivis :

— Ne m'appelle plus. N'essaye même plus d'entrer en communication avec moi. Je ne serai jamais la fille que tu voulais et je m'en fiche ! Pourquoi me soucierais-je un seul instant d'une mère qui n'a jamais été maternelle ? Qui ne m'a jamais protégée ? Notre histoire s'arrête ici.

Enfin ! Je ressentais chaque mot que je venais de prononcer. Et je pensais chacun d'entre eux.

— Au revoir, *mère*, dis-je sèchement avant de raccrocher.

Dès que j'eus laissé tomber le téléphone sur la table basse, Seth m'attira contre lui.

— Tu vas bien ? me demanda-t-il, inquiet.

— En fait, je pense que je vais mieux que bien, répondis-je. Elle savait, Seth. Elle… savait. Et elle n'a pas une seule fois tenté d'y mettre un terme !

— Je suis tellement désolé, Riley ! dit-il d'une voix douce en me prenant sur ses genoux. Je sais que c'était un coup de fil pénible.

Je passai mes bras autour de son cou.

— En fait, ça ne l'était pas. Je me sens… libre !

Dire adieu à ma mère ne m'avait pas rendue triste. Peut-être parce que je n'avais jamais eu la moindre importance à ses yeux.

J'en éprouverais peut-être de la douleur plus tard, mais je saurais la gérer. Ce que je ne pouvais plus supporter, c'était de laisser ma mère contrôler encore un seul instant de ma vie, d'une façon ou d'une autre.

— C'est vraiment ce que tu ressens ? demanda Seth en me dévisageant du regard.

J'acquiesçai.

— Oui. Vraiment. J'adore la femme que je suis aujourd'hui. Et je sais réellement où est ma place.

— Et où est-elle, alors ? demanda-t-il gentiment.

Je déposai un tendre baiser sur ses lèvres avant de murmurer :

— Avec toi. Avec toi, toujours.

— En plein dans le mille ! gronda-t-il en guise d'approbation, juste avant de m'embrasser.

CHAPITRE 27

Riley

—Mes règles ont du retard, dis-je sans préambule à Layla, ma gynécologue, dès que je me retrouvai assise à demi nue sur sa table d'examen.

Je n'en étais qu'au quatrième jour officiel de mes règles, mais je n'avais jamais de retard. *Au grand jamais.*

Prise de panique, j'avais téléphoné à Layla et, grâce à une annulation, j'avais eu la chance d'obtenir un rendez-vous le jour même.

— Tu as seulement quatre jours de retard, me dit gentiment Layla en s'asseyant sur un tabouret quelques mètres plus loin.

— Ça ne m'arrive jamais, dis-je d'un air grave. Avec la pilule, j'ai toujours été réglée comme une horloge.

— Tu as raison de t'en préoccuper, répondit la jolie blonde en m'accordant toute son attention. Mais ne te mets pas trop martel en tête pour le moment. Il peut y avoir de nombreuses causes à ce problème.

J'aimais bien Layla. Depuis toujours. Non pas que son collègue, le docteur Fortney, me *déplaise*, mais un homme bizarre faisant des examens vaginaux, ça ne me mettait pas à l'aise.

Layla était plus à mes yeux une amie que je voyais occasionnellement qu'une professionnelle de santé.

— Comme quoi ? demandai-je.

— Tu prends une pilule hormonale, Riley. Le fait que tu n'aies jamais eu de retard jusqu'à présent ne veut pas dire que tu ne peux pas en avoir. En fait, ça arrive très souvent.

J'eus un premier élan d'espoir. Et si Layla avait raison ? Et si, pour une fois, je n'avais tout simplement pas mes règles ?

— Et puis, dit-elle d'un ton réconfortant, ce serait si grave si tu étais enceinte ?

J'acquiesçai.

— Catastrophique, marmonnai-je. J'ai un passé vraiment tordu, Layla. Je ne veux pas gâcher la vie d'un enfant que j'aurais mis au monde.

Elle hocha la tête comme si elle comprenait mes craintes.

— Qu'en est-il de ton compagnon ?

— Il ne veut pas d'enfants. Il a passé toute sa vie d'adulte à élever et éduquer ses jeunes frères et sœurs. Il goûte enfin la liberté de faire ce qu'il veut, expliquai-je. Je ne peux pas lui faire ça. Je ne peux pas le retenir avec un autre enfant à élever.

— Sans vouloir t'offenser, dit Layla d'un ton sec, il faut être deux pour faire un bébé. Un ovule ne se fertilise pas tout seul !

— Je sais. Mais je prends la pilule. On n'avait aucune raison de s'y attendre, que ce soit *lui* ou *moi*.

— Tomber enceinte en prenant correctement la pilule est rare, d'accord, mais ça arrive, Riley.

Je levai les yeux au ciel.

— Alors, je ferais partie des moins d'un pour cent de femmes qui tombent enceintes malgré la pilule ?

— C'est possible.

— Super !

— Ta peur de gâcher la vie d'un enfant est la seule raison pour laquelle tu ne veux pas en avoir ? insista doucement Layla.

Si seulement elle n'était pas aussi concernée par les problèmes féminins… ! Je réfléchis un moment à sa question. Je n'étais pas sûre d'avoir envie, là, tout de suite, de mettre ça sur le tapis.

— Je ne sais pas trop, avouai-je. Cette raison était assez forte à mes yeux pour ne pas chercher plus loin.

— Tu n'es pas obligée de répondre à cette question, si tu ne le veux pas, mais tu as dit avoir un passé tordu. As-tu été sexuellement abusée ?

J'acquiesçai. Je ne voulais plus avoir honte de ce qui m'était arrivé quand j'étais plus jeune.

— Par mon père.

— Tu sais que ce n'était pas ta faute, n'est-ce pas ? Et ça ne veut pas dire que tu ne serais pas une bonne mère, si tu avais un enfant à toi.

— En théorie, je le sais. Mais je ne m'en suis pas encore remise psychologiquement. C'était *mon père* !

— Il a trahi ta confiance, Riley. Tu étais une enfant, n'est-ce pas ?

Je hochai la tête.

— J'étais à l'école primaire. Mes frères avaient tous été envoyés en internat, mais mon père m'avait gardée à la maison.

— As-tu déjà envisagé qu'il ait pu te garder à la maison à dessein ? Il t'a séparée de ceux qui auraient pu te protéger.

Je n'y avais jamais vraiment pensé, mais…

— Tu as peut-être raison.

J'avais peut-être toujours voulu me convaincre que si je n'avais pas été envoyée en internat, c'était parce que j'étais une fille ; mais la supposition de Layla tenait parfaitement la route.

J'imagine que je n'avais jamais voulu envisager la possibilité que ces abus aient été soigneusement prémédités.

— Ta mère est au courant ? demanda Layla.

Je hochai lentement la tête.

— J'ai découvert récemment qu'elle savait tout. Elle n'a tout simplement rien fait pour l'empêcher.

— Es-tu suivie par un psychologue, Riley ?

— Oui. Ça m'a beaucoup aidée. J'ai fait beaucoup de chemin, ces dernières années. Mais à certains moments, il m'arrive d'être encore cette petite fille perdue et apeurée.

Terrifiée.

Fragile.

Cherchant toujours l'approbation de sa mère.

Dieu merci, je ne cherchais plus le moins du monde à obtenir l'amour de mes parents !

Layla me sourit.

— Je pense qu'il est normal de ressentir ça de temps en temps.

— J'aimerais que ça cesse. Ce n'est pas bon pour une relation, je pense.

— Ton compagnon, il comprend ?

J'acquiesçai.

— Il est formidable. Il me soutient. C'est pour ça que je ne *veux* pas être enceinte. Il ne mérite pas de se retrouver père sans l'avoir voulu.

J'avais beau savoir que Seth ne regrettait pas une seule seconde de s'être démené pour élever ses jeunes frères et sœurs, je ne voulais pas qu'il endosse une responsabilité à laquelle il n'avait pas aspiré.

— Et toi ? m'incita-t-elle à développer.

— Comme je te l'ai dit, je ne veux pas d'enfants.

À une époque, j'avais su que j'allais probablement *devoir* être mère, quand j'étais fiancée à Nolan. Le fait qu'il voudrait avoir un garçon pour hériter de ses affaires ne faisait aucun doute pour moi.

Je ne peux pas dire que je m'y étais faite, mais j'avais fait en sorte de refouler cette pensée hors de mon esprit.

À présent, je pouvais prendre mes propres décisions.

Et j'avais choisi de ne pas avoir d'enfants.

Ou du moins, j'avais toujours *pensé* que je n'aurais pas d'enfants.

Jusqu'à… aujourd'hui.

— Si tu es enceinte, il existe des alternatives, Riley, dit Layla.

Par réflexe, je posai une main sur mon ventre plat.

S'il y avait là un bébé, je ne pouvais supporter l'idée de mettre un terme à la grossesse, de faire passer l'enfant de Seth.

— Non, murmurai-je. Si ça arrive, je me débrouillerai.

Si j'étais enceinte, c'était d'un enfant conçu dans l'amour, en tout cas de mon côté.

Je ne pourrais faire autrement que d'aimer et d'élever tout bébé venu au monde parce que j'aimais Seth Sinclair corps et âme ; ça me déchirerait le cœur.

— Quoi qu'il arrive, je serai là pour t'aider, Riley. On s'y met ?

Je regardai la jolie blonde avec gratitude. Layla allait toujours bien au-delà de son devoir envers ses patientes.

Honnêtement, je n'avais jamais eu de raison de me confier à elle comme je venais de le faire ; mais j'étais ravie de l'avoir comme gynécologue !

Je ne m'imaginais même pas capable d'avoir cette conversation avec le vieux docteur Fortney !

— Que devons-nous faire ? demandai-je, essayant de rassembler mes forces mentales pour la suite, quelle qu'elle soit.

J'appréciais le fait que Layla essaye de me préparer à l'éventualité d'être enceinte.

Franchement, j'avais été si stressée que je n'avais pas réfléchi à ce qui arriverait si j'attendais un enfant.

La vérité… c'était que je ne serais jamais capable de me séparer d'un enfant de Seth. *Au grand jamais.*

Au besoin, j'élèverais le bébé toute seule. Ce n'était pas comme si je n'avais pas les moyens de l'assumer financièrement.

— D'abord, j'aimerais vraiment faire une prise de sang. Le dosage de l'HCG est un peu plus fiable en cas de grossesse. C'est le meilleur test pour une détection aussi précoce. Et le résultat ne te laissera aucun doute.

— Faisons ça, acceptai-je, envisageant les différents résultats possibles.

Bons ou mauvais, je ferais avec.

La prise de sang ne me posait pas de problème.

Mais attendre était insoutenable.

Quand je sortis du cabinet du médecin, j'étais totalement effondrée.

CHAPITRE 28

Seth

— Je suis sans nouvelles de Riley depuis quatre jours ! dis-je à Aiden et Skye alors qu'on était assis chez eux, à la table du salon. Elle m'a envoyé un mail de deux lignes il y a quatre jours en disant qu'elle avait besoin de passer du temps toute seule. Après ça, j'ai appelé, envoyé des mails et des textos… *Rien* !

— Si c'est ce qu'elle veut, elle mérite d'avoir du temps pour elle, Seth, dit Aiden. Elle est peut-être très occupée.

— Occupée, mon cul ! Quelque chose ne va pas, grondai-je. On se retrouvait tous les jours, putain ! Aucun de nous n'a jamais été occupé au point de ne pas trouver le temps de se voir.

— Le problème est peut-être là, observa Skye, assise à côté d'Aiden. Elle est peut-être submergée, Seth. On s'est retrouvées autour d'un café, la semaine dernière, et elle m'a raconté toute son histoire. Il se peut qu'elle ait besoin d'espace.

Je me tournai brusquement vers Skye.

— Elle t'en a parlé, vraiment !?

Elle acquiesça.

— Oui. Je lui ai toujours dit que je serais là si elle avait besoin de parler et elle a fini par le faire. Honnêtement, elle m'a donné l'impression de bien s'en sortir avec le trait qu'elle tirait sur son passé. Alors, ça m'étonne un peu qu'elle fasse soudainement marche arrière.

— Que lui est-il arrivé ? demanda Aiden, perplexe.

— Laisse tomber, dit Skye à son mari.

— C'est personnel, lui répondis-je. Elle a eu une enfance difficile, c'est à peu près tout ce que tu as besoin de savoir.

Je n'allais pas raconter tout ce qui lui était arrivé.

— Tu comptes pour elle, Seth. Elle reviendra vers toi quand elle sera prête, dit doucement Skye.

— Je veux bien attendre, expliquai-je. Mais je n'arrive pas à me débarrasser du pressentiment que quelque chose ne va pas ; qu'il s'agit d'autre chose que d'avoir besoin de temps d'une manière générale.

Comment pouvais-je expliquer que je *ressentais* ça concernant Riley ?

C'était impossible.

Donc, je ne voulais même pas essayer.

Quelque chose sonnait faux dans son e-mail initial. Je l'avais remarqué tout de suite en lisant ce court message.

Riley avait changé. Ça ne lui ressemblait pas d'être vague ou évasive. Plus maintenant.

Et reculer devant des choses qu'elle devait affronter n'était pas du tout son genre non plus.

Elle savait qu'elle n'avait pas besoin de *temps*.

Pas avec moi.

Bon sang, si elle était en colère contre moi pour une raison quelconque, elle n'aurait eu aucun problème à me le dire en face ; et si elle n'était pas fâchée, elle m'aurait parlé de ce qui la tracassait !

— Je ne suis pas sûr de pouvoir attendre encore longtemps, confessai-je.

Aiden haussa un sourcil.

— Tu es allé chez elle ?

— Toutes les nuits ! Je marche le long de la plage pour aller jeter un coup d'œil à sa maison tous les soirs, juste pour voir si elle y est.

— Et ? demanda Aiden.

Je haussai les épaules.

— Je vois une ombre ou deux dans la cuisine, alors, je sais qu'elle est là.

— Écoute, frérot, dit Aiden d'un ton calme. Quand j'ai pété les plombs à propos de Skye et que j'ai eu besoin de toi pour me dissuader de faire une connerie, tu as été là. Tu m'as dit d'aller lui parler pour ne pas juger sans connaître toute l'histoire. Je te donne aujourd'hui le même conseil.

— Tu as fait ça ? me demanda Skye en me dévisageant, apparemment choquée.

— Il l'a fait, répondit Aiden à ma place. Il m'a encouragé à aller chercher ce que je voulais sans tirer de conclusions hâtives.

— C'est un bon conseil, que tu lui as donné, Seth, dit Skye avec douceur. Mais pourrais-tu attendre un peu ? Le visage de Riley s'illumine chaque fois qu'elle parle de toi. Je sais qu'elle a des sentiments pour toi.

— Je voulais lui demander de m'épouser. J'ai la bague dans ma poche depuis un bon moment, maintenant, dis-je d'un ton grave.

— Alors, c'est la bonne ? demanda Aiden.

— Oui, c'est elle, répondis-je durement. Tu penses peut-être que je suis fou…

— Non, répondit Aiden. Je pense que les Sinclair de notre génération n'aiment qu'une seule fois et de tout leur cœur. Je n'aurais peut-être pas adhéré à cette théorie, si nous n'avions pas toute une armée de frères, de sœurs et de cousins. Mais une fois qu'ils tombent amoureux, les jeux sont faits !

— Je me faisais la même réflexion, avouai-je. Tu as attendu Skye pendant des années. Je ne l'avais pas compris, mais je pense que c'était le cas.

— Inconsciemment, oui, répondit Aiden. Il n'y avait pas une seule autre femme comme elle, alors j'ai vite arrêté d'en chercher une.

Je vis Skye prendre spontanément la main d'Aiden, un immense sourire sur le visage.

— J'ai su que j'étais foutu dès la première fois où elle s'est assise en face de moi au *Coffee Shack*. J'ai seulement mis un peu de temps à réaliser à quel point j'étais vraiment foutu !

Le silence dura un moment avant qu'Aiden le rompe.

— Alors, pourquoi ne l'as-tu pas demandée en mariage ?

— Quand j'ai décidé de le faire, elle a coupé les ponts avec sa mère. C'était un gros cap pour elle et je ne voulais pas débouler juste après ça pour lui faire ma demande. J'ai décidé d'attendre. Si elle n'avait pas entrepris de me planter, je l'aurais probablement déjà fait, à l'heure qu'il est.

— Tu l'aimes, déclara Aiden.

— De tout mon cœur, dis-je tristement.

— Penses-tu qu'elle ait besoin de temps à cause de ce qui s'est passé avec sa mère ? s'enquit Skye.

— Non. Je pense qu'elle regrette un peu la mère qu'elle n'a jamais eue, mais je doute fort qu'elle déplore la perte de la sienne. Franchement, je pense que ça mûrissait depuis longtemps. Ses frères sont venus chez elle, ce soir-là, et elle leur a tout raconté, y compris son besoin de couper les ponts avec leur mère.

— Qu'ont-ils dit ? demanda Skye.

— Ils étaient furieux, et à raison ! Ils ne communiquaient que rarement avec leur mère, alors je ne pense pas qu'ils auront du mal à ne plus jamais lui parler. Ils vont probablement d'abord lui passer un savon. Les frères de Riley ont beau être extrêmement riches, ils n'ont jamais pris part à ce cercle fermé de snobs fortunés, à moins d'y être absolument obligés.

Ce que j'admirais chez eux, en fait.

— Donc, ils vont sûrement ne plus jamais lui adresser la parole non plus, présuma Skye.

— Plus jamais, confirmai-je. Je pense qu'ils finiront par s'en vouloir de n'avoir pas été là pour protéger Riley, mais ce n'était pas leur faute. Par contre, ils méritaient de connaître la vérité.

— Je ne vais pas prétendre comprendre ce dont vous parlez, tous les deux, dit Aiden, mécontent. Je présume qu'ils ne savaient pas la chose qui lui est arrivée dans son enfance.

— Non, me contentai-je d'énoncer.

— Je suis ravie qu'elle le leur ait dit, observa Skye. De pareils secrets de famille sont trop lourds à porter.

— Je pense qu'elle a fini de garder le secret… et de croire que, quelque part, ça pouvait être sa faute.

Skye acquiesça.

— Je le pense aussi.

— Puisque je n'ai aucune idée de ce qui lui est arrivé, je propose qu'on revienne au problème actuel, suggéra Aiden.

— Je pense qu'il devrait lui laisser encore un peu de temps, suggéra Skye. Elle a eu beaucoup d'histoires de famille à régler. C'est lourd, émotionnellement.

— Je lui laisse encore un jour, ce qui va sûrement me tuer… mais si elle ne m'a pas parlé demain, je trouverai un moyen de l'amener à le faire. Tout allait bien entre nous et elle déguerpit sans crier gare ? Ça n'a pas de sens. Elle me cache quelque chose.

Frustré, je passai une main dans mes cheveux.

Skye leva les yeux au ciel.

— Pourquoi, chez les Sinclair, les hommes sont-ils aussi têtus ?

Je répondis avec une certaine morosité :

— Parce que c'est là notre seule et unique chance d'être heureux. On *doit* s'obstiner.

— Je suis d'accord avec toi, grogna Aiden, mais vas-y mollo, Seth. Tu ne voudrais surtout pas la faire fuir. Je te connais, quand tu te montres impulsif et obstiné.

— Je ne suis pas si terrible, rétorquai-je.

Aiden me regarda d'un air entendu.

— Un peu, que tu l'es ! Tu te souviens de la fois…

— Ne va pas sur ce terrain-là ! l'avertis-je.

Mon frère cadet était capable de revisiter toute mon histoire, si je le laissais justifier son point de vue.

— J'allais simplement t'offrir quelques exemples pour te rafraîchir la mémoire, répondit Aiden avec nonchalance.

— Inutile, dis-je sans desserrer les dents. Je ferais mieux d'y aller. Il est tard.

Vu l'heure à laquelle Maya, leur fille, allait à l'école le matin, je savais que leur journée commencerait tôt le lendemain.

— Reste, si tu as besoin de parler, dit Aiden d'un ton sincère et catégorique.

— Oui, n'hésite pas, appuya Skye. J'irai me coucher pour réveiller Maya tôt demain et vous pourrez discuter tous les deux.

Je me levai.

— Ça va, leur assurai-je. Je pense que je vais aller courir ou nager.

J'avais besoin d'exercice physique pour me dépenser, sans quoi j'allais encore passer une nuit à fixer le plafond en me demandant ce qui pouvait bien se passer dans la tête de Riley.

J'allais lâcher l'affaire pour aujourd'hui, mais je ne promettais rien quant à ce qui pourrait arriver le lendemain !

Je voulais évidemment respecter la demande de Riley, mais je ne pouvais refouler l'inquiétude qui me rongeait et le pressentiment qu'elle avait besoin de moi. Qu'elle ait envie de parler ou non.

Aiden et Skye se levèrent.

— Tu en es sûr ? demanda doucement Aiden.

— Oui. Il y a peu de chances que j'aille cogner à sa porte à cette heure de la nuit.

C'était pourtant bien ce que j'avais envie de faire, mais j'avais décidé d'y renoncer. Ça lui aurait probablement fichu une peur bleue.

— Appelle-moi, si tu as besoin, insista Aiden.

— Bien sûr.

Bien sûr que non !

D'ici le lendemain, je piafferais d'impatience de voir Riley. C'était encore pire chaque jour. La dernière chose que j'aie envie d'entendre, c'était qu'il me fallait attendre encore.

Je remarquai l'air inquiet sur le visage d'Aiden.

J'étais vraiment reconnaissant envers toute ma famille d'être là quand j'en avais besoin. Le problème... c'était que la voix de la raison ne pouvait plus rien pour moi, à présent.

Sûrement parce que j'étais loin de réfléchir posément.

Skye me serra dans ses bras et Aiden, quand elle s'écarta, me donna une claque dans le dos.

Ma course à pied nocturne dura très longtemps, mais j'eus beau être épuisé, le sommeil me fit encore défaut cette nuit-là.

CHAPITRE 29

Riley

Bang ! Bang ! Bang !

Le martèlement contre ma porte me fit sursauter.

Il était si fort que je pouvais l'entendre depuis la cuisine !

— Je sais que tu es là, Riley ! tonna la voix impatiente de Seth, qui retentit aussi fort que l'avaient fait ses coups insistants. Ouvre cette fichue porte ! Ça fait cinq jours que tu m'évites, maintenant. Quelque chose ne va pas. Je le sens !

Sa voix était forte et pleine de colère.

Je mordillai nerveusement ma lèvre inférieure en évaluant les options que j'avais.

Ouvrir la porte ?

Ou ignorer Seth ?

J'avais bel et bien fait l'autruche ces cinq derniers jours, pour essayer de mettre de la distance entre Seth et moi. La seule fois où j'avais communiqué avec lui, je l'avais fait par le biais d'un e-mail succinct où je lui demandais de prendre un peu de distance pendant quelque temps.

Je n'arrivais pas à réfléchir quand il était près de moi ; alors, j'étais restée à la maison.

Plus de dîners intimes en tête à tête.

Plus de nuits ensemble.

Je n'avais pas répondu à ses e-mails.

Ni à ses textos.

Et *très certainement pas* à ses appels.

Si je veux faire une pause en bonne et due forme, je dois arracher le pansement d'un coup sans épiloguer.

Seth méritait d'entendre ce que j'avais à lui dire *en personne*.

En réalité, je l'avais évité faute de m'être sentie capable de lui dire la vérité.

Malheureusement, je m'étais retrouvée à errer comme une âme en peine. Son absence me tuait !

J'étais tout juste parvenue à travailler, ces derniers jours, ce qui ne me ressemblait pas du tout. J'arrivais d'habitude à bosser dans n'importe quel état émotionnel ou presque. Dieu savait que je l'avais fait souvent !

Mais ça, c'était avant Seth...

Avant que je perde ma capacité à compartimenter mes émotions.

J'éteignis le feu de la cuisinière sur laquelle je préparais le repas et me dirigeai vers la porte.

Quand je l'ouvris, mon cœur se fendit en deux.

Seth avait l'air de revenir des enfers !

Je pouvais si clairement lire l'agitation et la frustration sur les traits de son visage épuisé...

Il portait un jean et un vieux tee-shirt et ses cheveux étaient en pétard comme s'il avait passé ses mains dedans plus d'une fois.

Malgré tout, je le trouvais si séduisant que j'avais envie de me jeter dans ses bras pour sentir la chaleur et la puissance de son corps magnifique !

Je combattis cette pulsion de toutes mes forces.

Il franchit la porte en disant :

— Mais qu'est-ce qui te prend, bordel, Riley ? Tu ne réponds ni au téléphone, ni aux mails, ni aux textos... j'étais inquiet qu'il te soit arrivé quelque chose de grave !

Je refermai la porte.

— Je vais bien. J'ai été... occupée, c'est tout.

Oui ! J'avais été totalement occupée à traverser ma dépression due à ce manque de Seth qui me donnait l'impression qu'une partie de mon cœur avait été arrachée de ma poitrine.

Chaque jour s'était révélé plus difficile que le précédent.

Il me prit par les épaules sans ménagement.

— Dis-moi juste ce que j'ai fait. Je ne gobe pas l'excuse bidon du manque de temps ! On n'a jamais été trop occupés au point de ne pas se voir chaque jour !

Je me dégageai de son emprise.

— D'accord. Alors, je vais te dire la vérité. Je pense qu'on ne devrait plus se voir, Seth. Cette relation ne me convient pas, c'est tout.

— Pourquoi ? demanda-t-il. Mais qu'est-ce qui t'a amenée à croire ça ?

Je haussai les épaules en me dirigeant vers le salon.

— J'ai beaucoup réfléchi, voilà tout. Tu comptes beaucoup pour moi, mais je ne pense pas qu'on soit faits l'un pour l'autre. On veut... des choses différentes.

— Depuis quand ?

Je me laissai tomber sur une chaise parce que mes jambes menaçaient de ne plus me soutenir.

J'avais l'impression d'être au bout de ma vie.

Et dans un sens, c'était peut-être le cas.

Seth avait déclenché en moi tout un spectre d'émotions jusqu'alors inconnues et je n'avais plus la moindre chance de pouvoir les cloisonner ou les enterrer à nouveau un jour.

J'éprouvais pour Seth Sinclair un amour total, sans la moindre faille ni l'ombre d'un doute. Je souhaitais son bonheur plus que je me souciais du mien.

— Je crois que chacun devrait prendre une nouvelle direction, dis-je d'une voix faible.

Il s'assit dans le canapé, ses coudes sur les genoux, et se contenta de me regarder fixement pendant si longtemps que je commençai à me sentir mal à l'aise.

Mince ! Si seulement je n'avais pas l'impression qu'il pouvait lire en moi… !

Enfin, il dit d'un air sombre :

— Je ne veux aller dans aucune direction qui ne mène *vers toi*, Riley.

J'eus le cœur serré au point de redouter qu'il explose. Je me levai et me mis à faire les cent pas dans le petit salon.

— Pourquoi me rends-tu la tâche aussi difficile ? lui demandai-je d'une voix désespérée. On doit *rompre*, mais j'ai un mal de chien à le faire ! Ça ne marchera pas, Seth. Pas à long terme. On finirait malheureux.

Je n'avais jamais été avec un homme voulant rester collé à moi comme de la glu.

Quelqu'un qui serait toujours là quand j'aurais besoin de lui.

Un mec à qui je pourrais tout dire et qui me soutiendrait tout simplement, sans me juger d'aucune façon.

C'était une vraie torture de renoncer à tout ça.

— Que s'est-il passé ? Dis-le-moi, dit-il d'un ton persuasif. Je ne partirai pas d'ici sans avoir eu le fin mot de l'histoire, Riley.

Je continuais à faire les cent pas.

— Tu me rends folle, tu le sais, ça ? Tu as débarqué dans ma vie, si beau et sexy, puis tu as tout chamboulé en moi ! Pas une seule fois je ne t'ai entendu prononcer une critique à mon égard. Tu frôles la perfection. Bon, tu es peut-être le type le plus têtu que j'aie connu, mais c'est en fait une qualité chez toi, vu que ça t'a aidé à élever tes frères et sœurs.

Je pris une profonde inspiration.

— Une femme aurait dû te mettre le grappin dessus depuis longtemps et se féliciter ensuite de t'avoir comme partenaire, que tu aies été riche ou pauvre. Je ne comprends vraiment pas pourquoi ça n'est pas arrivé.

— Peut-être parce que je t'attendais, suggéra-t-il.

Je m'immobilisai le temps de lui jeter un regard noir.

— Là ! Tu vois ? Même quand on est tous les deux contrariés, tu dis *quand même* quelque chose de gentil ! Tu… Tu n'as presque aucun défaut, Seth. Et moi, j'en ai une tonne ! C'est beaucoup… une tonne.

Mon corps commençait à fatiguer, mais je continuais à marcher de long en large et en travers comme une femme possédée, libérant des émotions qui me rongeaient l'esprit sans que j'en aie eu conscience.

Rien de ce qui sortait de ma bouche n'avait été prémédité ni ne révélait pourquoi j'avais évité Seth. Du moins d'après ce que j'en pensais.

Tout d'abord, j'avais cru me distancier de lui dans *son intérêt* ; ce qui était vrai en partie.

Mais à présent, je comprenais que c'était une façon de prendre la fuite devant quelque chose qui allait me détruire à l'avenir, si ça tournait mal.

Si je regardais les choses en face, c'était *moi* qui pensais ne pas être *assez bien* pour lui.

Je n'étais pas en train de *le* protéger ; je me protégeais *moi*, depuis ma visite chez la gynéco.

— J'attends toujours que tu me dises ce qui s'est passé exactement, Riley, dit-il d'une voix rauque, mais patiente.

— Tu sens même quand quelque chose me tracasse, marmonnai-je tristement.

— Toi aussi, tu sais quand quelque chose me contrarie, répondit-il. On est connectés l'un à l'autre, mon cœur.

Il avait raison. *Nous l'étions.* Et ça me foutait les jetons un max !

Mon amour pour lui, l'intensité de ces émotions toutes nouvelles pour moi, tout ça me terrifiait.

— Eh bien, on doit se *déconnecter*, l'informai-je.

— Pas question, dit-il résolument. Maintenant, explique !

Je m'arrêtai, croisai mes bras sur ma poitrine et le fixai.

— Pourrait-on se contenter de cette version : je me suis rendu compte qu'on n'est pas faits l'un pour l'autre ?

Il secoua la tête.

— Non. Tu fuis. Mais je ne te laisserai pas aller bien loin.

Seth tendit un bras vers moi, l'enroula autour de ma taille et tira.

Mes fesses atterrirent maladroitement à côté de lui sur le canapé.

— Parle, dit-il.

— OK. Très bien. Tu veux savoir ce qui s'est passé ? Je vais te le dire. Je… je n'ai pas eu mes règles. Alors, je suis allée voir la gynéco. Il y avait très peu de risques que je sois enceinte puisque je prends la pilule, mais j'avais besoin d'en avoir le cœur net. Ni toi ni moi ne voulions d'enfants. Je savais que ce serait une catastrophe pour nous deux.

Seth resserra son bras passé autour de ma taille, enfouit son autre main dans mes cheveux et m'obligea à lever la tête.

— Regarde-moi, Riley, demanda-t-il. Regarde-moi, bon sang !

Nos regards s'accrochèrent l'un à l'autre et je me perdis dans l'intensité du sien.

Je vis un millier d'émotions différentes dans ses yeux gris si expressifs, sans pouvoir dire laquelle était la plus forte.

— Es-tu enceinte ? demanda-t-il d'une voix rauque. Nom de Dieu, dis-moi la vérité ! Crois-tu réellement que je te laisserais me tourner le dos si tu l'étais ? Que je ferais comme si de rien n'était, alors que tu porterais mon enfant ?

Tout au fond de moi, je savais qu'il ne le ferait pas. Seth serait le parfait contraire d'un bon à rien de père. Que ça lui plaise ou non, il ferait un bon père.

— Riley, gronda-t-il, son regard me transperçant.

Mon cœur battait à tout rompre et mon corps tremblait.

— Je ne le suis pas, Seth. Je ne suis pas enceinte.

— Alors, pourquoi es-tu aussi contrariée ? demanda-t-il de façon bourrue.

— Parce que quand j'ai entendu que je *ne l'étais pas*, j'ai été *déçue*, en réalité. J'aurais dû être *soulagée*, mais je ne l'étais pas. À un moment donné, entre mon accès de panique et les résultats, je me suis faite à l'idée d'avoir un enfant. *Notre* enfant. Je ne sais pas comment c'est possible, mais j'ai quasiment pleuré un bébé qui n'a jamais été là ! C'est fou. Tu ne veux pas d'enfants et moi non plus. Mais quelque chose… a changé. Maintenant, j'ai peur que, si on reste ensemble et que je tombe enceinte un jour, je sois heureuse et toi pas. Ça nous déchirerait, Seth.

Je sentis des larmes couler sur mes joues sans même essayer de les refouler.

Quand j'avais pris conscience de vouloir cet enfant avec tant de force, savoir qu'il *ne l'aurait pas* voulu m'avait fendu le cœur. Oui, il aurait assumé son rôle de père. Mais ça n'aurait pas découlé d'une volonté personnelle.

Il m'entoura de ses bras et m'attira pour que mon corps se retrouve collé au sien.

— Donc, tu es contrariée parce que tu pourrais un jour avoir envie de porter mon enfant ?

Je hochai la tête.

— Je suis désolée ! Je n'aurais jamais cru ressentir ça un jour.

— Mon Dieu, ma belle ! Ne sois pas désolée ! Rien ne me ferait plus plaisir que de voir un bel enfant roux me regarder avec tes yeux !

Je rejetai ma tête en arrière.

— Tu as dit que tu ne *voulais pas* d'enfants ! Tu as élevé tes frères et sœurs. Je croyais que tu ne voulais pas être père. *Au grand jamais !*

Je fouillai son regard des yeux sans déceler dans son expression la moindre trace d'hésitation ni de doute.

Il répondit avec le plus grand sérieux :

— Je n'ai jamais dit que je ne *voulais pas* avoir un jour des enfants. J'ai simplement dit que *ta* décision de ne pas en avoir ne me posait aucun problème. Et c'était vrai ! Mais il en irait de même si tu changeais d'avis. Tu es ma priorité, mon cœur. Avec ou sans enfants dans notre vie, je te veux, toi !

Un sanglot sortit de ma gorge et je fis mine de donner à Seth un coup de poing dans la poitrine.

— Bon Dieu, je déteste quand tu dis des choses pareilles !

D'accord ; je détestais *et* j'adorais ça.

— Pourquoi ? demanda-t-il, l'air sincèrement confus.

— Parce que tu es tellement prêt à m'accepter quoi qu'il arrive ! dis-je en gémissant.

Il appuya ma tête contre son torse tandis que je pleurais.

— Je connais ton histoire, Riley. Et que j'aie ou non des enfants n'est pas si important que ça pour moi. Bien qu'imaginer un enfant de moi dans ton ventre ne soit pas déplaisant ! J'adorerais avoir des enfants, mais si tu n'en veux pas, ça me va aussi. Pourquoi ferais-je tout un plat de quelque chose qui n'a pas autant d'importance tant que je t'ai, toi ?

Que pouvais-je bien répondre à ça ? Si je n'avais pas eu la trouille, j'aurais probablement accepté Seth quel qu'ait été son positionnement, moi aussi, si son choix avait été très important pour lui. D'accord, l'idée d'avoir des enfants avait commencé à me plaire et j'avais pris conscience que je voulais un enfant de Seth, mais j'aurais respecté son désir de ne pas en avoir. Il était, lui aussi, ma priorité.

Je reniflai en relevant la tête.

— Il faut que je te dise quelque chose.

— Vas-y ! m'encouragea-t-il.

— Je suis amoureuse de toi, Seth. Raide dingue amoureuse. Je ne dis pas ça pour te mettre la pression. Je veux seulement que tu saches que moi aussi, je veux ton bonheur.

Malgré l'envie de le faire, je ne détournai pas les yeux de lui.

Je faisais face à mes émotions avec aplomb et avec autant d'honnêteté que possible. Je m'étais rendu compte qu'avant ma crainte d'être enceinte, j'avais attendu qu'il le dise *en premier*. C'était moins risqué. Mais ce n'était pas lui qui avait fléchi, alors il méritait de m'entendre dire la vérité.

Sans salades.

Sans que je prenne la fuite.

Sans que je me cache.

De soulagement, son visage se détendit.

— Je suis sacrément ravi de l'entendre, beauté ! Parce que, de mon côté, je suis cuit… je pense être tombé amoureux de toi dès la première fois où tu t'es assise en face de moi au *Coffee Shack* pour chasser cette femme !

Je le serrai fort dans mes bras.

— Je l'ai dit en premier ! dis-je pour le taquiner, mon cœur s'emballant maintenant qu'il l'avait dit aussi.

— Oui, c'est vrai, en convint-il. Mais tu l'entendras très souvent pour le restant de nos jours. Je t'aime, Riley Montgomery. Il n'y a jamais eu quelqu'un d'autre que toi. Promets-moi que tu ne t'enfuiras plus jamais. On affrontera les difficultés ensemble. Quoi qu'il arrive.

— Je te le promets, dis-je sans hésitation en passant une main derrière sa tête avant de l'attirer vers moi pour l'embrasser.

À la seconde où ses lèvres touchèrent les miennes, je sus que l'envie de me cacher appartenait au passé.

Je n'avais absolument plus l'intention de m'enfuir. *Au grand jamais.*

CHAPITRE 30

Riley

Quand Seth me jeta sur le lit où j'atterris les fesses les premières, ça me fit rire.

— Ces cinq derniers jours ont été très longs et très pénibles pour moi, ma belle, gronda-t-il en retirant le tee-shirt qu'il portait, le faisant passer par-dessus sa tête.

Je me rinçai l'œil éhontément tandis qu'il dénudait les tablettes de ses abdos et son torse massif qui me faisaient saliver.

Mon Dieu, qu'il est beau !

Je laissai échapper un soupir en m'asseyant de façon précipitée au bord du lit. J'attrapai sa ceinture et le tirai en avant afin de pouvoir tâter son sexe à travers le tissu de son jean.

— Elle a été très dure ? demandai-je en suffoquant, tout en passant ma main sur son entrejambe avec gourmandise.

— Je pense que tu peux en juger par toi-même, dit-il d'une voix rauque.

— Je ne vais pas me gêner, l'informai-je en détachant sa ceinture pour ensuite libérer sa verge.

Je m'agenouillai devant lui pour faire descendre son jean et son caleçon le long de ses jambes musclées.

Il s'en débarrassa pendant que mes mains le caressaient partout.

J'étais avide de toucher chaque centimètre carré de son corps dénudé. Je m'installai pour faire courir les paumes de mes mains le long de ses cuisses, avant de suivre la démarcation des muscles de son ventre.

— Tu es tellement beau, Seth ! lui dis-je, le souffle court, en suivant des doigts la ligne des poils dessinant de façon alléchante le chemin vers son aine.

Je n'avais jamais essayé de le prendre dans ma bouche auparavant. Je n'avais jamais fait cet acte intime à aucun homme. Mais j'avais désespérément envie de le faire maintenant.

Mon désir prit le dessus et j'enroulai mes doigts autour de sa verge.

— Riley, non ! dit Seth d'une voix grave en attrapant mon poignet. Pas ça !

— Arrête, dis-je en repoussant sa main. Sauf si tu n'en as vraiment pas envie.

— Il n'y a pas un seul homme au monde digne de ce nom qui n'en aurait pas envie, dit-il d'une voix rocailleuse. Mais je sais très bien que c'est une chose que tu ne veux pas faire. Et je n'ai pas besoin de ça.

Je restai immobile un instant, comprenant que quand je lui avais dit que je ne faisais pas de fellations, il était parti du principe que je n'aurais jamais envie de le faire.

Il n'a pas conscience que tout est différent avec lui.

— J'en ai envie. Aide-moi, implorai-je. Je ne l'ai jamais fait, mais j'en ai besoin.

Je levai les yeux. Le regard intense de Seth s'était focalisé sur mon visage avec tant d'amour que mon cœur tressaillit.

— Tu t'en sors très bien, dit-il, les dents serrées.

Je détachai mon regard du sien pour me concentrer sur ce que je faisais, me penchant en avant pour goûter la minuscule goutte qui perlait à l'extrémité de son sexe.

C'était légèrement salé, viril et si bon que j'ouvris la bouche pour introduire le plus possible de son sexe entre mes lèvres.

— Riley... gronda-t-il d'une voix grave et bestiale.

Plus encore que de respirer, j'avais envie d'entendre ces accents de plaisir sortir de ses lèvres magnifiques.

Plaçant ma main à la base de son sexe, je me mis à lécher de haut en bas la surface soyeuse de son membre, savourant la texture et la saveur de Seth.

En le prenant dans ma bouche, je cafouillai légèrement à cause de mon manque d'expérience.

Ça me parut bizarre au début, mais ça devint plus naturel quand Seth plongea une main dans mes cheveux et guida mes allées et venues sur son sexe.

— Putain, ma belle ! Tu me tues ! lâcha-t-il d'une voix éraillée par l'excitation.

Son avidité déclencha la mienne et je sentis une vague de chaleur se répandre entre mes cuisses.

Il en demandait plus.

Et je lui donnai tout ce qu'il voulait, suivant ses mouvements qui me poussaient à accélérer le rythme.

Mon plaisir semblait fusionner avec le sien tandis que je bougeais de plus en plus vite, libérant tous les sons qui me venaient spontanément aux lèvres.

Ma main libre glissa vers ses fesses aux muscles parfaits et j'enfonçai mes ongles dans sa chair, cherchant un maintien solide qui nous empêcherait de nous détacher l'un de l'autre.

Un sifflement sortit de ses lèvres et je sus que ce n'était pas dû à la douleur provoquée par mes ongles.

Seth adorait ça !

Je m'abandonnai au rythme frénétique du plaisir que je lui donnais sans plus me sentir bizarre ni inhibée.

— Je ne peux plus me retenir, Riley ! Retire ta bouche où je vais la remplir ! Je vais jouir ! me prévint-il d'une voix sévère.

Me retirer ? Ah, ça, non ! J'avais voulu le goûter et je n'allais pas me débiner maintenant.

Je levai rapidement les yeux pour le regarder et fus récompensée par le tableau le plus sexy au monde.

Seth renversa sa tête en arrière, ce qui fit ressortir les muscles de son cou, et jouit.

— Riley ! Je t'aime tellement, putain !

Le ton de sa voix était sauvage, incontrôlé et si incroyablement sensuel que mon ventre se contracta, tandis que son sperme brûlant coulait dans ma bouche et dans ma gorge.

Je savourai son orgasme avant de nettoyer sa verge en la léchant quand il eut terminé.

Seth m'attira brusquement pour me relever et m'entoura de ses bras. On se laissa tomber ensemble sur mon lit.

Sa poitrine se soulevait toujours quand il dit :

— Tu réalises que tu m'as mis hors service pour un petit moment…

Je me serrai contre son flanc.

— Ça en valait la peine, non ?

— Pour moi, oh que oui ! Pour toi, probablement pas tant… mais je connais d'autres moyens de te faire jouir, mon cœur. Plein d'autres moyens !

— J'ai trouvé ça bon, moi aussi, lui dis-je. Des fois, j'ai juste envie de te rendre heureux.

— Ma belle, je suis aux anges, là ! répondit-il d'une voix rauque.

J'eus un sourire en coin ; je me détachai de lui pour aller à la salle de bain.

Quand je revins et vis sa silhouette volumineuse sur le lit, ça me fit sourire.

Seth s'était endormi, sa respiration était régulière et calme.

Son épuisement m'alla droit au cœur, parce que je savais d'instinct qu'il avait dû passer plusieurs nuits blanches.

J'avais été consciente qu'en essayant de le fuir, j'allais lui faire du mal et j'étais déconcertée qu'il soit si prompt à me pardonner.

Il m'aimait avec une telle facilité !

Une larme coula sur ma joue, mais je l'essuyai.

Je n'allais pas chercher à savoir pourquoi Seth m'aimait ni comment j'avais eu la chance de le rencontrer. Tout ce qui m'importait vraiment, c'était de l'aimer en retour avec tout autant de force.

Je retirai mes vêtements, éteignis la lumière et me faufilai à ses côtés dans le lit pour venir coller mon corps nu contre lui.

— Je t'aime, murmurai-je tout.

Il passa un bras autour de ma taille et m'attira plus fortement contre son corps puissant avec un grognement de satisfaction.

Je fermai les yeux, un sourire aux lèvres.

Quand je me réveillai, il faisait jour ; mais la seule chose qui attira mon attention fut un souffle chaud dans ma nuque.

Je me tortillai légèrement en réalisant que c'était Seth et qu'on était imbriqués aussi étroitement que possible.

À un moment de la nuit, il m'avait attirée contre son corps et ses bras étaient étroitement serrés autour de ma taille. On était peau à peau, en contact partout, ce qui m'amena à bouger sensuellement et à frotter mon dos contre lui comme un chat.

— Je ne voulais pas te réveiller, me dit-il à l'oreille d'une voix sexy, un peu endormie.

Je ne me sentirais plus jamais seule.

Seth avait envahi mon espace personnel, mais pour la première fois de ma vie, ça ne me gênait pas. J'avais *envie* de le partager avec lui.

— Tu ne m'as pas réveillée.

On s'était tous les deux écroulés de fatigue assez tôt, alors j'avais sûrement dormi plus de huit heures.

Je roulai sur le côté afin de voir son visage et, tendant la main, je caressai sa mâchoire rugueuse. Il avait une barbe naissante et on n'était encore que le matin.

Ça lui allait bien.

Ce qui me ravit encore plus, ce fut de lire l'adoration et l'amour dans son regard quand mes yeux rencontrèrent les siens.

Être avec un homme qui me regardait comme ça tenait d'une sorte de miracle.

Et j'avais été sur le point de le rejeter.

— Je suis désolée pour ce que j'ai fait ! lâchai-je.

Un sourire se dessina sur ses lèvres sexy.

— J'espère que tu ne parles pas de quand tu m'as fait défaillir, avant que je m'endorme comme une masse ! Je ne comptais pas m'en plaindre…

Je grimaçai.

— Pas *ça* ! Je parle de ma tentative de te fuir. L'amour que j'éprouve pour toi me fait peur, parfois. Et franchement, celui que tu ressens pour moi est terrifiant ! Tout ça est nouveau pour moi, Seth. Je suppose que j'ai… paniqué, tout simplement. Je n'ai pas l'habitude… d'être aimée. Pas comme ça.

— Tu ferais bien de t'y habituer, beauté. Je ne compte m'en aller nulle part. Et c'était facile de te pardonner, vu que tu as été indulgente avec moi quand j'ai merdé. On va tous les deux faire des erreurs. Tu es parfaitement à ta place là où tu es maintenant et je ferai tout mon possible pour que tu y restes. J'ai compris que ta vie n'a pas été une partie de plaisir et je ne vais pas te promettre qu'on n'aura jamais de prise de tête. On est têtus tous les deux, mais quoi qu'il arrive, mon amour ne sera jamais soumis à conditions. *Au grand jamais.*

Je lui souris, amusée qu'il reprenne mon expression courante.

— Je ne compte m'en aller nulle part moi non plus. Tu es coincé avec moi ! Après avoir compris que je me protégeais plus moi-même que je ne te protégeais toi en mettant de la distance entre nous, je me suis dit qu'il était grand temps pour moi d'arrêter de fuir la meilleure chose qui me soit arrivée dans la vie. *Au grand jamais.*

Il me fit un sourire en coin.

— Quand je ne t'ai pas vue, les premiers jours, j'ai pensé que tu avais simplement besoin d'un peu d'espace. Au bout de quatre jours, j'ai commencé à m'inquiéter, Riley. Tu aurais dû me dire ce qui s'était passé. Je serai toujours là pour toi.

Je vis briller la sincérité dans ses yeux.

— Je sais. Je suis désolée. Je ne douterai plus de nous ; que puis-je faire pour t'en convaincre ? Que puis-je faire pour me rattraper ?

Il me fit un grand sourire.

— Tes excuses sont déjà acceptées ! Mais je me suis réveillé avec une gaule énorme, parce que j'avais une femme magnifique dans les bras…

Étonnamment, Seth semblait toujours savoir quand les choses commençaient à être un peu trop lourdes. Il avait accepté si facilement que j'aie pu faire une erreur, ça me laissait sans voix !

— Donc, tu veux qu'on remédie à cette énorme gaule, c'est ça ?

Il roula sur le dos et me sourit de toutes ses dents.

— Pas seulement. Je veux que tu me chevauches, que tu te serves, que tu prennes ce dont tu as besoin pour jouir. Je t'ai laissée sur ta faim, hier soir.

Je grimpai sur son corps musclé, savourant la sensation de sa peau si chaude et soyeuse glissant contre la mienne.

— Ça ne m'a posé aucun problème, Seth. Je commence à comprendre que dans une relation, il n'est pas toujours question de faire cinquante-cinquante. Parfois, tu donneras plus que moi et parfois, je donnerai plus que toi. Je pense qu'il y a… des cycles. Je sais que je n'ai pas complètement digéré ce qui m'est arrivé ; mais il s'agit de mon ancienne vie. Viendra un temps où tu auras besoin que je te donne tout et je le ferai volontiers.

— Faire ce que tu as fait hier soir était difficile pour toi, dit-il d'une voix grave en abaissant ma tête vers la sienne. Tu m'as donné beaucoup et c'était vraiment très courageux.

— Ce n'était pas si difficile. Je voulais le faire parce que c'était toi. Ensemble, je veux qu'on partage autant d'intimité que possible.

Il passa une main derrière ma tête qu'il attira vers lui jusqu'à ce que nos bouches s'unissent. Je soupirai contre ses lèvres si douces et entrouvris les miennes pour qu'il puisse les franchir. Je plongeai mes doigts dans ses cheveux en savourant notre étreinte sensuelle.

Son baiser fut entreprenant, bestial, mais pas précipité, ce qui me rendit complètement folle !

Il dura une éternité ! Seth mordilla ma lèvre, puis ma mâchoire. Quand je sentis son souffle chaud passer lentement sur mon oreille et qu'il prit doucement mon lobe entre ses dents, mon corps fut inondé d'une chaleur telle qu'on eut dit de la lave en fusion.

Je fis onduler mes hanches et mon sexe mouillé glissa sur ses abdos aux muscles saillants.

L'érotisme me tourmenta jusqu'à me faire gémir à son oreille.

— Seth… j'ai envie de toi !

Il posa ses mains sur mes hanches et me guida sur lui.

— Moi aussi, j'ai envie de toi, beauté.

En glissant le long de sa verge, je laissai échapper un petit cri.

— Oui… murmurai-je de soulagement.

Cet homme me remplissait si merveilleusement… et il m'aimait d'une façon si prodigieuse !

— Sers-toi, Riley ! gronda-t-il.

Tout ce que je voulais vraiment, c'était rester simplement comme ça, dans cette connexion totale qui remplissait mon corps, mon cœur et mon âme.

Finalement, j'éprouvai le besoin de bouger et Seth, qui me maintenait fermement par les hanches, me proposa de suivre un rythme régulier et envoûtant.

Ni lent.

Ni rapide.

Juste… parfait.

Je me redressai en position assise en poussant sur son torse avec mes mains, ce qui l'enfonça en moi plus profondément.

— Ce que tu es belle ! grogna-t-il. Prends tout ce que tu veux, ma chérie !

Je le regardai et vis qu'il m'observait, concentré sur mon visage plus que sur le reste de mon corps.

Visiblement, me regarder l'excitait encore plus qu'il ne l'était déjà. Alors, tandis qu'il guidait mes hanches, je pris mes seins dans mes paumes et caressai mes tétons.

Je fis exactement ce qu'il voulait et mon corps fut parcouru par une vague de plaisir.

Je montai tout droit vers l'orgasme, tandis que Seth accélérait le rythme et levait son bassin pour venir à la rencontre de chacun de mes mouvements.

En pinçant mes tétons avec force, je renversai ma tête en arrière en fermant les yeux, complètement désinhibée.

— Putain ! grinça-t-il avant de placer ses doigts en dessous de moi pour que mon clitoris frotte dessus à chaque descente de mes hanches. Je ne vais pas tarder à atteindre le point de non-retour, grogna-t-il.

Ça n'avait pas beaucoup d'importance. Je voulais qu'il jouisse parce que je ne pouvais plus contrôler l'orgasme qui me percutait avec rage.

— Seth ! criai-je sans plus me retenir, en m'autorisant à simplement profiter du puissant sentiment de libération. Je t'aime tellement !

— Je t'aime aussi, Riley, dit-il sur un ton qui me plut beaucoup, où se mêlaient la frénésie et le désespoir.

Nos corps continuèrent à se cogner l'un contre l'autre jusqu'à ce que Seth soit propulsé à l'apogée de son orgasme en émettant un son animal qui aurait pu être entendu depuis la plage.

Épuisée, je m'effondrai sur lui, complètement essoufflée et mon cœur battant si fort qu'il semblait prêt à sortir de ma poitrine.

On était tous les deux recouverts d'une couche de sueur, mais j'étais certaine qu'on s'en fichait autant l'un que l'autre.

Quand il eut récupéré, il me donna un baiser long et doux en caressant d'une main, avec tendresse, la peau humide de mon dos.

— J'ai besoin de toi, Riley. Ne t'avise plus jamais de me quitter ! dit-il d'une voix rauque et passionnée en enfouissant son visage dans mes cheveux.

— Je ne le ferai pas, murmurai-je. Je te le promets.

Parce que j'avais autant besoin de lui qu'il avait besoin de moi.

J'étais collée à Seth comme un aimant puissant.

Il n'y avait pas la moindre chance que je le lâche. *Au grand jamais.*

CHAPITRE 31

Seth

—J*e n'irai pas* au Mexique ! dit Noah sur le ton qu'il employait toujours pour nous remettre à notre place quand on était mômes.

Catégorique.

Inflexible.

Ça voulait dire : aucune chance que ça arrive.

Je ne le ferai pas.

Etc., etc.

Seulement, cette fois, je savais que mon grand frère ne s'en sortirait pas comme ça.

Les vacances étaient déjà largement entamées et Brooke et Liam étaient rentrés. Même si ce n'était pas encore Noël, on avait voulu offrir à l'avance à Noah l'un des cadeaux qu'on lui faisait en commun.

Deux semaines de vacances dans un hôtel à Cancún, au Mexique.

On s'était tous retrouvés chez Aiden. On s'était dit que l'union ferait la force, mais je savais *exactement* ce qui allait faire céder Noah. La même chose qui marchait pour moi chaque fois.

Je parcourus des yeux le salon d'Aiden en attendant que la tentative de culpabilisation commence.

Notre famille remplissait la pièce, mais être assis par terre avec Riley installée entre mes jambes et appuyée contre moi ne me dérangeait pas.

Brooke tourna vers Noah un visage triste.

— Tu n'aimes pas notre cadeau ? On a fait tant d'efforts pour te trouver quelque chose d'utile… !

Aiden et moi pouffâmes discrètement en voyant les larmes monter aux yeux de Jade.

— Je suis désolée, Noah. On voulait seulement que tu puisses faire une pause et te détendre.

Je vis notre aîné se tortiller dans son fauteuil en répondant :

— Ne sois pas désolée. Ce n'est pas que je n'aime pas votre cadeau, ce n'est pas ça…

Quel menteur ! Il le détestait, en réalité. *Tout* ce qui pouvait lui imposer de quitter son bureau pendant deux semaines aurait fait horreur à Noah.

Le problème, c'était qu'il *ne pouvait pas* briser le cœur de Jade et de Brooke.

Il se faisait pigeonner tout aussi facilement qu'Aiden et moi quand il s'agissait de ne pas les rendre malheureuses, même s'il aurait sûrement refusé de l'admettre. Il n'avait pas besoin de le faire ; c'était aussi clair que de l'eau de roche, actuellement.

— Mais tu as dit que tu n'irais pas, dit Brooke avec des trémolos dans la voix.

— Je m'en veux tellement ! intervint Jade.

Je lançai un coup d'œil à Eli ; il avait un rictus aux lèvres. Mon beau-frère savait très bien que sa femme pleurait des larmes de crocodile. La performance l'amusait visiblement.

Liam n'avait pas l'air de s'inquiéter pour Brooke, lui non plus ; il devait donc être tout aussi conscient de l'entourloupe.

— J'ai beaucoup trop de travail pour pouvoir faire un break, dit Noah d'une voix grave. Je ne peux pas prendre deux semaines de congés.

— Si, tu peux, protesta Aiden. Noah, tu es milliardaire, bon sang ! Ça n'a pas d'importance, si l'un de tes projets prend du retard. Tu n'es sous contrat avec personne ! Ce n'est pas comme si des entreprises attendaient ta prochaine grande trouvaille ! D'accord, elles l'attendent peut-être, parce que tu as déjà fait preuve de génie, mais tu n'as pas de date butoir !

— J'ai des dates butoirs que je m'impose à moi-même, objecta-t-il.

— Eh bien, peut-être que tu devrais cesser de le faire, lui dis-je. Tu as besoin de vacances. Ça te changerait les idées.

— Je n'ai pas envie de me changer les idées, ronchonna-t-il. J'en perdrais !

— Mais ne pourrais-tu pas y aller seulement cette fois ? implora Skye, jouant les dramaturges.

Noah avait peut-être une faiblesse particulière envers ses sœurs, mais Skye comptait beaucoup pour lui, elle aussi. À en juger par l'expression de malaise sur le visage de mon frère, sa belle-sœur allait réussir à l'atteindre également.

Décidément, il ne supportait qu'aucune femme de sa famille soit triste ou contrariée.

C'était son point faible et on s'en servait tous sans vergogne. C'était peut-être dégueulasse, mais on ne savait plus quoi faire pour décrocher Noah de sa table de travail.

Personne ne pouvait bosser autant que lui sans devenir fou.

On se faisait tous du souci pour lui depuis longtemps.

À présent, tous les moyens étaient bons s'ils nous donnaient une chance de l'amener à se détendre et à faire une pause.

Peut-être que si on avait été convaincus que travailler comme il le faisait le rendait heureux, on l'aurait laissé tranquille. Mais il *n'était pas* heureux. Le stress avait commencé à marquer son visage et il avait perdu du poids à force d'oublier de manger. Je savais qu'il faisait de l'exercice quand il y pensait. Mais sa folie de travail acharné commençait à nuire à sa santé.

— S'il te plaît, Noah, gémit Brooke de façon pathétique. On avait vraiment envie de faire ça pour toi !

Jade renifla.

— On voulait tellement que tu prennes des vacances !

— Viens faire un tour avec moi, chuchotai-je à l'oreille de Riley. Je pense que Brooke et Jade ont la situation en main.

Il y avait tellement de monde entassé dans le salon que personne ne remarqua notre départ.

Riley sortit en souriant et je l'entraînai vers la plage.

— Tout ça n'était qu'un coup monté ? demanda-t-elle, soupçonneuse. Jade n'était *pas du tout* naturelle !

Je baissai la tête vers elle en souriant, tout en continuant à marcher.

— Une comédie montée de toutes pièces ! Ce sont les filles qui l'ont préméditée et elles font du beau boulot ! Je parie que d'ici quelques minutes, Noah va céder. Les femmes qui pleurent sont sa seule faiblesse. On ne sait plus quoi faire pour qu'il fasse une pause. Il en a besoin. Il a perdu du poids et montre des signes de stress.

Elle hocha la tête.

— J'avais compris. J'aurais préféré qu'il n'ait pas besoin d'être piégé, c'est tout.

— Sinon il n'ira pas.

— C'était du beau spectacle... dit-elle, songeuse. Où allons-nous ?

C'était une très belle journée ; chaude, sans un nuage dans le ciel. Alors, je nous avais simplement entraînés vers la plage.

— Quelque part où on pourra être seuls, dis-je de façon évasive.

— On est seuls à la maison tout le temps, fit-elle remarquer.

On restait dans *ma maison* presque à temps plein, maintenant. Alors, il m'était très agréable de l'entendre en parler comme étant *chez nous*.

— J'imagine que j'avais simplement envie de sortir, répondis-je pour éluder sa question.

J'entrecroisai nos doigts tandis qu'on marchait, refusant d'admettre que j'étais en réalité nerveux.

Qu'allais-je faire si elle disait *non* ?

Le problème, c'était que je ne pouvais plus attendre. Je devais faire de Riley ma femme avant de perdre la boule totalement.

J'avais laissé passer quelques semaines après qu'elle m'avait raconté sa peur d'être tombée enceinte. J'avais voulu cimenter notre relation en lui montrant qu'on pouvait résoudre tous les problèmes ensemble.

À présent, j'étais quasiment sûr qu'elle l'avait compris. D'après moi, il n'y avait même pas eu un seul moment où elle avait été tentée de fuir.

Elle était solide comme un roc.

Elle me fait enfin entièrement confiance.

— Tout va bien ? me demanda-t-elle d'une voix inquiète.

— Bien ? répétai-je alors qu'on arrivait finalement au vieux ponton sur le terrain en passe de devenir une réserve naturelle. Ma chérie, on frôle la perfection !

On déambula le long de la structure en bois et, quand on arriva au bout, elle se laissa tomber sur les fesses.

— J'adore être ici, dit-elle. Peut-on s'asseoir là un moment ?

Je m'assis juste devant elle.

— C'était l'idée, avouai-je.

J'avais voulu l'amener dans un endroit qu'elle aimait. J'étais plutôt sûr de moi en pensant que ce lieu qui serait à jamais un refuge pour les petites sternes en voie de disparition était idéal pour nous.

Elle me prit la main.

— Tu es bien silencieux, aujourd'hui. Tu as quelque chose à me dire ?

Ma fichue poitrine était oppressée, alors que je regardais Riley. J'avais toute son attention parce qu'elle était convaincue que quelque chose ne tournait pas rond.

Avec ses cheveux flamboyants et ses magnifiques yeux noisette qui me dévisageaient, il m'était difficile de garder la tête froide.

— En fait, oui, répondis-je. Quelque chose me tracasse depuis ce matin.

De ma main libre, je fouillai la poche de mon jean et en retirai la boîte que j'avais précieusement gardée sur moi depuis que je l'avais achetée.

Je l'ouvris sans grandiloquence.

— J'ai tenté de déterminer comment te demander de m'épouser sans avoir peur que tu dises *non*.

Son regard stupéfait alla de mon visage à la bague surmontée d'un diamant qui se trouvait dans la boîte.

La bague n'était que de quelques carats, mais le diamant était presque sans inclusion. J'avais été tenté d'en choisir un énorme qui n'aurait jamais pu passer inaperçu, mais ça n'aurait pas convenu à Riley. Je l'aurais fait pour que tout le monde sache qu'elle était ma femme.

— Oh, mon Dieu, Seth ! dit-elle en tendant la main pour toucher le diamant avec précaution. Que c'est beau !

Sa façon d'admirer simplement le bijou comme s'il n'était pas à elle ne me convenait pas.

— Pour l'amour de Dieu, Riley, dis *oui* ! Tu vas me rendre fou ! dis-je avec fermeté.

Elle me regarda, les larmes aux yeux.

— As-tu cru, ne serait-ce qu'une seule seconde, que je dirais *non* ? Je t'ai dit que tu étais coincé avec moi ! Alors, oui... *Oui ! Oui ! Oui !*

Riley grimpa sur mes genoux pour se jeter à mon cou avec tant d'enthousiasme que la bague faillit m'échapper et tomber par-dessus bord.

Je la saisis et posai la boîte de côté.

— Je vais te la passer au doigt.

Elle me tendit sa main tremblante.

— Tu es nerveuse, dis-je tristement en lui mettant la bague.

Elle secoua violemment la tête.

— Pas nerveuse. Excitée. Touchée. Heureuse. En cet instant, je dois être la femme la plus chanceuse au monde !

Je déposai un baiser sur la bague, puis sur ses lèvres magnifiques.

Qui sait combien de temps nous restâmes ainsi, l'un contre l'autre, à se toucher, à s'embrasser ? J'avais perdu la notion du temps et ça m'était égal. Je comptais bien célébrer le fait que Riley, la seule femme à avoir gagné mon cœur, soit enfin *mienne*.

Elle voulait s'engager *à vie* avec moi. En cet instant, j'étais certain d'être encore plus aux anges qu'elle.

— J'espérais que tu me le demandes, me murmura-t-elle à l'oreille. Mais je ne m'attendais pas à ce que ça arrive si tôt, je suppose.

— Ma chérie, ça fait des semaines que j'ai cette bague dans la poche !

— Pourquoi n'as-tu rien dit ?

— Je voulais être sûr de trouver le bon moment. Je ne voulais pas te mettre la pression. Il fallait que tu aies confiance en moi avant de pouvoir accepter de m'épouser, dis-je d'une voix rauque.

— J'avais confiance. J'ai confiance, dit-elle d'une voix calme, sérieuse. Les problèmes de confiance que j'ai eus me concernaient ; ils n'avaient rien à voir avec toi, Seth.

— Ils ont tous disparu, maintenant ? demandai-je d'une voix grave.

Elle acquiesça.

— Depuis le jour où j'ai réalisé que je te faisais du mal.

C'était du passé pour moi. J'avais tourné la page dès qu'elle m'avait donné les raisons de sa fuite.

— Ne me fais pas attendre trop longtemps, pour la cérémonie.

— On la fait quand tu veux ! répondit-elle en m'adressant un grand sourire, son visage illuminé par la joie et l'excitation.

— Aujourd'hui ? demandai-je, plein d'espoir.

Elle rit… Jamais je ne me lasserais d'entendre le son de son rire.

— Je t'aime, dit-elle, le souffle court. On va le faire aussi tôt qu'il sera humainement possible de le faire. J'aimerais une cérémonie modeste, intime.

— Moi aussi, je t'aime, ma belle. Tout ce que tu voudras, dis-je en acceptant avec joie, tout en serrant mes bras autour de son corps aux formes divines.

On pouvait conclure l'affaire comme elle le souhaitait, ça m'était bien égal, du moment qu'elle devenait ma femme pour de bon.

— En janvier ? demandai-je.

— C'est le mois prochain, Seth ! On ne pourra jamais tout organiser aussi rapidement ; en plus, ce sera les vacances. Mars ou avril ?

— Février, insistai-je.

Riley déposa un baiser sur mon front.

— On verra. Je vais demander à Skye et Jade si elles peuvent donner un coup de main. Mais il se peut que ce ne soit pas possible.

Je la regardai en souriant, mais sans ajouter un mot.

Ce serait février ! Peu importait ce que diraient mes frères et sœurs ; je ferais en sorte qu'il en soit ainsi.

C'était peut-être l'un de ces cas où être têtu était en fait un gros atout !

ÉPILOGUE
Riley

QUELQUES MOIS PLUS TARD…

*J*e fus mariée en février.

Une fois que Seth avait décidé quelle serait la date de la cérémonie, toute sa famille avait fait en sorte de lui venir en aide.

Mon mariage avait beau être modeste, il était incroyablement beau et romantique !

Hudson avait proposé de me mener jusqu'à l'autel, mais j'avais décidé de faire ces quelques joyeux pas toute seule.

Je savais alors parfaitement ce que je faisais. Je n'avais pas eu la moindre hésitation.

Pourquoi quelqu'un aurait-il eu besoin de donner ma main à Seth, puisque mon cœur lui appartenait déjà ?

Je baissai les yeux vers ma main gauche et souris en y voyant la fine alliance que Seth m'avait passée au doigt à peine une heure plus tôt. Il l'avait placée tout contre ma bague de fiançailles.

Je relevai la tête pour parcourir des yeux la salle de réception du *Citrus Beach Country Club* qu'on avait louée.

La cérémonie s'était faite dans l'intimité, mais Seth avait insisté pour inviter beaucoup plus de monde à la fête.

Les Sinclair avaient grandi ici, à Citrus Beach, ils souhaitaient inclure plein de gens aux festivités.

La grande salle ne cessait de se remplir et je souris en voyant Jade, Brooke et Skye se frayer un chemin dans la foule pour venir se placer à mes côtés.

— Oh, mon Dieu ! Tu es tellement belle, Riley ! dit Jade comme si elle ne m'avait pas déjà vue tout à l'heure, avant la cérémonie.

Les trois femmes, mes demoiselles d'honneur, étaient sacrément belles aussi !

J'avais opté pour une robe en mousseline de soie, évasée, avec un décolleté rond et un minimum de broderie perlée qui n'était donc pas surchargée.

Jade, Brooke et Skye étaient magnifiques dans leurs robes bleu ardoise qu'on avait choisies ensemble. C'étaient des robes de soirée sans fioritures.

Parce que j'étais une femme qui adorait les couleurs, je portais un gros bouquet fait d'un immense assortiment de fleurs.

— Merci à toutes, dis-je avec beaucoup de sincérité en les prenant dans mes bras les unes après les autres. Tout ça n'aurait jamais été possible sans vous.

— J'ai comme le pressentiment que Seth aurait arrangé tout ça tout seul si on ne s'en était pas mêlé, dit Jade en plaisantant.

Je lui souris.

— Tu as peut-être raison.

Mon mari avait fait preuve d'une volonté inflexible pour qu'on se marie en février.

Il avait choisi le premier week-end du mois.

J'avais insisté jusqu'à lui faire accepter de décaler au dernier week-end du mois.

— Tu dois être ravie qu'il se soit montré si impatient de faire de toi une Sinclair, dit Skye en soupirant.

Riley Sinclair. M'habituer à mon nouveau nom allait peut-être prendre un peu de temps, mais ça sonnait bien.

— Je suis plutôt contente qu'il soit arrivé à ses fins, avouai-je. Je suis prête à commencer notre vie commune, ce n'est rien de le dire ! Non pas que ça ne soit déjà fait, mais je suis heureuse que ce soit officiel.

— Tu es impatiente d'être en lune de miel ? demanda Skye.

— Trois semaines au Costa Rica ? Absolument ! répondis-je avec un soupir.

Seth et moi allions passer vingt et un jours à Playa Hermosa, un endroit qu'on allait pouvoir découvrir ensemble vu qu'aucun de nous ne s'y était déjà rendu.

— Je suis ravie que toute la famille ait pu venir, dit Brooke avec sérieux.

— Moi aussi, en convins-je. Même si j'ai un peu de mal à retenir tous les prénoms !

Jade sourit.

— Nous recevoir tous en même temps, c'est un peu envahissant !

J'avais été impatiente à l'idée de rencontrer les autres membres de la famille de Seth, ses demi-frères et demi-sœurs et ses cousins venus d'Amesport, dans le Maine. Mais être entourée d'autant de famille *était* un peu impressionnant.

Mes frères semblaient bien s'entendre avec tous les Sinclair, alors il y avait une bonne ambiance. Je fouillai la salle du regard et finis par tomber sur mes trois frères, qui papotaient avec Evan et Micah Sinclair.

— Les circonstances n'étaient peut-être pas idéales, dis-je aux femmes. Mais vous avez une famille formidable.

— Tu as hérité de nous ! dit Brooke en riant. On est ta famille aussi, à présent.

J'eus dans le cœur une bouffée d'émotion. Pour moi, il n'y avait rien de mieux que de faire partie de cette grande famille aimante et éclatante.

— J'en éprouve beaucoup de reconnaissance, leur confiai-je à toutes.

Non seulement j'avais Seth à mes côtés, mais j'avais également une immense famille qui serait toujours là quand j'aurais besoin d'elle.

Sans conditions.

Sans règles.

Sans étiquette à respecter.

La famille de Seth m'avait tout simplement accueillie à bras ouverts.

J'aurais aimé qu'ils sachent à quel point c'était rare et combien ils étaient tous extraordinaires.

— Salut, beauté ! me souffla Seth à l'oreille d'une voix rauque en arrivant derrière moi. Je me demandais où tu étais passée. J'espérais que tu n'aurais pas pris la fuite !

Je me retournai et me jetai à son cou.

— Aucune chance que ça arrive, beau gosse ! dis-je en riant.

Je m'étais éloignée pour trouver les toilettes et faire une petite pause. Je n'étais pas encore parvenue à le retrouver, voilà tout.

J'aurais dû me douter qu'il me retrouverait.

Il le faisait toujours.

— Je crois que tout le monde nous attend pour ouvrir le bal, me dit-il en passant ses bras autour de ma taille.

— On va rejoindre nos cavaliers, nous informa Skye alors que les femmes s'éloignaient à la recherche de leurs maris.

— Enfin seuls ! me dit Seth à l'oreille d'une voix sensuelle de baryton.

— On est dans une salle bourrée à craquer ! lui rappelai-je.

— Je n'ai vu personne d'autre que toi, répondit-il.

— T'ai-je déjà dit que tu étais d'une beauté à couper le souffle, aujourd'hui ? demandai-je.

Comme d'habitude, Seth était magnifique en tenue de soirée. Mais ce qui m'avait le plus saisie et placée sur un petit nuage de bonheur pendant la cérémonie avait été l'intensité dans ses yeux.

Il avait prononcé ses vœux en m'adressant une vraie promesse et j'avais répondu de la même manière, sachant qu'on ne se ferait jamais de mal intentionnellement ni l'un ni l'autre… *jusqu'à ce que la mort nous sépare.*

— Tu me l'as dit, en effet, finit-il par répondre. Et comme je te l'ai dit tout à l'heure, j'ai été subjugué chaque fois que je t'ai vue.

Il me l'avait dit plus d'une fois ; et pas seulement aujourd'hui. Seth trouvait que j'étais la plus belle femme au monde et il me le rappelait chaque jour qui passait.

— Viens danser avec moi, Riley Sinclair, dit-il de façon persuasive.

Je pris sa main et on avança côte à côte jusqu'à la piste de danse sous un tonnerre d'applaudissements.

J'eus un bref moment d'hésitation. L'espace d'une seconde, je me sentis mal à l'aise d'être le centre de l'attention au milieu de cette belle salle de bal. Je dus me remémorer qu'il n'y avait là personne d'autre que de la famille et des amis, venus assister à mon mariage… qui était merveilleux !

Je n'avais plus besoin d'avoir peur des grandes soirées luxueuses. Pas quand il y avait autant d'amour dans le même grand espace !

Chacune des personnes présentes était heureuse pour nous.

Seth me prit dans ses bras et je soupirai d'aise.

Après que j'eus plongé mes yeux dans les siens, plus personne d'autre que lui n'exista dans la salle.

Je le laissai me guider, subjuguée par l'expression de dévotion dans son regard.

— Heureuse ? demanda-t-il.

Je hochai la tête.

— Je n'ai jamais été aussi heureuse. Et toi ?

— Je suis fou de bonheur ! dit-il avec un grand sourire. Tu es enfin officiellement ma femme.

Du coin de l'œil, je vis d'autres couples s'emparer de la piste de danse, donc Seth et moi n'étions plus sous les feux de la rampe, à mon grand soulagement.

Je caressai ses cheveux à la base de sa nuque.

— Je vais t'apprendre une chose, beau gosse. J'ai toujours été à toi ; et tu as toujours été à moi.

Aujourd'hui était notre grand jour, ce qui était indéniablement spécial, mais Seth et moi nous étions tellement rapprochés pendant la période qui avait précédé la cérémonie que j'avais découvert chaque jour une raison de plus de l'aimer.

Il serait peut-être toujours un peu trop possessif et protecteur, mais j'avais appris que je pouvais l'être aussi.

J'étais persuadée qu'aucun de nous ne laisserait ces prédispositions prendre le dessus jusqu'à être incontrôlables, mais elles seraient instinctivement toujours présentes.

Il m'attira plus près de lui et je posai ma tête sur son épaule.

— Mon Dieu ! grogna-t-il. Je t'aime tellement, Riley !

Mon cœur s'emballa comme chaque fois qu'il prononçait ces mots.

— Je t'aime aussi, répondis-je sans hésiter.

— J'ai hâte de te faire quitter cette pièce et cette robe, dit-il d'une voix rauque.

Je souris.

— On est les mariés ! On ne peut pas vraiment s'enfuir de notre propre réception. Pas encore…

— Je ne le ferai pas, admit-il. Ce n'est pas l'envie qui m'en manque, mais je veux aussi profiter de ce jour avec toi. Je ne veux pas en rater une miette. Alors, ma verge n'aura qu'à attendre !

Je hochai la tête parce que j'avais une grosse boule dans la gorge.

— Plus tard, dis-je quand je pus enfin prononcer les mots à voix haute.

On avait beau avoir très envie l'un de l'autre, Seth me prouvait constamment qu'on était bien plus que de simples amants.

On était des confidents.

Des âmes sœurs.

Les meilleurs amis.

On riait.

Et on s'aimait.

Que demander de plus ?

— Il se pourrait que je te laisse de bon cœur me mettre la main au cul ! dis-je en l'envisageant à voix haute sur le ton de la plaisanterie.

— Tu cherches encore à rompre ce fameux contrat ? dit-il d'un ton provocateur en abaissant une main dans mon dos.

— Ça se peut... répondis-je avec malice.

— Même si j'apprécie beaucoup ta proposition, dit-il en immobilisant sa main à la hauteur de mes reins ; je préfère attendre qu'on soit seuls pour te toucher. J'aime autant le faire sans public, beauté !

Encore une chose de plus à aimer chez lui.

En public, Seth se montrait toujours des plus respectueux envers moi. Dans l'intimité, il était insatiable, mais il veillait à ne jamais me mettre mal à l'aise quand on sortait.

Je relevai la tête.

— Alors, embrasse-moi, insistai-je.

Il sourit.

— Ça, je peux tout à fait le faire !

Je soupirai en sentant ses lèvres sur les miennes, consciente que mes jours de triste solitude avaient définitivement disparu.

Seth avait remplacé toutes les zones d'ombre en moi par de la lumière jusqu'à ce que mon passé n'ait plus aucune importance.

Il était mon présent et mon avenir.

Je passai mes bras autour de son cou et l'embrassai en retour.

L'homme que j'aimais releva la tête et me sourit. Je lui souris à mon tour, ravie d'avoir toute ma vie devant moi pour lui montrer combien il me rendait heureuse.

J'étais perdue quand j'avais emménagé à Citrus Beach, mais Seth Sinclair m'avait trouvée.

Pour une femme qui n'avait jamais pu s'intégrer, quel bonheur de savoir enfin *parfaitement* quelle était ma place !

Fin

Cette histoire a beau être une fiction, la situation critique des petites sternes est réelle. Ces oiseaux ont perdu la plus grande partie de leur habitat à cause du développement de la population dans leurs zones de nidification le long des côtes de Californie. Les petites sternes font partie des premières espèces à avoir été répertoriées sur la liste des animaux en voie de disparition lorsque cette dernière a été créée en 1970 et elles y figurent toujours. Leur nombre avait commencé à augmenter légèrement au cours des trois premières décennies suivant l'ouverture de la liste, mais il est à nouveau en déclin. Le réchauffement de l'océan pousse les anchois dont elles se nourrissent plus loin au large et leurs nids sont souvent piétinés par les amateurs de plage ou les chiens qui envahissent leurs lieux de nidification sans même connaître l'existence de ces nids. Préserver cette espèce avant qu'elle ne disparaisse devient critique. Pour en savoir plus à propos de la raréfaction de ces oiseaux et de l'impact qu'aurait leur disparition sur l'écosystème, vous pouvez consulter le site Internet *The California Audubon Society*.

Remerciements

Et voilà, nous en sommes déjà au troisième tome des *Milliardaires malgré eux* !

Comme toujours, je tiens à remercier ma chère éditrice, Maria Gomez, et toute l'équipe de *Montlake Romance* pour le soutien apporté à ces séries.

Un grand merci à mon équipe de chez KA et à mon groupe de relecteurs, les Jan's Gems, qui m'encouragent toujours, à chaque livre.

Enfin, merci à tous mes formidables lecteurs qui me permettent de poursuivre une carrière que j'adore !

Je ne pourrais pas faire ce que je fais sans vous !

xxxxxxx Jan

À propos de l'auteur

J.S «Jan» Scott est une écrivaine à succès de romans torrides dans le domaine de la littérature sentimentale. Aux États-Unis, elle figure sur les listes des auteurs à bestsellers établies par le New York Times, le Wall Street Journal et USA Today. Elle est elle-même une grande lectrice de tous types d'ouvrages et de littérature variée. J.S écrit dans le genre de la romance contemporaine ainsi que de la romance paranormale. Ses histoires se caractérisent par la présence quasi systématique d'un mâle dominant et par une fin toujours heureuse, parce qu'elle refuse d'écrire ses livres autrement ! Elle vit dans la magnifique région des montagnes Rocheuses américaines aux côtés de son mari et de deux bergers allemands un peu trop gâtés.

Retrouvez-moi sur http://www.authorjsscott.com ou http://www.facebook.com/authorjsscott

Vous pouvez également m'écrire à l'adresse suivante jsscott_author@hotmail.com

Ou bien sur mon Tweeter @AuthorJSScott

Du même auteur

L'obsession du milliardaire :

L'obsession du milliardaire ~ Simon (L'obsession du milliardaire, tome 1)
Le cœur du milliardaire ~ Sam (L'obsession du milliardaire, tome 2)
Le salut du milliardaire ~ Max (L'obsession du milliardaire, tome 3)
Le jeu du milliardaire ~ Kade (L'obsession du milliardaire, tome 4)
L'éveil du milliardaire ~ Travis (L'obsession du milliardaire, tome 5)
Le milliardaire démasqué ~ Jason (L'obsession du milliardaire, tome 6)
Le milliardaire indomptable ~ Tate (L'obsession du milliardaire, tome 7)
La milliardaire libérée ~ Chloé (L'obsession du milliardaire, tome 8)
Le milliardaire intrépide ~ Zane (L'obsession du milliardaire, tome 9)
Le milliardaire inconnu ~ Blake (L'obsession du milliardaire tome 10)
Le milliardaire se révèle ~ Marcus (L'obsession du milliardaire tome 11)
Le milliardaire mal-aimé ~ Jett (L'obsession du milliardaire tome 12)
Le milliardaire célibataire ~ Zeke (L'obsession du milliardaire tome 12.5)
Le milliardaire incontesté ~ Carter (L'obsession du milliardaire tome 13)
Le milliardaire inaccessible ~ Mason (L'obsession du milliardaire tome 14)

Les Sinclair :

Un milliardaire pas comme les autres (Les Sinclair t. 1)
Le milliardaire défendu (Les Sinclair t. 2)
La Caresse du milliardaire (Les Sinclair t. 3)
L'Appel du milliardaire (Les Sinclair t. 4)
Le milliardaire gagne toujours (Les Sinclair t. 5)
Les Secrets du milliardaire (Les Sinclair t. 6)

Milliardaires malgré eux :

Pris au piège
Pris au dépourvu
Pris de court

www.ingramcontent.com/pod-product-compliance
Lightning Source LLC
Chambersburg PA
CBHW061427150726
47987CB00001B/119